Klarant Verlag

Rolf Uliczka ist geboren und aufgewachsen am Rande der romantischen Holsteinischen Schweiz und lebt mit seiner Frau seit einigen Jahren im Saterland. Menschen in all ihren Facetten und ihre Geschichten haben ihn schon immer fasziniert. Auch das Schreiben war und ist eine seiner größten Leidenschaften. Ostfriesland, das Land der Leuchttürme, des Wattenmeeres, der grünen Landschaften mit seinen geheimnisvollen Mooren und Inseln, wo jährlich Millionen ihren Urlaub verbringen, bietet ihm viel Stoff für das Unerwartete. Genau das macht auch die Spannung seiner Ostfrieslandkrimis aus.

Rolf Uliczka

Strandmord in Neuharlingersiel

Die Kommissare Bert Linnig und Nina Jürgens ermitteln: 8. Fall

Ostfrieslandkrimi

Klarant Verlag

Klarant Verlag, www.klarant.de – www.ostfrieslandkrimi.de
ISBN: 978-3-96586-031-5
1. Auflage 2019
Umschlagabbildung: Klarant Verlag

Anmerkung des Autors: Es handelt sich bei dem Ostfrieslandkrimi »Strandmord in Neuharlingersiel« um eine frei erfundene Geschichte. Eventuelle Ähnlichkeiten mit realen Personen, Firmen, Gesellschaften, Behörden, Vereinen oder Örtlichkeiten sind grundsätzlich rein zufälliger Natur. Allerdings sind einige Behörden und Örtlichkeiten der Handlungen real wie zum Beispiel das Restaurant Nepheli in Rheinbach, die Bäckerei Johann Hinrichs im Hafen von Neuharlingersiel, der Wattkieker in Carolinensiel-Harlesiel, das Dusend Buddel Huus in Dornumersiel, die evangelisch-lutherische Kirchengemeinde Neuharlingersiel/Werdum, der Schützenverein Neuharlingersiel e. V., die Schützencompagnie Esens e. V. von 1577, aber im Zusammenhang der frei erfundenen Geschichte ausschließlich fiktiv eingebunden.
Printed in the EU.

1. Kapitel

Der Frühherbst hatte die Laubwälder der sanften Ausläufer der Nordeifel südlich der Bundesstadt Bonn mit seiner rotgoldenen Farbenpracht überzogen. Am Fuß der Eifelausläufer lag das kleine mittelalterliche Städtchen Rheinbach. Im Hexenturm des Himmeroder Walls, heute ein Wahrzeichen des malerischen Örtchens, waren noch vor wenigen Jahrhunderten Frauen als Hexen eingekerkert und gefoltert worden. Ein goldener Oktober stand vor der Tür. Und so mancher freute sich an diesem Wochenende auf einen ausgiebigen Spaziergang oder eine kleine Radtour in der farbenprächtigen Natur.

Es war früher Freitagnachmittag und Paul Wallmann, Oberamtsrat im Bundesministerium für Arbeit und Soziales in Bonn-Duisdorf, hatte bereits zusammengeräumt. Er freute sich auf das bevorstehende Wochenende und eine schöne Tasse Ostfriesentee mit Kluntjes und Sahne gemeinsam mit seiner Frau, die in ihrer kleinen Villa in Rheinbach als Psychologin eine Praxis betrieb. So ein bisschen ostfriesische Urlaubsgefühle gehörten für die beiden zum Einläuten des Wochenendes immer dazu.

Um achtzehn Uhr waren sie mit einem Kollegen und dessen Frau bei dem Griechen Kostas Symeonidis in dessen Rheinbacher Lokal Nepheli verabredet. Darauf freuten sie sich schon die ganze Woche, denn sie liebten beide neben nordischen Fischspezialitäten, die sie immer in ihrem Urlaub an der ostfriesischen Wattenmeerküste genossen, auch die mediterrane Küche mit allem, was dazugehörte. Er wusste, heute würde für ihn ein leckeres Lammfilet mit Knoblauchkartoffeln auf der Karte stehen. Eines seiner Lieblingsgerichte. Da Pauls fünfzigster Geburtstag bevorstand, wollten sie bei der Gelegenheit mit Kostas die Details für die Feier in seinem Lokal abstimmen.

Zu Hause angekommen, sollte er allerdings etwas enttäuscht werden. Sabine, die Sprechstundenhilfe seiner Frau, sagte ihm, dass sich noch ein Notfallpatient angemeldet habe. Er nahm es positiv und freute sich erst einmal auf eine ausgiebige Dusche, in der er sich den Behördenstaub von der Haut waschen konnte, wie er es gern in seinem rheinischen Humor auszudrücken pflegte.

Währenddessen hatte seine Frau, Dr. Christine Wallmann, ihre vorletzte Sitzung vor dem Wochenende mit einer Patientin beendet. Kurz darauf meldete Sabine die Ankunft von Gerd Müller, dem letzten Patienten für heute. Dieser war bisher noch nicht in der Praxis gewesen. Er hatte sich wegen eines plötzlichen Burnouts mit nächtlichen Panikattacken auf Empfehlung eines Freundes, wie er sagte, einen kurzfristigen Termin geben lassen.

»Ich bin gleich so weit«, sagte die Psychologin.

»Könnte ich schon Feierabend machen? Mein Freund wartet nämlich draußen im Auto. Wir wussten ja nicht, dass es heute später werden würde.«

»Schon gut, Sabine. Haben Sie schon die Daten des Patienten im System erfasst?«

»Habe ich und Ihnen bereits auf Ihren Rechner geschickt.«

»Okay, danke. Ich rufe Herrn Müller gleich selbst rein. Muss nur noch ein paar Notizen machen. Schönes Wochenende.«

Eigentlich hätte Christine jetzt am liebsten wie ihr Mann das Wochenende mit einem kleinen ostfriesischen Teezeremoniell eingeläutet, statt noch einen Patienten zu behandeln. Sie wusste, dass Paul schon zu Hause war, denn sein Auto stand vor der Garage, wie sie aus dem halb aus dem Erdboden ragenden Fenster des im Souterrain des Hauses gelegenen Behandlungsraums sehen konnte.

Die Psychologin hoffte, das Erstgespräch über das Burnout ihres neuen Patienten rechtzeitig vor der Verabredung mit dem Kollegen ihres Mannes und dessen Frau abschließen zu können. Sie war mit Leib und Seele ihrem Beruf verschrieben. Da wäre für sie die Ablehnung eines Notfallpatienten nicht in Betracht gekommen. Sosehr sie ihren Mann auch liebte, aber an erster Stelle stand für sie immer das Wohl ihrer Patienten. Selbst für Kinder hatte sich die attraktive brünette Mittvierzigerin keine Zeit genommen. Und inzwischen war ihre biologische Uhr diesbezüglich so gut wie abgelaufen. Paul hatte sich damit abgefunden und im vergangenen Jahr sein Hobby sogar als Schützenkönig von Rheinbach gekrönt.

Sie hatte vor etwa zehn Jahren die kleine Villa mit der Praxis im Souterrain des Hauses von einem Kollegen, Dr. Malte de Fries, übernommen. Dieser wollte sich nach dem Verkauf an der Nordseeküste zur Ruhe setzen. Man hätte meinen können, dass sich die beiden Psychologen aus der gleichen Region zum Beispiel von irgendwelchen fachlichen Tagungen bereits gekannt hätten. Dem war aber nicht so gewesen. Obwohl Christine damals in einer Gemeinschaftspraxis in Bonn, also ganz in der Nähe, praktiziert hatte, waren sie sich hier im Rheinland nie über den Weg gelaufen.

Aber man konnte wieder einmal sehen, wie klein die Welt manchmal ist. Malte war gebürtiger Ostfriese und nach dem Studium der Liebe wegen hier hängen geblieben. Schließlich hatte er die Villa in Rheinbach gekauft und sich eine gut gehende Praxis aufgebaut. Auch als Gutachter für die dortige Justizvollzugsanstalt hatte er sich einen Namen gemacht.

Seit dem Tod seiner Eltern nutzte er deren Häuschen in Neuharlingersiel als Feriendomizil und inzwischen als Altersruhesitz. Da auch Christine und ihr Mann regelmäßig ihren Urlaub in einem Ferienhäuschen dort verbrachten, war sie Malte eines Morgens beim Brötcheneinkauf in der Bäckerei Johann Hinrichs im Kutterhafen von Neuharlingersiel begegnet. Er hatte sie auf ihren rheinischen Dialekt angesprochen und sie spontan mit ihrem Mann am Abend zu einem Gläschen Wein in sein Haus eingeladen, nachdem er erfahren hatte, dass sie sogar eine Kollegin von ihm aus der Region Bonn war. Aus dieser Begegnung war in den letzten Jahren schon eine richtige Freundschaft entstanden und sie hatten mit seiner Segeljacht bereits so manchen Turn durch das Wattenmeer und zu den Ostfriesischen Inseln gemacht.

Die kleine Villa im Rheinbacher Rodderfeld war eigentlich für die nur sechshundert Quadratmeter Grund viel zu groß. Aber Grundstücke sind im Rheinland rar. Dafür hatte sie allerdings ihre Reize, die für Christine und Paul fast so etwas wie Urlaubsfeeling bedeuteten. Schon den Eingang des Hauses, der von einem säulengetragenen kleinen Giebel überdacht wurde, zierte eine bronzefarbene Schiffsglocke. Der Glockenton erschallte dann allerdings auf das Klingeln hin, elektronisch umgesetzt, innerhalb des Hauses. Die Terrasse nach hinten raus war mit Schiffsplanken ausgelegt und wurde durch einen kleinen Koiteich begrenzt. Natürlich durfte auch ein Strandkorb auf der überdachten Terrasse nicht fehlen. Das alles hatten Christine und Paul beim Kauf mit übernommen.

Zur Praxis führte eine Marmortreppe in das Souterrain. Als Treppengeländer dienten Schiffstaue, die durch messingfarbene Halter gezogen wurden. Die Wände des Treppenhauses zierten Bilder von Wattwanderungen, an denen das Ehepaar schon teilgenommen genommen hatte, und von Inselbesuchen auf Langeoog, Spiekeroog und Wangerooge. Der großzügige Wohnbereich im Erd- und Obergeschoss wurde durch eine Glaswand mit Glastür vom geräumigen Eingangsbereich abgetrennt.

Die Psychologin hatte von Malte auch seine Patientenkartei und seine Aufgabe als Gutachter für die Justizvollzugsanstalt in Rheinbach übernommen. Hinzu kamen noch die meisten ihrer früheren Bonner Patienten. Über mangelnde Auslastung konnte sie sich daher wirklich nicht beklagen.

Nachdem Christine die letzten Notizen zur Sitzung mit ihrer Patientin gemacht hatte, rief sie über die Sprechanlage Gerd Müller in den Behandlungsraum. Ein mittelgroßer, sehr muskulöser Mann kam herein. Sie bat ihn, auf einem Stuhl vor ihrem Schreibtisch Platz zu nehmen. Irgendwie kam er ihr bekannt vor. Aber sie wusste auf Anhieb nicht, wo sie ihn hinstecken sollte, mit seinem kahl geschorenen Schädel und seinem mindestens zwei Handbreit langen schwarzen Vollbart.

Irgendwie bereitete er ihr Unbehagen. Durch den Bart, der auch die Wangen bedeckte, war seine Mimik für sie schwer einzuschätzen. Seine dunklen Augen schienen sie wie mit einem Röntgenblick geradezu zu durchbohren. Sie bedauerte in diesem Moment, Sabine gehen gelassen zu haben. Einen Augenblick überlegte sie, ob sie Paul in die Praxis runterbitten sollte, fand das dann aber doch etwas übertrieben.

Auf ihre Frage, wie sich seine Beschwerden äußern würden, antwortete er: »Hab im Moment geschäftlich und privat ziemlichen Stress. Dann wache ich nachts schweißgebadet auf und kann nicht wieder einschlafen. Deshalb setze ich mich dann vor den Fernseher, bis mir die Augen zufallen. Morgens bin ich jedes Mal wie gerädert und völlig unkonzentriert. Meine Hände sind gegen irgendetwas allergisch geworden, daher trage ich zurzeit diese Handschuhe.«

Christine ging es auf einmal eiskalt den Rücken runter. Plötzlich wusste sie ganz genau, wer da vor ihr saß. Sie hatte vor etwa fünf Jahren für einen Strafgefangenen Heinz Dieter Meyer ein Gutachten erstellen müssen. Der war wegen brutalen Mordes nach bestialischer Vergewaltigung einer Frau über mehrere Tage zu einer lebenslangen Freiheitsstrafe in der JVA Rheinbach mit anschließender Sicherungsverwahrung verurteilt worden und hatte nach fünfzehn Jahren Haft einen Antrag auf vorzeitige Entlassung und Aufhebung der Sicherheitsverwahrung gestellt.

Aber zu Heinz Dieter Meyer hatte sie irgendwie ein anderes Bild im Kopf, volles mittelblondes Haar, glatt rasiert. Doch wenn er es tatsächlich sein sollte, was führte er im Schilde? Sie überlegte. Denkbar wäre es, dass er sich nach zwanzig Jahren bereits im Freigang bewegen durfte. Vielleicht brauchte er ja wirklich Hilfe und kam zu ihr, weil er sie schon kannte? Warum dann aber nicht unter seinem richtigen Namen?

Hinzu kam ihr Eindruck, dass das, was er sagte, nicht mit ihrer Wahrnehmung seiner Augenpartie und auch seiner Körpersprache übereinstimmte. Wie gestresste und unkonzentrierte Menschen auftreten, wusste die erfahrene Psychologin nur zu gut.

Sie versuchte Zeit zu gewinnen. »Kleinen Moment, ich muss eben etwas nachschauen«, sagte sie und stand auf, um an ihren Aktenschrank zu gehen. Dort hatte sie alle Patientenakten in Hängeregistern alphabetisch unter Verschluss. Sie musste von diesem Heinz Dieter Meyer ein Bild in der Akte haben. Die Akte fand sie schnell und suchte nach dem Bild. Sollte sich ihr Verdacht bestätigen, und sie war sich ziemlich sicher, dass er es war, was sollte sie dann tun? Paul runterrufen? Die Polizei anrufen? Sie kramte in der Akte und versuchte keine Panik aufkommen zu lassen. Wenn er ihr etwas antun wollte, würde sie noch nicht einmal bis zu ihrem Telefon, geschweige denn an ihm vorbei bis zur Tür kommen.

Das schnappende Geräusch hinter ihrem Rücken von dem Öffnungsvorgang eines Springklappmessers hörte sie und wollte sich gerade umschauen. Im gleichen Augenblick traf sie der erste Stich in ihre linke Niere und sie sackte mit einem markerschütternden Schmerzensschrei zur Seite auf den Boden. Die zweite Messerattacke des Mannes traf gleich darauf ihre Leber. Sie schrie erneut auf, bis sie der dritte Stich an einer Rippe vorbei von hinten mitten ins Herz traf und sie für immer verstummen ließ.

In aller Seelenruhe wischte ihr Mörder sein Messer an ihrem Kleid ab. Dann holte er ein kleines Etui aus der Innentasche seiner Jacke und öffnete den Computer der Psychologin. Mit wenigen Handgriffen hatte er die Festplatte ausgebaut. Das Gleiche machte er mit dem PC der Sprechstundenhilfe.

Im Haus war alles still, nur ganz leise war das Rauschen der Wasserleitung zu hören. Ein Grinsen zog über sein Gesicht, wie man an seinen Augenwinkeln erkennen konnte, bevor er das Haus verließ. Allein der Gedanke daran, was für eine blutige Überraschung den Ehemann, der wahrscheinlich gerade unter der Dusche stand, im Souterrain seines Hauses gleich erwarten würde, bereitete ihm eine diabolische Befriedigung.

2. Kapitel

Heike Grabowski hatte es mal wieder erwischt. Eine heftige Depression! Die letzte Attacke war schon fast ein Jahr her und so war die Hoffnung in ihr gewachsen, dass sie endlich von diesem Übel befreit sei. Seit einem Burnout vor einigen Jahren plagte sie sich damit herum. Allerdings genau genommen nicht erst seitdem. Aber es war offiziell der Grund für ihre vorzeitige Pensionierung als Kriminalhauptkommissarin der Kripo in Essen gewesen.

Sie musste unbedingt ihre langjährige Freundin Engeline Clausen in Bensersiel anrufen. Diese war zugleich die Vermieterin ihres kleinen Fischerhäuschens in Neuharlingersiel, unweit des malerischen Kutterhafens. Mit fahrigen Händen gelang es ihr erst nach mehrfachen Versuchen, ihre Rufnummer auf dem Smartphone zu aktivieren: »Engeline?! Es hat mich mal wieder erwischt. Ich dachte, ich hätte es hinter mir. Ich wollte nur mal deine Stimme hören und dir Bescheid sagen.«

»Ach, Heike, du Ärmste! Soll ich vorbeikommen?«

»Nein, nein. Du weißt ja, wenn es richtig losgeht, helfen mir nur meine Tabletten, die ich gerade schon genommen habe, und absolute Ruhe. Aber ich wollte dir nur Bescheid sagen, dass du dich nicht wunderst, wenn ich mich mal nicht am Telefon melde und auch am kommenden Donnerstag nicht bei der Teestunde dabei sein sollte. Dann mach dir keine Sorgen. Es wird schon wieder. Wir kennen das ja.«

»Für mich ist immer das Schlimmste, dass ich nicht helfen kann.«

»Mach dir keine Sorgen. Wir sind starke Frauen und lassen uns nicht unterkriegen! Aber ich mach jetzt mal Schluss. Ich glaube, die Tabletten beginnen zu wirken. Ich melde mich«, beendete Heike das Gespräch.

Dabei wusste sie nur zu genau: Es konnte nicht lange dauern, und das Monster der Depression würde sie mal wieder voll im Griff haben. Das hatte sie jahrelang im Dienst vor den Kollegen und den Ärzten verborgen. Sie wollte es auch nicht ihrer Freundin sagen, wie es ihr dann wirklich ging, weil sie genau wusste, dass diese sich dann noch mehr sorgen würde.

Dabei lag die eigentliche Ursache für ihre Depressionen bereits über zwanzig Jahre zurück. Darüber hatte sie aber bisher mit niemandem gesprochen. Schon damals hatte sie im Dienst in Essen immer versucht, ihre depressiven Phasen zu verstecken. Denn ihr war klar, dass dies – ganz am Anfang ihrer Karriere – sehr wahrscheinlich zu einer Entlassung wegen Dienstunfähigkeit geführt hätte. Immerhin hatte sie es dann aber geschafft, bis zu einer Frühpensionierung durchzuhalten. Aber auch da war sich der Psychologe nicht sicher, ob bei ihr nur ein Burnout oder doch etwas noch Schwerwiegenderes dahintersteckte. Doch sie konnte und wollte nicht über die Bilder reden, die sie bis heute in ihren Albträumen verfolgten. Und im Verstecken, sogar vor einem Psychodoktor, war sie geübt.

Schließlich hatte sie es nach ihrer Pensionierung dahin gezogen, wo sie seit vielen Jahren immer in ihrem Urlaub Kraft getankt hatte, an die ostfriesische Wattenmeerküste, zu ihrer damaligen Vermieterin der Ferienwohnungen, Engeline.

Bisher hatte sie es immer noch geschafft, mit ihren depressiven Phasen klarzukommen. Auch wenn sie schon manches Mal froh gewesen war, heute keine Waffe mehr im Haus zu haben. Wie leicht könnte damit die Lösung ihres Problems sein! Damit kannte sie sich als pensionierte Polizistin aus. Einfach den Lauf in den Mund … Aber sie hatte eine Tochter und einen Enkel, die sie beide abgöttisch liebte und denen sie das nicht antun wollte.

Mein Gott, dachte sie auf einmal. Ist das schon über zwanzig Jahre her? Das Schwein hatte damals lebenslang mit anschließender Sicherungsverwahrung bekommen. Sie müsste mal bei Bert Linnig, ihrem damaligen Kollegen, nachfragen, ob der immer noch einsaß oder doch – etwa im Rahmen einer Resozialisierung – schon wieder auf freiem Fuß war. Kriminalhauptkommissar Linnig und seine Kollegin Nina Jürgens vom Kommissariat Wittmund kamen einmal im Monat samstags zu einem Brunch zu ihr. Das war bereits seit einiger Zeit zu einem festen Ritual geworden, genauso wie die wöchentliche Teestunde donnerstags bei Engeline. Und nächsten Samstag stand wieder das Frühstück mit den beiden Kommissaren an. Bis dahin hoffte sie, wieder fit zu sein.

Heike machte sich einen Beruhigungstee und versuchte sich mit dem Zappen durch die Fernsehprogramme abzulenken. Dabei kam sie auf einen Bericht über einen Terroranschlag im Nahen Osten mit entsprechenden Bildern. Sie hätte besser den Fernseher ausgelassen, denn eigentlich wusste sie doch, sie brauchte Ruhe. Da waren sie wieder, die Horrorvisionen von der bestialisch ermordeten und geschändeten jungen Frau, die dieser sadistische Psychopath mehrere Tage in seiner Gewalt gehabt hatte.

Wie sich später herausstellte, war es die Lebensgefährtin des Sicherheitsfahrers einer Werttransportfirma. Der Mörder hatte diesen mit dessen gekidnappter Freundin dazu erpresst, einen Peilsender an seinem Fahrzeug zu befestigen und seinen Kollegen mit Waffengewalt daran zu hindern, Alarm auszulösen, als ihr Fahrzeug gestoppt wurde. Nachdem der erpresste Sicherheitskurier dem Kriminellen Zugang zu den Spezialbehältern des Wagens verschafft hatte, wurden beide Männer der Sicherheitsfirma von ihm kaltblütig erschossen. So jedenfalls stellte sich der Ablauf nach den Recherchen der Essener Polizei damals dar.

Bewiesen werden konnten aber nur die Vergewaltigung der jungen Frau und ihre Ermordung durch DNA-Vergleich mit forensischem Material des Täters. Er war bereits einschlägig vorbestraft. Daher gab es Referenzwerte von ihm, die mit DNA-Spuren an der Leiche übereinstimmten. Gleichzeitig fanden sich DNA-Nachweise der Getöteten an von ihm getragener Kleidung, die in seiner Wohnung gefunden worden war.

Der Raub und die Ermordung der beiden Sicherheitskuriere konnten ihm nicht gerichtsverwertbar nachgewiesen werden. Zeugen gab es keine. Dennoch hatten die brutale Vergewaltigung und bestialische Ermordung der Partnerin des einen Fahrers für eine lebenslange Haft mit anschließender Sicherungsverwahrung gereicht.

Heike wusste ganz genau: Das Heraufbeschwören der Erinnerungen war Wasser auf die Mühle ihrer Depression. Es zog sie raus. Sie brauchte jetzt den Wind der Nordsee um die Nase. Obwohl die Sonne bereits untergegangen war, musste sie an den Strand. Das machte sie nicht zum ersten Mal. Im Moment war noch Abenddämmerung, aber in spätestens einer halben Stunde würde es dunkel sein. Für solche Abend- und Nachtspaziergänge war sie mit passender Kleidung und einer Taschenlampe gut gerüstet. Als sie den Hafen erreichte, hob sich die Silhouette des Gebäudes der Deutschen Gesellschaft zur Rettung Schiffbrüchiger immer noch deutlich gegen das immer dunkler werdende Grau des wolkenverhangenen Himmels ab. Um diese Jahres- und Uhrzeit war hier keine Menschenseele mehr unterwegs, was Heike in diesem Moment auch sehr recht war.

Der Westwind hatte aufgedreht und blies ihr kräftig ins Gesicht, als sie die Deichkrone erreichte, die auf der anderen Seite sanft zum Strand hin abfiel. Den Parker mit der Kapuze hatte sie eng um sich gezogen und war froh, dass es nicht regnete, obwohl der Wetterbericht es angekündigt hatte. Von Langeoog leuchteten einige Lichter herüber. Festen Schrittes ging sie zum Strand hinunter. Den Schatten, der ihr schon seit dem Verlassen ihres Hauses gefolgt war, bemerkte sie dabei nicht.

3. Kapitel

Der Erste Kriminalhauptkommissar Bert Linnig und seine Partnerin, Kriminalhauptkommissarin Nina Jürgens, hatten den Umzug in das Häuschen in Carolinensiel gerade hinter sich. Nach einigen Hürden waren sie endlich ab dem ersten Oktober gemeinsame Mieter. Es war keine einfache Sache gewesen, zwei Haushalte zusammenzuführen. Aber inzwischen waren alle Möbel im Haus an ihrem Platz und sie freuten sich auf das erste Wochenende im neuen Heim. Blauer Himmel und Sonnenschein versprachen einen schönen Herbsttag, den Nina und Bert schon mit einem Frühstück auf der Terrasse begrüßt hatten.

Am Nachmittag näherte sich unter Führung der Vermieterin Gerda Hinrichs, die im übernächsten Haus wohnte, eine kleine Prozession dem verklinkerten Winkelbungalow. Gerda hatte es sich nicht nehmen lassen, sich kurzerhand zur »ersten Nachbarin« von Nina und Bert zu erklären, was in Ostfriesland eine besondere Bedeutung hat. Eigentlich hätte diese Auszeichnung ja einem der Bewohner der direkt neben dem Haus der Polizisten liegenden Häuser zugestanden, aber das waren Feriendomizile.

Der erste Nachbar kümmert sich bei runden Geburtstagen um das Aufstellen eines Schildes, welches mit der Jahreszahl und optischen Hinweisen auf den Jubilar oder die Jubilarin geschmückt wird. Bei Hochzeiten organisiert er das Kranzbinden mit Tannenzweigen und Schmuckröschen, die aus Krepppapier gebastelt werden. Und bei Einzug eines neuen Nachbarn sorgt er für einen mit Papierröschen verzierten Kranz und ein Willkommensschild.

Und einen solchen bestimmt fast acht Meter langen Kranz aus geflochtenem Tannengrün trugen die Nachbarn, hintereinander laufend, auf ihren Schultern. Sie wurden verstärkt durch einige Kollegen der Zugezogenen aus dem Wittmunder Kommissariat. Einer der Nachbarn zog einen kleinen Bollerwagen mit einer Ladung Bier. Der Zug war in Gerdas Garage gestartet, hielt aber auf dem Weg zu seinem nahe gelegenen Ziel mehrere Male an. Offensichtlich bedurften die Träger einer Stärkung in Form kleiner brauner Fläschchen, die auf Kommando entleert wurden.

Schließlich erreichte der Zug das Haus von Nina und Bert. Ein Nachbar hatte eine kleine Trittleiter mitgebracht. Einige Männer hoben den Kranz über die Haustür auf mitgebrachte Haken, die in bereits vorhandene Dübellöcher geschraubt worden waren. Die Girlande reichte links und rechts von der Tür großzügig bis auf den Eingangstritt. Danach machten die Frauen sich daran, den Kranz mit Papierröschen zu verzieren. Alle Arbeitsschritte schienen eine besonders durstfördernde Angelegenheit zu sein, denn die Tätigkeiten mussten immer wieder für Löschmaßnahmen aus den Bierkästen unterbrochen werden. Schließlich wurde der Kranz in der Mitte über der Eingangstür mit einem ovalen roten Willkommensschild gekrönt und die Hausbewohner mit Sturmklingeln herausgeholt.

Die ganze Aktion hatte ein Quadrocopter aus der Luft überwacht. Gesteuert wurde dieser von einem der Kollegen aus Wittmund. Schließlich musste noch ein Foto der beiden Hausbewohner in der geschmückten Haustür gemacht werden und wiederum kamen die kleinen braunen Fläschchen mit entsprechendem Kommando zum Einsatz. Dann rückten alle ins Haus ein. Wie auf dem Display der Drohnensteuerung zu sehen war, kam die Gesellschaft aber kurz darauf bereits auf der anderen Seite des Hauses auf der Terrasse wieder raus.

Bert verteilte goldbraun gegrillte Rostbratwürste in aufgeschnittenen Brötchen. Diese hatte er während der ganzen Aktion an der Eingangstür auf seinem Gasgrill vorbereitet. Aus ihrem Fundus als Vermieterin von Ferienwohnungen hatte Gerda Gartentische und -stühle zur Verfügung gestellt, wodurch alle Anwesenden einen Platz fanden. Die Nachmittagssonne sorgte für angenehme Temperaturen und die geistigen Getränke für lustige Stimmung.

Nachdem alle ihren ersten Hunger gestillt hatten, verschwand Bert ins Haus und kam kurz darauf mit einer gewichtigen Miene wieder heraus. Da er sich nicht auf seinen Platz setzte, sondern stehen blieb, dauerte es nicht lange, bis die Gespräche verstummten und die Anwesenden ihn erwartungsvoll anblickten.

»Liebe Gerda, liebe Nachbarn, liebes Team, zunächst, auch im Namen von Nina, ein herzliches Dankeschön für den Willkommensgruß. Bisher kannten wir es nur so, dass die Neuen ihre Nachbarn und Freunde zu einer Einweihungsfete einladen. Es ist eine Besonderheit dieser Region, dass dem Neuankömmling von seinen Nachbarn sogar ein Willkommenskranz über die Tür gehängt wird und dass die Gäste dann auch noch Schnaps und Bier selbst mitbringen. Ich habe zwar keine Ursachenforschung betrieben, könnte mir aber vorstellen, dass der Kampf gegen die Naturgewalten, wenn der Blanke Hans auf die Küste trifft, über Jahrhunderte ein besonderes Nachbarschaftsverhältnis geprägt hat. Denn ohne den nachbarschaftlichen Zusammenhalt ist man nichts gegen solche Naturkräfte.«

»Da könnte was dran sein«, unterbrach ihn Polizeihauptmeisterin Silke Jansen. »Daher kommt auch der plattdeutsche Spruch: »De nich' will dieken, mutt wieken, was so viel heißt wie: Wer nicht deichen will, muss weichen. Deswegen sind wir auch Zugezogenen sehr offen gegenüber und der Willkommenskranz symbolisiert das.«

»Danke, Silke! Du als gebürtige Ostfriesin kennst dich damit natürlich bestens aus. Aber auch die Moore, von denen es ja hier reichlich gibt, entwässert keiner alleine. Jedenfalls, euch allen dafür nochmals ganz herzlichen Dank! Lasst uns auf die ostfriesische Nachbarschaft trinken.«

Als alle getrunken hatten und sich gerade wieder der Fortsetzung ihrer Gespräche widmen wollten, räusperte sich Bert und zog damit erneut die Aufmerksamkeit auf sich, zumal er sich noch nicht wieder gesetzt hatte.

»Ich möchte noch etwas hinzufügen. Nina und ich haben zum ersten Mal beide das Gefühl, endlich angekommen zu sein. Ein Häuschen mit einem so schön gestalteten kleinen Garten, der von Gerda und ihrem Gärtner so liebevoll angelegt und gepflegt wurde, hatten wir noch nie. Wie einige von euch wissen, haben sowohl Nina als auch ich bereits eine Ehe dem Dienstgott geopfert, wie ich das immer zu nennen pflege. Die besonderen Anforderungen des Polizeidienstes verlangen nun mal, auch gerade von der Partnerin beziehungsweise dem Partner, eine Menge Verständnis und Toleranz ab. Da fällt schon mal ein geplanter Konzertbesuch oder Wochenendausflug ins Wasser, weil wieder ein Mörder oder Vergewaltiger zugeschlagen hat oder ein Kind vermisst wird. Das macht auf Dauer nicht jeder Ehepartner mit.«

Zustimmendes Gemurmel von Berts Team bestätigte ihn.

»Es ist eine unübersehbare Tatsache, dass zwischen Nina und mir weit mehr als eine dienstliche Partnerschaft entstanden ist. Daher glaube ich, es ist an der Zeit und genau der richtige Anlass, liebe Nina, dass ich dich frage: Willst du meine Frau werden?«

Bei diesen Worten hatte Bert ein kleines Schächtelchen aus der Hosentasche gezogen und geöffnet. Damit ging er zu Nina, die sich erhoben hatte.

»Ja, Bert, ich will! Und wie ich will!« Mit diesen Worten fiel sie ihm um den Hals und küsste ihn zärtlich. Solche Gefühlsausbrüche waren eigentlich bei ihr nicht an der Tagesordnung, sodass Bert beinahe der Ring, den er schon herausgenommen hatte, aus der Hand gefallen wäre. Dann steckte er ihn an den Ringfinger ihrer linken Hand.

»Dass du dir das gemerkt hast! Eigentlich habe ich es ja nicht so mit den Klunkern, aber dieser blaue Topas hat es mir angetan, seit ich ihn im Schaufenster in der Fußgängerzone in Wittmund gesehen habe.« Nina hielt stolz ihre Hand mit dem Weißgoldring und dem schön gefassten quadratischen Edelstein hoch, was von den Anwesenden mit freudigem Beifall bedacht wurde.

»Dann sollten wir auf die frisch Verlobten das Glas erheben«, ergriff Kriminalhauptkommissar Sören Nansen, Leiter der Spurensicherung und persönlicher Freund von Bert, das Wort. »Wir wünschen euch von Herzen eine glückliche gemeinsame Zukunft, und darauf lasst uns trinken. Auf euch!«

Nachdem sie getrunken hatten, gab Sören noch ein kleines Geheimnis preis: »Schön, Nina, dass der Ring jetzt endlich da ist, wo er hingehört, nämlich an deinem Finger. Es freut mich persönlich ganz besonders, ihn jetzt da zu sehen. Beinahe wäre der Ring nämlich bei uns in der Asservatenkammer gelandet. Ich glaube, Bert hat sicher nichts dagegen, wenn ich die Geschichte zum Besten gebe.«

»Mach nur, es ist ja gut ausgegangen. Wie du schon richtig bemerkt hast, ist der Ring jetzt endlich am richtigen Platz.«

»Also, die Geschichte von diesem Ring ist schon fast ein kleiner Krimi für sich. Bert hatte sich bei dem Fall des entführten Finanzbeamten an einem Samstagvormittag bei Nina abgemeldet, da er im Büro nach wichtiger Post schauen wollte. Das hat er auch gemacht, ist danach aber zu Fuß in die Fußgängerzone und hat den Ring gekauft. Damit Nina ihn nicht findet, steckte er ihn in ein leeres Holster in seinem Handschuhfach. Auf dem Nachhauseweg sah er auf der Issumer Straße einen zur Fahndung ausgeschriebenen Van, dem er dann bis in den Knyphauser Wald folgte. Wie wir alle wissen, endete das für Bert mit seiner eigenen Entführung.«

»Hätte auch tödlich ausgehen können«, warf Polizeihauptmeister Bernd Guben ein. »Und wieder einmal nur, weil wir in Deutschland immer noch ein Land der Funklöcher sind.«

»Wohl leider wahr, Bernd. Unglaublich, und das in unserem sonst hoch technisierten Land. Wenn Bert nicht im Funkloch gewesen wäre, hätte er rechtzeitig Verstärkung angefordert. So fanden wir nur noch seinen leeren Privatwagen und im Handschuhfach das Holster mit einem kleinen Schächtelchen vor. Einer meiner Mitarbeiter wollte es schon zu den Asservaten geben, da ahnte ich, um was es sich da nur handeln konnte, und habe beides, nicht ganz vorschriftsgemäß, bei mir persönlich unter Verschluss genommen, bis Bert wieder unter den Lebenden war. Schön, dass ihr beiden zusammengefunden habt. Deshalb hebe ich noch mal das Glas auf Nina und Bert.«

Es wurde ein feuchtfröhlicher Nachmittag und für einige Hartgesottene unter den Gästen auch noch Abend. Wenn die herbstlichen Temperaturen nicht gewesen wären, hätte mancher sicher auch noch bis in die Nacht durchgehalten.

Nina und Bert hatten ebenfalls kräftig zugelangt und waren froh, nicht nur den Sonntag frei zu haben. Sie konnten bis Mittwoch Überstunden abfeiern. Und wie nach jedem Umzug gab es im Haus noch genügend zu tun. Erst dann würde sie der dienstliche Alltag wiederhaben.

Es lagen turbulente Zeiten hinter ihnen. Im vergangenen Jahr musste Nina um ihr Leben kämpfen. Dabei verlor sie ihr ungeborenes gemeinsames Kind. Bert war erst im Sommer in eine lebensbedrohliche Situation geraten, wodurch es auf der Kippe gestanden hatte, ob sie überhaupt gemeinsam in das Häuschen in Cliensiel, wie Carolinensiel von Einheimischen und Ferienstammgästen gern genannt wurde, ziehen würden.

Mittlerweile war nicht nur privat, sondern auch dienstlich Ruhe eingekehrt. Alles ging seinen beschaulichen Gang. In den Küstenkurorten schienen die Uhren wieder etwas langsamer zu gehen. Verschwunden war die saisontypische touristische Betriebsamkeit. Man hatte wieder Zeit für ein Schwätzchen über den Gartenzaun oder an der Kasse im Supermarkt. Und im Kommissariat wurden, wo immer es sich einrichten ließ, Überstunden, die es bei allen reichlich gab, abgefeiert.

***

Zum ersten Dienstantritt nach dem Umzugsurlaub, am Mittwoch, hatte Bert sein engstes Team zu einem gemeinsamen Frühstück in den Meetingraum eingeladen. Dazu gehörten neben den beiden Kommissaren die Polizeihauptmeister Silke Jansen, Rita Schneider und Bernd Guben. Rita hatte eigentlich mit dem Gedanken gespielt, sich im Bewährungsaufstieg für die Laufbahn des gehobenen Dienstes als Kriminalkommissarin zu bewerben. Aber unverhofft kommt oft. Amor hatte bei ihr zugeschlagen, was dazu führte, dass sie erst einmal alle Karrierepläne auf Eis legte. Außerdem war Berts Freund Sören Nansen mit zu dem Frühstück eingeladen.

Silke und Rita kümmerten sich um das Aufdecken und Kaffee, unterstützt von ihrem Kollegen Bernd. Nina hatte frische Brötchen und leckeren Wurst- und Käseaufschnitt mitgebracht. Und natürlich durften Nordseegranat und Matjes nicht fehlen.

Eigentlich wollte Bert die Zeit der Frühstücksvorbereitung nutzen, um in seinem dienstlichen PC nach den Posteingängen zu schauen. Allerdings kam gerade in diesem Moment Sören in sein Dienstzimmer.

»Willkommen zurück! War am Samstag ’ne schöne Einweihungs- und Verlobungsfeier bei euch im Garten«, begrüßte er Bert, bevor sich dieser weiter mit seinem Computer beschäftigen konnte. »Ich kann dich beruhigen, mein Lieber: keine Morde, keine Gewaltverbrechen. Wir hatten extra für euch einen Aufruf über die Medien geschaltet, dass ihr im Umzugsurlaub seid und alle Verbrecher die Zeit am besten für eigenen Urlaub nutzen sollten. Also, lass uns gleich rübergehen und mit dem gemütlichen Teil beginnen. Schließlich sind wir doch Beamte und müssen auch mal unserem Ruf gerecht werden. Du kennst das doch, als sich zwei Beamte auf dem Behördenflur treffen und der eine den anderen fragt, ob er auch nicht schlafen kann«, fügte er dann noch grinsend mit einem Augenzwinkern hinzu.

»Für was brauchen wir denn den Beamer?«, wollte Bert wissen, als die beiden Kommissare in den Meetingraum kamen. »Ich dachte, ihr hättet die Verbrecher alle in Urlaub geschickt.«

»Haben wir«, griff Bernd Guben diesen Gedanken auf. »Lass dich mal überraschen. Wenn ihr uns schon so ein opulentes Frühstück auftischt, dann haben wir auch eine Kleinigkeit für euch in petto.«

Nachdem alle den Gaumenfreuden, Tee und Kaffee reichlich zugesprochen hatten, aktivierte Bernd das Notebook und den Beamer. Es folgte ein Video, welches wohl von einer Drohne aus aufgenommen worden war und einen rot glühenden Sonnenuntergang über dem Wattenmeer zeigte. Es war Ebbe und die Priele glänzten in der Abendsonne. Die Inseln Langeoog und Spiekeroog waren aus dieser Perspektive glasklar zu erkennen. Ebenso der geschlängelte Verlauf der Priele bis zum Seegatt zwischen beiden Inseln.

»Das ist doch der Strand von Carolinensiel-Harlesiel«, stellte Nina fest, die erkannte, dass der Technikfreak im Team, Bernd, da mit seinem Quadrocopter im Einsatz war. »Ist das nicht die Einflugschneise vom Inselflieger Harlesiel? Ist denn da überhaupt der Einsatz einer Drohne erlaubt?«

»Genau weiß ich das an der Stelle dort gar nicht, um ehrlich zu sein. Aber es war so ein toller Sonnenuntergang. Außerdem glaube ich nicht, dass ich mit etwa fünfzig Meter Höhe dem Flieger hätte gefährlich werden können. Zudem wäre ein anfliegendes Flugzeug ja nicht zu überhören gewesen«, rechtfertigte sich Bernd. »Und darüber hinaus, wer hätte mich denn vor Ort daran hindern sollen? Einen Polizisten, der mit einem Streifenwagen bis vor den Hundestrand fährt, wird doch keiner fragen, ob der das darf«, fügte er dann noch frech feixend hinzu. Da kam bei ihm wieder einmal der Kohlenpottler durch.

Die folgenden Bilder zeigten das Aufhängen des Willkommenskranzes und das Grillen auf der Terrasse bei Nina und Bert. Dass sie da aus der Luft gefilmt wurden, hatten die Anwesenden natürlich mitbekommen und freuten sich über den gelungenen Beitrag von Bernd.

»Das Video habe ich euch auf einen Stick gezogen«, sagte er bei der Übergabe an Bert. »Für euch von mir zum Einzug und zu eurer Verlobung.«

»Danke, Bernd. Eine gelungene Überraschung und euch allen noch mal vielen Dank, dass ihr bei unserer Einweihung dabei gewesen seid. Aber jetzt wartet der Dienst auf uns«, beendete Bert das Frühstück nach einem Blick auf sein Handy.

Bert ging mit Nina in sein Dienstzimmer, um mit ihr gemeinsam die Posteingänge zu sichten. Wobei sie sich die Arbeit teilten, Nina nahm sich die Briefeingänge vor, während Bert die E-Mails durchging.

»Oh, verdammt! Ich hab's befürchtet. Wäre ja auch zu schön gewesen, um wahr zu sein. Von wegen alle Verbrecher in Urlaub geschickt. Eine verschlüsselte Nachricht vom Landeskriminalamt! Das bedeutet nichts Gutes. Jetzt weiß ich, wofür die SMS von vorhin auf meinem Handy war. Deshalb habe ich auch so schnell unser Frühstück beendet«, sagte Bert, kurz nachdem er seinen E-Mail-Account geöffnet hatte. »Eine weitergeleitete Nachricht vom LKA Nordrhein-Westfalen. Was wollen denn die von uns? Da wird doch nicht schon wieder das organisierte Verbrechen ein Auge auf unsere beschauliche Region geworfen haben?«

Nina war aufgestanden und schaute ihm jetzt neugierig über die Schulter, während Bert den Anhang mit dem Passwort aus seinem Handy öffnete. Dann überflogen beide die Nachricht auf dem Bildschirm.

»Ausgerechnet dieser hochkriminelle Sadist. Den Fall werde ich mein Lebtag nicht vergessen.« Bert war stinksauer. »Da war ich mit Heike, die damals als Kommissarin noch am Anfang ihrer Karriere stand, vor über zwanzig Jahren in Essen im Einsatz und sie fand die bestialisch zugerichtete Leiche einer jungen Frau. Ich glaube, den Anblick hat sie auch bis heute nicht vergessen. Lebenslang hat dieser Brutalo gekriegt, sogar mit anschließender Sicherungsverwahrung. Aber was nützt das?! So wie es aussieht, hat der es geschafft, freizukommen. Und den Hinweis, dass er während der Haft immer wieder Rachegelüste geäußert hat, sollte man auch nicht unterschätzen. Wir müssen unbedingt sofort Personenschutz für Heike organisieren«, zeigte sich Bert besorgt.

»Und was ist mit dir?«, gab Nina jetzt ihrer Besorgnis Ausdruck. »Das betrifft dich doch genauso, wie die schreiben. Und die Psychologin in Rheinbach hat er ja wohl schon auf seinem Gewissen.«

»Ich brauche keine fremden Aufpasser. Ich habe ja mit dir den besten Aufpasser der Welt an meiner Seite. Aber du hast recht, so einen Typen darf man wirklich nicht unterschätzen. Wir sind damals davon ausgegangen, dass der kaltblütig auch den Freund der geschändeten Frau und dessen Kollegen erschossen hat. Die waren als Sicherheitskuriere für eine Werttransportfirma tätig. Die Vergewaltigung und der Mord seines Opfers konnten ihm durch DNA-Vergleich nachgewiesen werden. Für den Nachweis, dass er auch für die Tötung der beiden Männer verantwortlich war, fehlten uns leider die Beweise. Wir beide sollten jedenfalls, bis der wieder hinter Schloss und Riegel ist, nur noch mit Schutzwesten rausgehen. Denn immer, wenn wir beide zusammen unterwegs sind, bist du natürlich genauso gefährdet. Ich werde dir nachher mal genauer von dem Fall erzählen, aber jetzt müssen wir uns erst einmal um Heikes Sicherheit kümmern.«

»Ich schicke sofort einen Streifenwagen hin. Du kannst sie inzwischen schon mal telefonisch vorwarnen, bevor wir uns selbst gleich auf den Weg zu ihr machen«, ergriff Nina die Initiative. Das schätzte Bert so an seiner Partnerin. Mit ihrem messerscharfen analytischen Verstand hatte sie blitzschnell eine

Situation erfasst und sofort in Entscheidungen und Handlungen umgesetzt.

Ein Streifenwagen war inzwischen von Esens aus mit Blaulicht zu der Kriminalhauptkommissarin a.D. Heike Grabowski nach Neuharlingersiel unterwegs. Nina hatte die Schutzwesten für Bert und sich besorgt. Als sie zu ihm zurückkam, beendete er gerade das Telefonat mit Heikes Vermieterin.

»Heike meldet sich nicht. Ich habe bei Engeline nachgefragt. Sie hat zuletzt mit ihr am Sonntag telefoniert. Da ging es Heike gar nicht gut. Sie hatte wieder eine ihrer Depressionen und Engeline ist sehr besorgt. Sie ist sofort mit einem Ersatzschlüssel nach Neuharlingersiel losgefahren, obwohl ich sie gebeten hatte, es nicht zu tun«, informierte Bert seine Kollegin.

»Bis sie bei Heike ankommt, wird unsere Streifenwagenbesatzung schon vor Ort sein. Sonst wäre das sicher für sie nicht ungefährlich. Aber es ist ja schon merkwürdig, dass du unsere Kollegin im Ruhestand nicht erreichen konntest.«

»Das macht mich auch sehr besorgt. Ich konnte sie weder über das Festnetz noch auf ihrem Handy erreichen. Aber vielleicht ist sie auch gerade beim Einkaufen und hat ihr Handy nicht dabei.«

4. Kapitel

Hannah Freese war in ihrem siebzigjährigen Leben nicht gerade auf Rosen gebettet gewesen. Trotzdem hatte es auch immer wieder Lichtblicke gegeben. Als Urlauberin war die aus dem Raum Kassel stammende Hessin vor vierzig Jahren in Ostfriesland hängen geblieben. Nach der Heirat mit Fiete Freese, einem Bauernsohn aus der Nähe von Neuharlingersiel, war sie zu ihm auf den Hof gezogen. Seine Eltern lebten damals auf dem Altenteil und mit ihrer Schwiegermutter verband Hannah bald eine innige Freundschaft.

Aber das Glück währte nicht lange. Erst starb Fietes Mutter und kurz darauf sein Vater. Das war schon schlimm genug für die Eheleute, wenn nicht noch zusätzlich das vertrackte Testament gewesen wäre. Die Erblasser wollten Hof und Ländereien möglichst gerecht auf ihre beiden Söhne verteilen. Da Fiete als der Ältere den Hof erben sollte, erhielt er nur noch ein paar Hektar unmittelbar um das kleine Anwesen herum. Den größten Teil der Äcker und Weiden erhielt sein Bruder Hinnerk. Die alten Leute waren davon ausgegangen, dass Fiete dies von ihm pachten würde und so seinen landwirtschaftlichen Betrieb mit Kälbermast ohne Probleme weiterführen könnte. Für seinen Bruder sollte die Einnahme der Pacht ein gewisser Ausgleich sein.

Die ersten Jahre lief das auch ganz gut. Aber wie immer wieder bei solchen Erbschaftskonstrukten wurde aus »gut gemeint« auf einmal das Gegenteil von »gut gemacht«. Da der Tourismus in der Region immer mehr an Bedeutung gewann, benötigte man Raum für die Unterbringung der Kur- und Feriengäste und machte das Land zum Bauerwartungsland, worüber Hinnerk im Gegensatz zu seinem Bruder hocherfreut war.

Schon bald kam es zu einem heftigen Streit zwischen den Brüdern, wovon auch beide Familien nicht verschont blieben. Fiete erfuhr nämlich, dass sein Bruder über seine Beziehungen wohl mit dazu beigetragen hatte, dass nicht die Ländereien des Nachbarn, sondern seine eigenen zu Bauland erklärt wurden.

Für Fiete war es das Aus für die landwirtschaftliche Nutzung seines Hofes. Aber schließlich machte er aus der Not eine

Tugend, und da er bereits fast sechzig war, nutzte auch er einen Teil seiner Weiden für den Verkauf als Bauland, um mit dem Erlös den kleinen Gulfhof in Ferienwohnungen umzubauen. Viel Freude war ihm damit aber nicht mehr vergönnt, denn bald darauf erwischte ihn ein Herzinfarkt. Sein Bruder Hinnerk und dessen Familie waren noch nicht einmal zur Beerdigung gekommen.

Nun saß Hannah mit ihrer kleinen Rente da. Reserven gab es nicht mehr. Daher war sie dringend auf die Einnahmen aus der Zimmervermietung angewiesen. Da sie noch recht rüstig war, schaffte sie es mit Unterstützung ihrer Tochter Antje, die inzwischen wieder bei ihr eingezogen war, ohne sonstige fremde Hilfe. Nur in der Saison hatte sie für die Zimmerendreinigungen eine junge Frau aus Neuharlingersiel. Um die Ferienwohnungsangebote im Internet kümmerte sich Antje. Beruflich bot sie die Erstellung von Websites für Internetnutzer und Firmen an und konnte daher von zu Hause aus arbeiten.

Nach dem Abbruch eines Informatikstudiums hatte Antje sich damit selbstständig gemacht. Vor einigen Jahren war das noch recht einträglich gewesen. Inzwischen waren die Aufträge allerdings immer weniger geworden, weil es immer mehr EDV-Programme am Markt gab, mit denen sich Nutzer selbst ihre Website erstellten. Deshalb war sie ganz froh, dass sie bei ihrer Mutter mietfrei leben konnte.

Antje hatte vor Jahren, als ihr Vater noch lebte, einen Niederländer geheiratet und war zu ihm gezogen. Leider war die Ehe nicht von langer Dauer gewesen. Aber auch mit neuen Beziehungen hatte sie kein Glück und wechselte oft die Partner. Dabei war sie in den Niederlanden schon mit Drogen in Kontakt gekommen. Um aus dem Milieu rauszukommen, kehrte sie nach dem Tod des Vaters und einem Entzug zur Freude ihrer Mutter wieder ins Elternhaus zurück und bezog eine der Ferienwohnungen im ehemaligen Scheunenteil des Gulfhofes. Bei diesem für Ostfriesland typischen landwirtschaftlichen Hoftyp waren der kleinere Wohntrakt, in dem Hannah wohnte, und der größere Scheunenteil unter einem gemeinsamen ausladenden Dach untergebracht.

Die Saison war vorbei und hatte in diesem Jahr für eine gute Auslastung gesorgt. Doch nun waren die Ferienwohnungen frei und Hannah war sehr froh, als eines Morgens eine Frau aus dem Ruhrgebiet unangemeldet vor der Tür stand und sich mit ihrem Mann für vier Wochen einmietete und sogar im Voraus bezahlte. Sie mietete auch gleich zwei Garagenplätze in der neben dem Haus stehenden ehemaligen Scheune. Ihr Mann würde mit eigenem Wagen nachkommen, sagte die Frau, deshalb brauche sie zwei Garagenplätze.

Normalerweise meldeten sich Feriengäste telefonisch oder über das Internet bei Antje an. Aber es war ja alles frei und bei den unerwarteten Einnahmen stellte Hannah auch weiter keine Fragen. Bis jetzt.

Sie roch es sofort, als Antje nach mehrmaligem Klingeln und Klopfen die Wohnungstür öffnete. Ihre Tochter hatte mal wieder geraucht. Doch was Hannah da entgegenschlug, war kein normaler Zigarettenrauch, den kannte sie von Fiete. Vielleicht war er ja auch deshalb so früh gestorben, ging es ihr durch den Kopf. »Was hast du geraucht?«, fragte sie besorgt.

»Mach dir keinen Kopf, Mam. Bleib entspannt. Alles im Griff. Was gibt es denn? Ich hab Besuch.«

»Ich wollte eigentlich nur fragen, ob du zum Abendessen kommen willst. Ich hab leckeren Fisch eingekauft.«

»Danke, Mam, heute nicht.«

»Na gut«, erwiderte Hannah enttäuscht und ging. Sie wusste, dass Antje es nicht mochte, wenn sie ihr nachspionierte. Deswegen fragte sie auch nicht, wer denn der Besucher war. Eigentlich konnten das ja nur die Feriengäste sein, denn sie hatte kein Auto kommen hören. Diese Erkenntnis trug aber nicht gerade zu ihrer Beruhigung bei. Für sie stand fest: Bei Antje hatte es nach Haschisch gerochen. Auch die Art und Weise, wie sie mit ihr gesprochen hatte, ließ kaum einen anderen Schluss zu. Das konnte dann ja nur von den Mietern sein, denn seit ihre Tochter aus den Niederlanden wieder zurück war, hatte sie nichts feststellen können, was auf einen erneuten Drogenkonsum hingedeutet hätte.

Erstmals stellte sich Hannah die Frage: Was waren das für Leute? Schon kurz nach dem Einzug der Frau hatte ein zweiter Wagen, ein großer silbergrauer Mercedes, in der Garage gestanden. Dem Mann selbst war Hannah aber noch nicht begegnet. Seine Frau sagte, dass er eine Sonnenallergie hätte und sich deswegen nur in abgedunkelten Räumen aufhalten würde, was die ständig heruntergelassenen Rollos zu bestätigen schienen.

Die Mieterin, die sich als Jenny Kleinwald vorgestellt und ausgewiesen hatte, war Mitte vierzig, nicht sehr groß und schlank. Mit ihrer dunkelblonden Kurzhaarfrisur, ihrem ovalen Gesicht und ihren grauen Augen war sie eine unauffällige, aber nicht unsympathische Person, wie Hannah es empfand.

Und die sollte etwas mit Drogen zu tun haben? Antjes Mutter mochte es nicht glauben. Konnte es sein, dass diese Frau ihre Tochter wieder zu einem Drogenrückfall verführt hatte?

5. Kapitel

Nina und Bert waren im Alarmmodus. Ein brutaler Hochkrimineller mit Rachegelüsten gegenüber Heike und Bert in Freiheit! Und Heike nicht erreichbar. Sie hatten es immer wieder vergeblich auf dem Festnetz und Handy versucht. Das letzte Lebenszeichen von ihr war von Sonntagnachmittag. Wenn das kein Grund zur Besorgnis war!

Bevor sich die beiden Beamten im Laufschritt auf den Weg zu ihrem zivilen Dienstwagen machten, gab Bert noch Anweisung an sein Team, die Bereitschaft zu alarmieren und zusätzliche Streifenwagenbesatzungen loszuschicken, um nach dem bundesweit zur Fahndung ausgeschriebenen Heinz Dieter Meyer zu suchen. Dazu sollte, insbesondere mit dessen Fahndungsfotos, in der Gastronomie und im Touristikbereich nachgefragt werden. Wobei außerhalb der Saison viele Betriebe dieser Art in der Region geschlossen hatten.

Mit Blaulicht und Sirene ging es dann nach Neuharlingersiel. Unterwegs informierte Bert Nina grob über den Fall von damals. Plötzlich erreichte sie der Funkspruch, dass eine Frauenleiche an der Nordseite des Gebäudes der Seenotretter vom Hund eines Spaziergängers gefunden worden war. Kurz darauf meldeten die Streifenpolizisten, dass ihnen Engeline Clausen die Tür aufgeschlossen hatte und sie die Bewohnerin nicht in ihrem Haus angetroffen hatten. Sie erhielten die Anweisung, dort mit Engeline zu warten, bis Bert sich wieder melden würde. Im Kommissariat wurden inzwischen die Standards eines gemeldeten Leichenfundes abgespult.

Den Kommissaren schwante Böses. Und kurz darauf hatten sie die traurige Gewissheit. Heike lag zusammengekrümmt auf der Erde, unter einem aufgebockten Ruderboot bei der Slipanlage der Helling Neuharlingersiel, welches durch eine herunterhängende Plane abgedeckt war. Dadurch war sie vom Weg aus nicht zu sehen gewesen. Nur die Hundenase hatte sie aufgespürt. Ihr Rücken wies mehrere Stichverletzungen auf. Ein Griff an den Hals der Toten bestätigte den optischen Eindruck: eiskalt, kein

Puls. Hier kam jede Hilfe zu spät. Nina machte mit dem Handy einige Fotos von der Leiche.

»Wenn ich mir den Zustand der Vorderseite ihres Parkers und ihrer Hose ansehe, sieht es aus, als wäre sie eine längere Strecke über den Boden gerobbt«, stellte Bert fest, wobei ihm die Erschütterung über den Tod seiner früheren Kollegin anzumerken war. »Hier brauchen wir keinen Notarzt, sondern unseren Gerichtsmediziner, Dr. Rabe.« Bert hatte die Kurzwahl auf seinem Handy gedrückt und gleich darauf den Mediziner in der Leitung, den er über den Sachverhalt informierte. »Er wird mindestens eine Stunde von Oldenburg brauchen«, sagte er dann zu Nina. »Dieser kriminelle Psychopath Heinz Dieter Meyer war aber verdammt schnell. Am Samstag vor einer Woche hat er die Gutachterin erstochen und jetzt Heike. Wenn ich nur daran denke: Die Psychologin hat vor fünf Jahren mit ihrem Gutachten Heike und mir noch eine Schonfrist verschafft und musste das mit ihrem Leben bezahlen, unglaublich! Und jetzt Heike!« Für ihn schien die Sachlage klar. Wer konnte sonst ein Mordmotiv gegen seine Kollegin von damals haben?

»Aber auf jeden Fall kann der Mord nicht vor Sonntagnachmittag erfolgt sein, denn da hat Heike ja noch mit Engeline telefoniert«, stellte Nina fest. »Wobei am Sonntagnachmittag sicher hier noch Spaziergänger unterwegs gewesen sein dürften. Also muss es irgendwann danach passiert sein.«

Inzwischen waren Kollegen aus dem Kommissariat eingetroffen und hatten alles abgesperrt. Und auch die Spurensicherung war bereits vor Ort, und Sören übernahm mit seinen Leuten, sodass Bert und Nina sich auf den Weg zum Haus der Toten machen konnten. »Aber nur mit Anzügen rein«, mahnte Sören. »Ich habe schon ein paar Leute in Heikes Haus im Einsatz. Ich gehe nicht davon aus, dass das hier der Tatort ist. Wahrscheinlich hat sie hier nur Schutz gesucht, schließlich war das Wetter in den letzten Tagen nicht das beste.«

»Sehe ich auch so«, bestätigte Bert. »Ihre Kleidung sieht jedenfalls so aus, als wenn sie durch Sand und Schlamm gerobbt wäre.«

»Wir werden es herausfinden«, sagte Sören, bevor er sich wieder seinen Leuten zuwandte.

Vor Heikes Haus wartete Engeline in ihrem Auto und Nina konnte sich endlich um sie kümmern. Die Frau saß kreidebleich und mit zusammengeknülltem Taschentuch und Tränen in den Augen hinter ihrem Steuer. Die Polizisten der Spurensicherung hatten sie inzwischen darüber informiert, dass ihre Freundin tot aufgefunden worden war.

»Es tut mir unheimlich leid, was mit Heike passiert ist«, versuchte Nina sie zu trösten, obwohl auch ihr zum Heulen zumute war.

»Deine Leute haben mir auf meine Frage hin gesagt, dass es kein Selbstmord war, wie ich zunächst gedacht hatte. Sie sagten das so komisch. Für mich klang das so, als müsste ich nur das ›Selbst‹ streichen. Ich begreif das nicht. Wer tut denn so was? Heike hat doch keiner Seele was zuleide getan.«

»Ich darf dir zwar keine Details nennen, aber es hängt wohl mit einem ihrer alten Fälle aus Heikes Essener Zeit zusammen.«

»Heißt das etwa, dass irgend so ein Schwerverbrecher bei uns unterwegs ist?«, wollte Engeline entsetzt wissen. »Gestern hatten sie in den Spätnachrichten darüber berichtet, dass ein Strafgefangener im Rheinland sich aus dem erleichterten Vollzug abgesetzt und dort schon eine Frau umgebracht haben soll. Ein fieser Typ mit Glatze und einem furchteinflößenden schwarzen Bart. Aber auch ohne Bart und mit vollen Haaren auf dem Kopf wie auf einem früheren Bild machte der einem schon Angst. Jedenfalls sagten die im Fernsehen, dass man die Polizei informieren sollte, weil der sehr gefährlich ist. Meinst du, dass der Heike umgebracht hat?«

»Das wissen wir nicht, Engeline.« Nina musste daran denken, dass Bert eigentlich noch die Spätnachrichten vor dem Zubettgehen hatte sehen wollen. Aber dann kommt es zwischen Verliebten schon mal anders, dachte sie, und das Schauen einer Nachrichtensendung verliert auf einmal an Wichtigkeit. Sie musste innerlich schmunzeln, obwohl ihr wahrlich nicht danach zumute war. »Soll ich dich nach Hause bringen lassen oder einen Arzt anfordern?«, zeigte sich Nina besorgt.

»Nein, danke. Ich komme schon klar. Das Letzte, was Heike mir am Telefon sagte, als ich sie fragte, ob ich wegen ihrer Depression zu ihr kommen sollte, war, dass wir starke Frauen sind.« Bei diesen Worten flossen dann aber doch wieder die Tränen und Nina gab ihr ein frisches Taschentuch. Nach einer Weile hatte sich die Ostfriesin, die schon manches in ihrem Leben wegstecken musste, wieder beruhigt. »Ich fahr dann mal. Aber vielleicht können eure Jungs von der Streife mich ja bis nach Hause begleiten und bei mir im Haus nach dem Rechten sehen. Irgendwie macht mir das Ganze jetzt doch richtig Angst.«

Nachdem Nina sich von ihr verabschiedet und versprochen hatte, öfter eine Streife bei ihrem Haus vorbeizuschicken, veranlasste sie das Entsprechende und ging zu Bert ins Haus. Sie fand ihn in Heikes Büro. Auch er hatte inzwischen einen weißen Overall an wie die Spurensicherer, ebenso wie Nina.

»Dr. Rabe ist schon bei Heike. Er hat sich von dort gemeldet«, informierte Bert seine Partnerin.

»Die Kollegen von der Spusi haben zwar bereits einige Fingerabdrücke, aber sonst bislang nichts Verwertbares finden können, was im Zusammenhang mit dem Mord stehen könnte. Was sagt denn ihr Terminkalender hier auf ihrem Schreibtisch?«, wollte Nina wissen.

»Da waren für die letzten Tage keine Termine vermerkt. Nur für Donnerstag ist ›Teestunde bei Engeline‹ und für den nächsten Samstag ›Brunch mit Nina und Bert‹ eingetragen. Sonst auch hier nichts von Bedeutung. Keine Vermerke zum Beispiel über dubiose Anrufe oder Ähnliches. Was sagte denn Engeline?«

»Im Grunde das Gleiche, was sie dir schon am Telefon gesagt hat. Allerdings sprach sie von einem Fahndungsaufruf gestern Abend in den Spätnachrichten, die wir ja verpasst haben, wie du dich vielleicht noch schwach erinnern wirst. Das Denken fällt Männern in manchen Situationen ja etwas schwerer als sonst«, konnte sich Nina den leichten Sarkasmus an dieser Stelle einfach nicht verkneifen. Obwohl sie diese Bemerkung im gleichen Augenblick selbst als absolut unpassend empfand und am liebsten ungeschehen gemacht hätte. So was passierte ihr ganz selten, da sie sich in der Regel sehr gut unter Kontrolle hatte.

Bert schien ihre Gedanken erraten zu haben, jedenfalls entschärfte er geschickt ihren Sarkasmus etwas: »Tatsache ist, liebe Nina: Wenn wir die Spätnachrichten gesehen hätten, wäre nicht nur unser Dienstfrühstück heute Morgen ins Wasser gefallen, sondern ich hätte auch in der vergangenen Nacht noch Himmel und Hölle in Bewegung gesetzt, um Heike zu warnen. Auch ohne die Informationen vom LKA aus NRW wäre bei mir Alarmstufe Rot gewesen, wenn ich erkannt hätte, wer der Flüchtige ist. Denn diesem sadistischen Monster ist alles zuzutrauen.«

»Was aber wohl auch nichts mehr genützt hätte. Ich will der Untersuchung durch Dr. Rabe nicht vorgreifen, aber nach meiner Einschätzung liegt Heike schon länger tot beim Gebäude der Seenotretter. Hoffentlich wissen wir dazu bald mehr.«

»Das ist wohl leider so. Jedenfalls möchte ich mir gar nicht vorstellen, was der alles unternehmen kann, wenn er die Rohdiamanten aus dem damaligen Überfall auf das Sicherheitstransportfahrzeug, die bis heute nicht wieder aufgetaucht sind, inzwischen zu Geld gemacht hat. Das konnte er auf der Fahrt von Rheinbach nach Ostfriesland, mit einem kleinen Abstecher über Antwerpen oder Amsterdam, leicht bewerkstelligen.«

»Da die Fahndung erst gestern in den Spätnachrichten gesendet wurde, können wir davon ausgehen, dass die Kollegen im Rheinland wohl bis gestern Abend noch keine gesicherten Erkenntnisse hatten«, stellte Nina fest. »Das heißt, der konnte in aller Ruhe sein Depot, wo auch immer, räumen und das Diebesgut zu Geld machen. Da der Raub schon über zwanzig Jahre zurückliegt, hat doch sicher auch kaum ein Händler einen Zusammenhang mit dem damaligen Verbrechen herstellen können, oder sehe ich das falsch?«

»Das siehst du sicher richtig, und das macht uns die Sache gewiss nicht einfacher. Aber selbst wenn … Diese Typen wissen im Zweifel auch einen illegalen Weg, um solche Steine zu Geld zu machen.«

Bevor die beiden Kriminalisten ihren Gedankenaustausch weiter vertiefen konnten, wurden sie durch die Ankunft des

Gerichtsmediziners unterbrochen, der seine Untersuchung vor Ort abgeschlossen hatte. »So wie es aussieht, ist die Todesursache auf mehrere Stichverletzungen und innere Blutungen zurückzuführen«, sagte er. »Vermutlich hat sie noch einige Stunden gelebt und sich unter das Boot verkrochen, bis sie schließlich innerlich verblutet war. Ich gehe davon aus, dass der Tod vor etwa zwei Tagen eingetreten ist. Gesicherte Erkenntnisse kann ich Ihnen erst nach der Obduktion liefern.«

»So was Ähnliches haben wir uns schon gedacht. Mit anderen Worten, der Mörder hat gut zwei Tage Vorsprung«, resümierte Nina.

»Aber was mich am meisten erschüttert, ist die Vermutung, dass sie vielleicht noch eine Chance gehabt hätte, wenn sie rechtzeitig in eine Klinik gekommen wäre«, sagte Bert.

»Damit könnten Sie durchaus recht haben. Aber sie hatte wohl kein Handy dabei, oder der Mörder hat es ihr abgenommen, wie mir Ihre Kollegen von der Spurensicherung sagten«, bestätigte der Rechtsmediziner. »Dass sie noch imstande war, laut um Hilfe zu rufen, glaube ich eher nicht. Und wer hätte es da am einsamen Strand, außerhalb der Saison, auch hören sollen? Es grenzt schon fast an ein Wunder, dass sie überhaupt bis zum Fundort gekommen ist. Ihre Kollegen gehen aufgrund von Spuren an ihren Händen und ihrer Kleidung davon aus, dass die Tat am Strand stattgefunden hat. Zumindest haben sie dort eine Taschenlampe gefunden, die der Toten gehört haben könnte.«

»Das Handy lag auf dem Küchentisch. Sie wird es wohl vergessen oder bewusst nicht mitgenommen haben, weil sie ihre Ruhe haben wollte. Wie wir von ihrer Vermieterin wissen, hatte sie wieder eine depressive Attacke. Ihre Depression war auch der Grund für ihre Frühpensionierung«, klärte Bert Dr. Rabe auf. »Jedenfalls warten wir mit der Einschaltung der Medien in Bezug auf Heikes Ermordung erst einmal die forensischen Ergebnisse ab. Nach ihrem mutmaßlichen Mörder wird ohnehin schon bundesweit gefahndet. Aber er hat ja auch mich noch auf dem Zettel. Vielleicht für uns die Chance, ihn hier bei uns doch noch zu erwischen.«

6. Kapitel

Nach einem kurzen Abendmeeting mit dem Stamm- und inzwischen aufgestellten Verstärkungsteam schickte Bert seine Leute, die nicht zur Schicht eingeteilt waren, in den Feierabend. Allerdings mit der Auflage, jederzeit abrufbar zu sein.

Er selbst verzichtete trotz dringender Empfehlung von Nina und Sören weiterhin auf einen Personenschutz. Dabei war er sich absolut der Tatsache bewusst, dass er damit die Rolle eines Lockvogels übernahm. »Ich muss den Typen möglichst nah an mich herankommen lassen«, sagte er zu Nina auf der Heimfahrt zu ihrem Haus. »Dann haben wir eine Chance, ihn zu schnappen. Wenn wir für mich rund um die Uhr eine Bewachung aufbauen, erreichen wir bei ihm nur, dass er sich etwas anderes einfallen lässt. Vielleicht erschießt er mich dann mit einem Präzisionsgewehr auf große Distanz.«

»Keine gute Vorstellung. Aber meinst du, es reicht, wenn verschiedene Zivilstreifen mit Kollegen aus unserem Verstärkungsteam öfter an unserem Haus vorbeifahren? Und glaubst du, dass wir mit unseren Schutzwesten und einer zweiten Pistole im Fußholster eine Chance haben, auch bei einem Überraschungsangriff?«

»Nina, ich habe den kennengelernt. Wozu der fähig ist, konntest du dem Bericht der Kollegen aus Nordrhein-Westfalen entnehmen, und das ist nur die zusammengefasste Kurzversion. Wie ich dir schon sagte, waren wir uns damals absolut sicher, dass der auf irgendeinem Weg von dem bevorstehenden Transport der Rohdiamanten erfahren haben musste. Auch, dass die Sicherheitstransportfirma das als ganz normalen Transport tarnen wollte. Natürlich haben wir auch das Personal der Firma überprüft. Aber da war keine Verbindung zu Meyer nachweisbar. Zudem kannten außer der Geschäftsleitung nur die beiden Fahrer den Termin und die Fahrtroute. Nach Aussage des Firmenchefs waren das seine besten Leute.«

»Trotzdem muss er irgendeinen Informanten an entscheidender Stelle gehabt haben. Irgendwie ist das Ganze für mich nicht so richtig nachvollziehbar.«

»Was glaubst du, wie es uns damals ging? Dabei muss man leider feststellen, dass der wohl versucht hat, zwei Fliegen mit einer Klappe zu schlagen, so makaber das auch klingt. Das heißt, selbst wenn plötzlich andere Fahrer eingeteilt und der ganze Transport umdisponiert worden wäre, hätte er seine abartigen sexuellen Gelüste ja bereits ausgelebt. Wir waren uns sogar sicher, dass auch andere bislang unaufgeklärte ähnliche Mordfälle im Ruhrgebiet auf sein Konto gingen. Aber unsere diesbezüglichen späteren Ermittlungen liefen leider alle ins Leere.«

»Wie seid ihr denn überhaupt auf den Zusammenhang zwischen dem Sexualmord und dem Raubüberfall gekommen?«, wollte Nina wissen.

Zunächst haben wir tatsächlich gar keinen Zusammenhang zwischen beiden Fällen gesehen. Wie sollten wir auch, wir wussten ja nichts von der Verbindung des einen Fahrers mit der ermordeten Frau. Erst als wir merkten, dass die tote Frau und der tote Fahrer die gleiche Adresse hatten, wurden uns die Zusammenhänge klar.«

»Aber der Täter musste doch mit dem Fahrer irgendwie in Kontakt getreten sein. Wie hätte er denn sonst an die Informationen kommen können?« Für Nina war das alles nicht schlüssig. »Konnte man ihm denn auch keine Telefonkontakte nachweisen?«

»Du darfst nicht vergessen, das Ganze liegt über zwanzig Jahre zurück. Damals gab es zwar schon Handys, aber noch kein Netz mit solchen Ortungsmöglichkeiten wie heute. Aber du hast recht. Der erpresste Fahrer hatte auf seinem Festnetz und seinem Mobiltelefon mehrere Anrufe von einem Handy verzeichnet. Leider war das als gestohlen gemeldet und ist nie wieder aufgetaucht. Wahrscheinlich hat der Typ das in der Ruhr versenkt oder anderweitig entsorgt. Jedenfalls konnten wir ihm keine Verbindung zu einem der Fahrer nachweisen. Dass er den einen Fahrer gezwungen hat, einen Peilsender am Sicherheitsfahrzeug anzubringen, konnten wir ihm letztlich auch nicht gerichtsfest beweisen. Das Einzige, was wir in seiner Wohnung fanden, war ein Empfänger für solche Peilsender, und den Sender wird er sicher mitgenommen und genau wie das Handy und die Mordwaffe entsorgt haben. Jedenfalls reichte das dem Gericht als Beweis nicht aus.«

»Stellt sich mir die Frage, wieso hat er den Empfänger nicht auch verschwinden lassen?«

»Keine Ahnung. Vielleicht wollte er den noch mal benutzen. Ich bin kein Techniker und weiß daher auch nicht, ob das überhaupt möglich ist.«

»Jedenfalls klingt das fast wie das perfekte Verbrechen«, konnte sich Nina den Kommentar nicht verkneifen. »Aber dann doch nicht perfekt genug, denn sonst hätte er ja wohl kaum lebenslänglich mit Sicherungsverwahrung bekommen.«

»Richtig erkannt. Aber ohne die Entwicklung im Bereich des genetischen Fingerabdrucks hätten wir ihn niemals drangekriegt. Erst Ende der achtziger Jahre wurde erstmals, wie du weißt, ein DNA-Abgleich gerichtlich anerkannt und danach technisch immer weiter verbessert. Was aber damals noch nicht so in die breite Öffentlichkeit gedrungen war. Jedenfalls trug dieser Sadist wohl bei all seinen grausamen Handlungen Handschuhe. Dabei achtete er aber weniger darauf, wo er sein Ejakulat hinterließ, wie die Rechtsmedizin eindeutig nachweisen konnte. Da er schon mal wenige Jahre zuvor wegen Vergewaltigung verurteilt worden war, lag bereits eine DNA von ihm vor. Damit hatte er wohl nicht gerechnet. Denn er war bei seiner Verhaftung absolut sicher, dass wir ihm nichts würden nachweisen können.«

»Du sagst: wenige Jahre zuvor. Wie war es denn möglich, dass er nach einer Verurteilung als Vergewaltiger schon wieder auf freiem Fuß war?« Nina konnte es nicht fassen.

»Ganz einfach. Du kennst doch unser Rechtssystem. Zur Tatzeit war er noch unter zwanzig, wodurch das Jugendstrafrecht zur Anwendung kam. Außerdem ist der ein Superschauspieler, das kann ich dir sagen. Heike und ich waren davon überzeugt, dass das ein notorischer Lügner ist, der alle an der Nase herumführte. Wen wundert es da noch, dass der nach relativ kurzem Jugendstrafvollzug bereits wieder auf die Menschheit losgelassen wurde? Nach seiner Festnahme durch Heike und mich nützte ihm das aber nicht mehr viel. Die forensischen Beweise waren eindeutig. Außerdem hätte er mal öfter seine Klamotten waschen und den Müll rausbringen sollen. So fand unsere Spurensicherung auch Kleidung von ihm mit dem Blut seines Opfers in seiner Wohnung. Er behauptete zwar, dass ihm irgendjemand versuchte die blutige Kleidung unterzuschieben. Allerdings konnte die Forensik in einer Unterhose von ihm sogar sein Sperma vermischt mit dem Blut der jungen Frau nachweisen.«

»Wenn der so organisiert und vorsichtig war, verstehe ich nicht, dass der seine Kleidung nicht auch entsorgt hat«, wunderte sich Nina.

»Die Tatwerkzeuge hat er offensichtlich sofort verschwinden lassen, weil man das eben so macht. Obwohl er im Leben nicht damit gerechnet hatte, dass wir in allerkürzester Zeit schon über seinen Namen und seine Adresse verfügen. Der war völlig perplex, als wir bei ihm vor der Tür standen, und ließ sich widerstandslos festnehmen. Das hat uns zum damaligen Zeitpunkt selbst überrascht und erst den Wert der neuen forensischen Möglichkeiten durch eine DNA-Analyse plastisch vor Augen geführt.«

Die beiden Polizisten hatten inzwischen ihr Häuschen im Wohngebiet von Carolinensiel erreicht. Die zum Teil großzügig geschnittenen Grundstücke mit gepflegten Vorgärten und einer durch Pflanzinseln verkehrsberuhigten Straße schafften einen sehr angenehmen Wohncharakter. Was auch unzählige Urlauber jedes Jahr sehr zu schätzen wussten. Sie fuhren ihren Dienstwagen in die große Doppelgarage, die zu dem verklinkerten Winkelbungalow gehörte. Den Haupteingang schmückten immer noch die mit Papierröschen verzierte Girlande und das Willkommensschild in der Mitte über der Tür.

In der Garage standen normalerweise die beiden Privatwagen. Ninas Auto befand sich zurzeit allerdings in der Dienststelle. Sie hatten das zivile Dienstfahrzeug genommen, für den Fall, dass sie in der Nacht noch mal zu einem Einsatz müssten. Eine weise Voraussicht, wie sich noch herausstellen sollte.

***

Nina hatte einen leichten Schlaf und war bereits beim ersten Klingeln ihres Handys wach. Bert hatte das wohl zum Bestandteil seiner Träume gemacht und sich mit einem Grunzlaut auf die andere Seite gewälzt.

Die Kommissarin meldete sich und der Kollege von der Bereitschaft informierte sie über den Eingang eines Notrufs aus Heikes Nachbarschaft. In ihrem Haus hatte der Anrufer das Licht einer Taschenlampe gesehen. Eine Streife aus Esens sei auf dem Weg dorthin.

»Wir fahren direkt nach Neuharlingersiel. Setzt euch mit zwei Einsatzfahrzeugen ebenfalls dorthin in Marsch«, gab Nina Anweisung. Sie schaute auf die Uhr. Kurz nach eins. »Aber fahrt ohne Blaulicht und Sirene. Um diese Zeit ist ohnehin kaum jemand auf den Straßen. Nicht, dass ihr gleich halb Ostfriesland aus den Betten reißt und möglicherweise den oder die Einbrecher vorwarnt.«

Sie weckte Bert, der einen Moment brauchte, um aus seinem Tiefschlaf in die Gegenwart zu kommen. Dann aber ging alles seinen routinemäßigen Gang bei den erfahrenen Polizisten, die nicht zum ersten Mal mitten aus dem Schlaf gerissen in einen Einsatz mussten. Und doch war es heute nicht wie sonst. Bevor Bert den Dienstwagen aus der Garage fuhr, hatte er vom Küchenfenster aus die Gegend gecheckt. Nina war in der Haustür stehen geblieben, um die Umgebung zu sichern, bis er den Wagen vor die Tür gefahren hatte. Erst dann stieg sie auf der Beifahrerseite ein. Danach ging es mit rasanter Fahrt nach Neuharlingersiel.

Schon als sie sich Heikes Haus näherten, sahen sie die blauen Lichtblitze des Streifenwagens an den umliegenden Hauswänden und Giebeln. Die beiden Streifenpolizisten hatten vor dem Seiteneingang von Heikes Haus Posten bezogen.

»Wir haben schon die Spurensicherung alarmiert«, meldete der eine. »Es ist niemand mehr im Haus. Das Siegel hier ist aufgebrochen und diese Tür war nur angelehnt, als wir kamen. Der Schlüssel steckt noch. So wie es aussieht, ist der Einbrecher über die Terrasse und den Garten abgehauen. Die Terrassentür steht sperrangelweit auf. Wir haben nichts angefasst.«

Nina informierte ihr Bereitschaftsteam über Funk, dass sie ihren Einsatz abbrechen konnten, zumal Sören mit seinen Leuten schon unterwegs war. Dann fragte sie die beiden jungen Kollegen, obwohl sie die Antwort kannte: »Seid ihr mit Blaulicht hergefahren?«

»Natürlich, wir waren doch im Einsatz«, antwortete einer der beiden.

»Dann wisst ihr jetzt, warum der Einbrecher hinten raus ist und die Terrassentür noch offen steht«, klärte Bert sie auf.

»Ach du Scheiße«, rutschte es dem einen jungen Polizisten raus. »Dann haben wir den ja gewarnt und hätten ihn andernfalls auf frischer Tat ertappen können. Ich hab einfach vergessen, das Warnlicht rechtzeitig abzuschalten.«

»Macht euch keine Sorgen. Mir ist es lieber so, als wenn ich hier jetzt zwei erschossene junge Kollegen vorgefunden hätte. Wenn es nämlich der ist, von dem wir glauben, dass er es ist, hättet ihr kaum eine Überlebenschance gehabt, wenn ihr hier arglos ohne Schutzbekleidung reinmarschiert wärt. Der hat wahrscheinlich nicht nur unsere erfahrene Kollegin im Ruhestand auf dem Gewissen, sondern mindestens auch noch vor zwanzig Jahren zwei ausgebildete und bewaffnete Sicherheitsleute. Wir übernehmen jetzt und ihr könnt eure normale Streifenfahrt fortsetzen.«

»Ich stelle mir die Frage, Bert: Wieso bricht der Mörder hier bei Heike ein, wenn er sie doch schon am Strand getötet hat?«

»Ist mir auch völlig schleierhaft. Macht auf den ersten Blick jedenfalls überhaupt keinen Sinn. Aber irgendeinen Grund wird es dafür sicher geben. Wir werden uns gedulden müssen, bis die Ergebnisse der Forensik vorliegen.«

Inzwischen war Sören mit seinen Leuten eingetroffen. »Moin, wir übernehmen. Ihr könnt euch noch den Rest von der Nacht gönnen. Übrigens, das mit dem Schlüssel ist schon merkwürdig. Wir haben einen bei Heike am Schlüsselbund gefunden, und einer hing am Schlüsselbrett bei ihr im Flur, sowohl von der Haustür als auch von diesem Seiteneingang. Und Engeline hatte auch einen Satz. Ich frage mich also, wo der im Schloss steckende

Schlüssel herkommt. Vielleicht der berühmte Ersatz unter der Türmatte.«

»Ich werde morgen früh mal bei Engeline nachfragen, ob sie eine Erklärung dafür hat«, sagte Nina, bevor sie sich mit Bert auf den Heimweg machte.

»Wie ich schon befürchtet habe, der ist hier noch in der Gegend. Der lässt nicht locker, bis der mich hat, und dann wird er sich wahrscheinlich mit seinem Geld aus dem Überfall von damals ins Ausland absetzen«, sagte Bert.

»Oder er hat einen Killer auf dich angesetzt. Hier läuft er doch Gefahr, selbst geschnappt zu werden. Das würde auch erklären, dass man ihn trotz der Fahndungsbilder hier noch nirgendwo gesehen hat. Dann wäre nicht er Heikes Mörder und wir jagen ein Phantom.«

»Könnte natürlich auch sein. Aber irgendwie sagt mir mein Bauchgefühl: Der braucht bei seiner sadistischen Neigung die Befriedigung und den Kick, wenn er das selbst erledigt. Außerdem kamen wir schon damals zu dem Schluss, dass er wohl ein absoluter Einzelkämpfer ist. Wobei mich in Bezug auf seinen Sadismus schon gewundert hat, dass er sich bei Heike mit ein paar tödlichen Stichwunden zufriedengibt. Da hätte ich eher mit Folter und einem Massaker gerechnet. So wie es aussieht, wäre dafür doch am Strand genügend Zeit und Gelegenheit gewesen. Dann hat er sich noch nicht einmal davon überzeugt, ob sie auch wirklich tot ist, sodass sie noch bis in das Versteck kriechen oder robben konnte.«

»Vielleicht ist er ja am Strand gestört worden. Wie auch immer, Bert. Wir sollten in jedem Fall höchste Vorsicht walten lassen.«

Sie waren gerade mit ihrem Fahrzeug in die Straße zu ihrem Haus eingebogen, als ihnen langsam ein Auto entgegenkam. Bert hielt in einer Parkbucht an, um das Auto zu beobachten und vorbeizulassen. Es fuhr fast im Schritttempo an ihrem Haus vorbei. Als der Wagen auf ihrer Höhe war, stoppte er und die Scheibe wurde heruntergefahren. »Moin, Herr Kommissar. Na, mitten in der Nacht im Einsatz? Aber so ist das, ich muss nachher auch gleich wieder für zwei Wochen mit dem Truck auf Tour durch Südeuropa.«

Vom Sehen her kannte Bert den Mann, der weiter hinten in der Straße wohnte. »Ja, so ist das. Das bringen unsere Jobs so mit sich. Dann wünschen wir eine gute Fahrt.«

Nina und Bert waren erleichtert. Beide befürchteten schon das Schlimmste und Nina hatte bereits ihre Waffe aus dem Holster gezogen. Als der Dienstwagen wieder in der Garage stand, sagte Nina: »Ich bin heilfroh, dass wir unsere Fahrzeuge über Nacht nicht vor dem Haus oder in einem Carport parken müssen. Du kannst dir sicher denken, warum …«

7. Kapitel

Bert hatte um neun Uhr sein erweitertes Team zusammengetrommelt. Auch Sören hatte sich bereits mit ersten Ergebnissen angekündigt. Der Rest der Nacht war ruhig geblieben und alle warteten gespannt auf den Bericht des Leiters der Spurensicherung, der mit seinem Team bis zum frühen Morgen durchgemacht hatte. Gerade wollte Bert das Meeting beginnen, da ging eine Message von Sören ein, dass er sich einige Minuten verspäten würde, weil er noch auf ein wichtiges Auswertungsdetail warten wollte.

Daher begann Bert mit einer Zusammenfassung der bisher bekannten Fakten, die er stichpunktartig auf seinem Flipchart vermerkte. Die Blätter wurden später an die Wand gepinnt, sodass jeder Mitarbeiter immer auf dem aktuellen Stand der Ermittlungen war.

Auf seine Frage, ob noch jemand etwas zur Ergänzung beizutragen hätte, meldete sich Nina: »Ich habe bei Heikes Vermieterin nachgefragt, ob sie eine Erklärung dafür hat, wo der Schlüssel für den Seiteneingang hergekommen sein könnte. Sie sagte, es hätte immer ein Ersatzschlüssel auf dem Fensterbrett rechts neben der Tür unter einem Blumentopf gelegen. Für den Fall, dass sich Heike mal ausgesperrt hätte, da sowohl die Tür beim Haupteingang als auch die Seiteneingangstür nur innen eine Klinke haben.«

»Dann sollten wir nachher jemanden hinschicken, der prüft, ob der Schlüssel noch da liegt«, erwiderte Bert.

»Nicht mehr nötig, habe ich schon geklärt«, informierte Nina. »Eine Rückfrage bei unserer Spusi ergab, dass die so was automatisch mit prüfen, weil das zwar beliebte, wenn auch nicht gerade sinnvolle Schlüsselverstecke sind. Ergebnis: Wenn der Schlüssel nicht von Heike woanders hingelegt wurde, wo selbst unsere Spurensicherung ihn nicht finden konnte, dann hat ihn sich jemand unberechtigt angeeignet und gestern in der Tür stecken lassen.«

»Ich hab auch noch was«, meldete sich Polizeihauptmeister Bernd Guben zu Wort: »Eigentlich stand die Bäckerei Hinrichs im Hafen von Neuharlingersiel erst heute Nachmittag auf meinem Plan. Da ich aber etwas spät dran war, habe ich mir dort auf der Fahrt zum Dienst zwei belegte Brötchen geholt und dabei der Verkäuferin das Fahndungsfoto von dem gesuchten Meyer gezeigt. Es hat sich natürlich in Neuharlingersiel rumgesprochen, dass Heike ermordet wurde, obwohl wir offiziell noch nichts an die Presse gegeben haben. Den Verbrecher hat die Frau nicht gesehen, aber sie erzählte, dass vor einiger Zeit eine Frau danach gefragt hätte, wo Heike wohnt. Die hat gesagt, dass sie eine alte Freundin von Heike wäre und ihren Urlaub hier an der Küste dazu nutzen wollte, um sie zu besuchen.«

»Und … hat die Verkäuferin ihr die Adresse gegeben?«, wollte Nina wissen.

»Ja, hat sie. Und sie hat später Heike bei einem Einkauf gefragt, ob die Frau bei ihr gewesen wäre. War sie aber nicht. Heike konnte sich wohl auch nicht erklären, wer diese alte Freundin gewesen sein sollte.«

»Der Sache müssen wir umgehend nachgehen. Vielleicht ist das eine Komplizin des gesuchten Verbrechers. Bernd, nimm das bitte sofort selbst in die Hand und hole die Verkäuferin hierher«, gab Bert Anweisung. »Die könnte eine ganz wichtige Zeugin für uns sein und wir haben die Möglichkeit, eine Phantomzeichnung dieser mysteriösen Urlauberin zu erstellen. Irgendwo wird die sich ja hier eingemietet haben. Also weitere Arbeit für unsere Teams, bei den Vermietern der Region nachzufragen.«

»Mache mich sofort auf den Weg. Ach, ich sehe gerade, dass dein Dienstwagen unten auf dem Parkplatz vor der Tür steht. Da könnte ich doch den nehmen und bin schneller wieder zurück.«

»Papiere sind im Handschuhfach«, stimmte Bert zu und warf ihm die Schlüssel zu. Bernd ging, um seinen Auftrag zu erledigen, als Sören den Meetingraum betrat. Alle schauten ihm gespannt entgegen.

»Leider hat die Detailinformation, auf die ich noch gewartet habe, nicht das erhoffte Ergebnis gebracht. Wir haben auf Heikes Schreibtisch verwischte Speichelspuren sichergestellt, die bei unserer ersten Untersuchung nicht da gewesen oder uns nicht aufgefallen sind. Wir sind ja nicht zwingend davon ausgegangen, dass Heikes Mörder auch in ihrem Haus gewesen ist. Wir wollten das bei unserem ersten Einsatz dort nur ausschließen. Jedenfalls leider keine Übereinstimmung. Es wäre ja auch zu schön gewesen, um wahr zu sein. Und wie in Rheinbach, im Fall der erstochenen Psychologin, auch hier keine Fingerabdrücke des flüchtigen Verbrechers. Wahrscheinlich arbeitet der nie ohne Handschuhe.«

»Das konnten wir schon vor über zwanzig Jahren feststellen«, bestätigte Bert.

»Allerdings haben wir Fingerabdrücke sicherstellen können, die nicht von der Hausbewohnerin stammen«, ergänzte Sören. »Aber wir konnten keine Übereinstimmung mit Daten unseres Zentralarchivs feststellen. Es ist daher möglich, dass diese von harmlosen Besuchern stammen. Kurz bevor ich kam, ging der Obduktionsbericht von Dr. Rabe ein. Du bist im Verteiler, Bert, und hast ihn inzwischen auch auf deinem Rechner. Danach ist der Tod bei Heike bereits am späten Sonntagabend eingetreten. Er kommt in seinem Bericht zu dem Schluss, dass sie mindestens noch ein bis zwei Stunden nach der Messerattacke gelebt hat, bevor sie durch die Stichverletzungen innerlich verblutet ist. Allerdings geht Dr. Rabe davon aus, dass sie entweder mit einem Messer mit relativ kurzer Klinge erstochen wurde oder von einer Frau, weil die Einstiche nicht sehr tief sind. Ein Stich hat ihre Lendenwirbelsäule verletzt, was auch erklärt, warum sie sich nur robbenderweise fortbewegen konnte. Übrigens haben wir am Strand eine Taschenlampe gefunden, auf der wir die Fingerabdrücke der Toten nachweisen konnten. Daher steht für uns fest: Tatort war nicht der Fundort, sondern der Strand.«

»Wenn Dr. Rabe zu dem Ergebnis kommt, dass die Tat womöglich von einer Frau begangen wurde, dann steht ja gar nicht sicher fest, dass der untergetauchte Meyer der Mörder ist. Geschweige denn, dass wir einen gerichtsfesten Beweis gegen ihn hätten«, resümierte Bert. »Kommt mir bei diesem Typen alles irgendwie bekannt vor. Zudem scheint er lernfähig zu sein und hat keine DNA hinterlassen. Was die Sache für uns nicht gerade erleichtert«, setzte er dann sarkastisch hinzu.

»Dann käme doch auch die Frau als Täterin in Betracht, von der Bernd schon berichtet hat«, stellte Nina fest.

Bevor Sören seinen Vortrag fortsetzen konnte, ließ eine Explosion ganz in der Nähe die Scheiben erzittern. Rita war als Erste am Fenster, musste dieses allerdings öffnen, um sehen zu können, was vor dem Gebäude bei der Parkplatzausfahrt passiert war. »Ach du Scheiße! Bert, dein Dienstwagen brennt. Kollegen rennen schon mit Feuerlöschern hin. Die Fahrertür hängt irgendwie ganz komisch raus. Verdammt, ich glaube, Bernd hat es erwischt! Das darf doch nicht wahr sein!«

Bert und Nina waren ebenfalls an die Fenster gestürzt. Für beide war sofort klar, das konnte nur ein Anschlag sein, der aber Bert gegolten hatte. »Bleibt hier! Nina, Sören und ich werden runtergehen. Unten sind schon genug Kollegen im Einsatz«, ordnete Bert an, bevor die drei sich im Laufschritt auf den Weg nach unten machten.

Als sie bei Berts Dienstfahrzeug ankamen, welches am Ausgang vom Parkplatz des Polizeigebäudes stand, war das Feuer bereits mit Löschpulver erstickt. Für Bernd aber kam jede Hilfe zu spät, wie die erfahrenen Kriminalisten sofort erkannten. Es war ein hässlicher Anblick, der sich ihnen bot. Auch für Kriminalisten, die einiges gewohnt waren, ein Bild, das sie nicht so leicht wieder würden vergessen können. Der Sprengsatz musste sich unter dem Fahrersitz befunden haben. Das Entsetzen und die Betroffenheit waren den Kollegen und Helfern deutlich anzusehen. Bernd war aufgrund seines trockenen Humors und seiner Schlagfertigkeit bei allen sehr beliebt gewesen. Alle wussten, dass er ein Schalke-Fan war, mit dem sich trefflich über das Thema Fußball streiten ließ.

Sören hatte über Handy seine Truppe alarmiert. Andere Kollegen sorgten bereits für eine Absperrung. Kurz darauf trafen seine Leute ein und bauten als Erstes einen Sichtschutz um das Fahrzeug auf, bevor sie sich an die Arbeit machten. Denn inzwischen hatte sich auf der Straße vor dem Kommissariat eine kleine Traube neugieriger Passanten gebildet.

Ein paar Fensterscheiben der Vorderfront im ersten Stock des Gebäudes waren geplatzt, wodurch einige Beamte in den dahinterliegenden Räumen durch umherfliegende Glassplitter verletzt worden waren. Allerdings hatten wohl alle noch Glück im Unglück gehabt. So wie es aussah, war Bernd das einzige Todesopfer. Auch den anderen Beamten des Kommissariats war sofort klar, dass der Anschlag eigentlich dem Ersten Kriminalhauptkommissar Bert Linnig gegolten hatte. Schließlich war es sein ziviler Dienstwagen, der in die Luft gesprengt worden war.

Es meldete sich eine junge Polizistin bei Bert. Sie hatte zufällig im Raum hinter dem Eingangsschalter am Fenster gestanden und die Explosion beobachtet. Sie war ziemlich aufgeregt und die Worte sprudelten nur so aus ihr heraus: »Bernd wollte gerade auf die Straße rausfahren, als sich ein Lichtblitz von der Unterseite unter dem Fahrersitz in Bruchteilen von Sekunden ausbreitete. Das Fahrzeug wurde von der Druckwelle kurz angehoben, aber nicht umgeworfen. Nur die Fahrertür flog auf. Es ging alles so rasend schnell, aber für mich war es fast wie in Zeitlupe. Nur gut, dass gerade keine Fußgänger in der Nähe waren und ich durch unsere Panzerglasscheibe geschützt war.«

»Hatten Sie schon vorher am Fenster gestanden und ist Ihnen sonst noch irgendetwas aufgefallen?«, fragte Nina nach.

»Nein, sonst ist mir nichts Besonderes aufgefallen. Hab schon drüber nachgedacht, denn da wird ja irgendjemand eine Sprengladung unter dem Fahrzeug angebracht haben. Aber wie gesagt, nichts. Wenn noch etwas sein sollte, ich habe heute Dienst im Eingangsbereich. Wir werden die Videos der Außenkameras des Gebäudes durchgehen. Falls sich daraus etwas ergibt, werden wir es sofort melden.«

»Okay, das ist eine gute Idee«, entließ Nina die Kollegin, dann sagte sie zu Bert gewandt: »Ich gehe davon aus, das hätte mit Personenschutz verhindert werden können und Bernd würde noch leben.«

»Hätte, wäre, wenn. Solche Überlegungen helfen uns jetzt auch nicht weiter. Ich stelle mir die Frage: Wann und wo hat dieser Psychopath es geschafft, einen Sprengsatz unter mein Auto zu heften? Es gehört ja nicht viel Fantasie dazu, sich vorzustellen, dass der mit Magneten einfach unter den Wagen geheftet wurde. So was geht in Sekunden. Da bückt sich jemand – wie zufällig –

neben dem Auto und schon hängt die Bombe da. Aber wann und wo ist und bleibt für mich die Frage.«

»Wo hat der Wagen längere Zeit unbeaufsichtigt gestanden?«, überlegte Nina.

»Gestern und heute hier auf dem Parkplatz vorm Kommissariat, dann in der Nacht vor Heikes Haus und bei uns in der Garage. Ich glaube ja nicht, dass jemand so dreist wäre, selbst dieser Typ nicht, sich hier vor unserem Gebäude an mein Auto ranzuwagen. Zumal er aus etlichen Fenstern gesehen werden könnte und das Haus von Kameras überwacht wird. Und die Garage zu Hause war abgeschlossen. Beim Haus von Heike war so viel Aktion durch unsere Kollegen, dass es kaum eine Möglichkeit gegeben hätte. Dann bleibt ja nur die Überlegung, dass das Ding da schon länger unter dem Auto gehangen hat.«

»Was zu der Frage führt: Warum erst hier und heute? Wahrscheinlich wurde die Sprengung mit Funksignal ausgelöst. Das heißt, der oder die Täter haben zwar dein Auto gekannt, aber nicht gesehen, dass jemand anders am Steuer saß«, stellte Nina fest. »Das lässt mehrere denkbare Schlüsse zu. Zum Beispiel, dass der Auslöser des Funksignals nur das Auto kannte, aber nicht dich. Dann wäre auch wieder nicht Meyer der Täter. Oder es war Meyer, aber er war zu weit weg, um zu erkennen, dass nicht du der Fahrer warst. Für Bernd das Todesurteil. Erst die liebe Heike und jetzt Bernd!«

Verstohlen wischte sich Nina mit einem Taschentuch über die Augen und auch Bert ließ die Situation nicht kalt. Der Verlust eines Kollegen, insbesondere bei der Ausübung des Dienstes, wog in Polizeikreisen immer besonders schwer, umso mehr eines Mitglieds aus dem eigenen Team. Und dann kam noch dazu, dass Bernd hier quasi für seinen Chef sein Leben gelassen hatte. Entsprechend gedrückt war auch die Stimmung unter Sörens Leuten, die mitten in der Arbeit zur Sicherung der Spuren waren.

***

Man hätte meinen können, dass sich das Kommissariat Wittmund in einer Schockstarre befinden müsste. Denn einer der ihren war durch einen brutalen Anschlag aus dem Leben gerissen worden. Das mussten auch hartgesottene Polizeibeamte erst einmal verdauen. Aber der Dienst forderte die ganze Aufmerksamkeit, gerade jetzt. Das ließ nicht viel Platz für Sentimentalitäten. Dass dieser Anschlag eigentlich Bert gegolten hatte, war natürlich zentrales Gesprächsthema unter den Kollegen.

Nachdem Sören mit seinen Leuten alles Weitere am Tatort übernommen hatte, waren Nina und Bert zu ihrem Team im Meetingraum zurückgekehrt. Dort hatten sie einige Minuten in stillem Gedenken an den beliebten Kollegen verharrt und so manches Tränchen war verstohlen weggewischt worden. Aber dann holte sie die Alltagsroutine wieder ein.

Nina machte sich auf den Weg, um Bernds Lebensgefährtin die traurige Nachricht zu überbringen. Rita war unterwegs, um die Bäckereiverkäuferin in die Dienststelle nach Wittmund zu holen. Diese hatte sich schon telefonisch gemeldet, da Bernd sie vor seiner Abfahrt bereits im Laden angerufen und darüber informiert hatte, dass er sie gleich abholen wollte.

Als Nina von ihrer schweren Mission zurückkam, traf sie auf der Treppe Sören, der gerade zu Bert wollte, um ihm Bericht zu erstatten. Die drei Beamten setzten sich bei Bert an den Besprechungstisch. Nina berichtete, dass sie Bernds Freundin auf ihrer Arbeitsstelle angetroffen hatte. »Wir mussten sogar den Notarzt kommen lassen. Es ging ihr gar nicht gut, der Kreislauf war zusammengebrochen. Schließlich wurde sie von den Sanitätern ins Krankenhaus gefahren. Sie hat zwar nichts diesbezüglich gesagt, aber irgendwie hatte ich das Gefühl, dass sie schwanger ist. Der Arzt berief sich auf seine Schweigepflicht, als ich ihn danach fragte, und bei der Untersuchung hat er mich rausgeschickt.«

»Und wie sieht es bei euch aus?«, wollte Bert von Sören wissen.

»Das Autowrack haben wir inzwischen in unsere Halle gebracht. Damit beschäftigen sich im Moment die Sprengstoffexperten der Polizeiinspektion. Die konnten schon sagen, dass es sich offensichtlich um eine relativ kleine Haftmine gehandelt hat. Die Explosionswucht hat sich daher in erster Linie auf den Fahrersitz und den Fahrer ausgewirkt, der auf der Stelle tot war. Daher konnte der Brand im Innenraum des Wagens auch sehr schnell von unseren Kollegen mit den hauseigenen Feuerlöschern gelöscht werden. Wenn der Tank in die Luft geflogen wäre, hätten sie damit wohl kaum eine Chance gehabt. So ist durch die Druckwelle nur die Fahrertür aufgeflogen und an unserer Vorderfront sind nur einige der nächstgelegenen Scheiben im ersten Stock zu Bruch gegangen.«

»Das wurde mir schon gemeldet. Gott sei Dank hat es nur ein paar leichtere Verletzungen durch herumfliegende Glassplitter gegeben. Das hätte auch schlimmer ausgehen können«, bestätigte Bert.

»Wir sollten doch noch mal über einen Personenschutz für dich sprechen«, gab der Leiter der Spusi seiner Besorgnis Ausdruck.

»Darüber habe ich vorhin auch noch mal nachgedacht, bin aber erneut zu dem Schluss gekommen, dass wir dann an Meyer überhaupt nicht herankommen. Stell dir mal vor, ich werde auf Schritt und Tritt von Kollegen begleitet. Ich hatte schon zu Nina gesagt, dann besorgt der sich ein Präzisionsgewehr und erschießt mich auf eine so große Distanz, dass unsere Leute keine Chance haben, ihn zu schnappen. Bis die seinen Standort ausfindig gemacht und erreicht haben, ist der längst über alle Berge. Mit der Haftladung ist der ja schon sehr nah an mir dran gewesen. Bis jetzt hat die Kameraauswertung nichts erbracht. Es hat sich auch kein Kollege aus dem Haus gemeldet, dem etwas Verdächtiges unten auf dem Parkplatz aufgefallen wäre. Daher liegt für mich der Schluss nahe, dass er die Ladung schon früher irgendwo unbemerkt angebracht haben muss.«

»Auf jeden Fall müssten wir uns Spiegel besorgen, mit denen wir die Fahrzeugunterseite unserer Autos prüfen können, bevor wir einsteigen«, schlug Nina vor. Sie kannte Berts Einstellung. Wenn er sich mal festgelegt hatte, wie jetzt im Zusammenhang mit dem Personenschutz, war er schwer umzustimmen.

»Solche Spiegel haben wir«, sagte Sören, »sogar an einem Teleskopstab. Die könnt ihr dann immer mit euch führen. Denn es nützt nichts, wenn ihr den Spiegel im Auto liegen habt. Beim Aufschließen könnte schon eine Sprengladung ausgelöst werden. Bei dem Typen müssen wir ja wohl auf alles gefasst sein.«

»Wozu der fähig ist, zeigt ja der Tod von Bernd«, bestätigte Nina.

In diesem Moment meldete sich Rita mit der Bäckereiverkäuferin aus Neuharlingersiel zurück. »Ich habe sie in einem unserer Ersatzbüros untergebracht, wo sie auf euch wartet. Sie wusste schon, dass es hier beim Kommissariat eine Explosion gegeben hat, und fragte, ob das der Grund dafür ist, dass nicht der Kollege, den sie kannte, sie abholte, sondern ich. Ich habe daraufhin nur geantwortet, dass ich dazu den Auftrag erhalten hätte.«

»So ist das auf dem Land, die berühmte Urwaldtrommel«, bemerkte Bert.

»Und in der Stadt hast du gleich die Paparazzi am Hals«, ergänzte Sören, bevor er ging. »Ich schau mal, wie weit meine Leute sind. Dann schicke ich euch unseren Phantomzeichner, den braucht ihr ja sicher. Wenn ich Ergebnisse habe, melde ich mich wieder.«

Bert und Nina folgten Rita zu dem Büro, in dem die Verkäuferin auf sie wartete. Bert ließ sich von der Frau noch mal die Details ihrer Begegnung mit der Person schildern, die nach Heikes Adresse gefragt hatte. Alles deutete darauf hin, dass es sich um eine Komplizin von Meyer handelte. Umso wichtiger war die schnelle Einleitung der Fahndung nach ihr mit einem Phantombild. Es dauerte nicht lange und der Kollege kam mit seinem Notebook, auf dem er das entsprechende Programm dazu hatte.

Nachdem er fertig war, brachte Rita die Frau wieder nach Neuharlingersiel. Nina leitete mit dem Phantombild sofort die öffentliche Fahndung ein. Sie schickte die Team-Verstärkungen damit zur weiteren systematischen Befragung der Vermieter von Ferienwohnungen, Hotels und Pensionen nach den beiden gesuchten Personen.

8. Kapitel

Hannah machte sich Sorgen. Große Sorgen sogar. Antje war jetzt schon mehrere Tage nicht mehr aus ihrer Wohnung rausgekommen und bei ihr gewesen. Das war zwar eigentlich nicht so außergewöhnlich, weil es schon mal vorkam, dass Antje ihren »Moralischen« hatte und niemanden sehen wollte, auch ihre Mutter nicht. Und dann konnte sie sogar richtig ekelig werden, wenn man sie nicht in Ruhe ließ. Aber Hannah war sich sicher, dass Antje wieder Haschisch geraucht und vielleicht sogar noch andere Drogen genommen hatte. Deshalb entschloss sie sich, die Biestigkeit ihrer Tochter in Kauf zu nehmen und nach ihr zu sehen. Sie nahm den Ersatzschlüssel der Wohnung und machte sich auf den Weg in den ehemaligen Scheunentrakt, in dem jetzt die Ferienwohnungen untergebracht waren. Die beiden Hausteile wurden durch einen kleinen Flur und eine Zwischentür verbunden, die nur in der Saison wegen der Feriengäste verschlossen war.

Hannah betrat gerade den kleinen Zwischengang, da kam ihr die Mieterin Jenny ziemlich gehetzt entgegen. »Da ist ein Polizeiwagen auf den Hof gefahren. Wenn die fragen, ob du Gäste hast, sagst du Nein!«

»Wieso das denn? Wir haben doch nichts zu verbergen. Und woher weißt du denn, dass die nach Gästen fragen werden?« Hannah hatte auf einmal so ein komisches Gefühl. Vielleicht hatten Jenny und ihr Mann, den sie immer noch nicht zu Gesicht bekommen hatte, etwas mit Drogen zu tun. Und möglicherweise war das der Grund, warum Antje sich nicht hatte blicken lassen. Umso wichtiger konnte es doch sein, mit den Polizisten offen zu reden, überlegte sie. Denn mit Drogen wollte sie nichts zu tun haben und schon gar keine Dealer bei sich beherbergen. Da würde sie lieber auf die Mieteinnahmen verzichten.

Jenny schien ihre Gedanken erraten zu haben. »Muttchen, wenn dir was an Antje liegt, solltest du besser tun, was ich gesagt habe!« Ihre Stimme hatte in diesem Moment einen sehr drohenden Unterton.

Hannah blieb nicht viel Zeit zum Überlegen, denn im gleichen Augenblick klingelte es bei ihr an der Haustür.

»Vergiss nicht, was ich gesagt habe!«, zischte ihr Jenny ins Ohr, und Antjes besorgte Mutter ging, um zu öffnen.

Es standen tatsächlich zwei uniformierte Beamte vor der Tür. Nachdem sie sich vorgestellt und ausgewiesen hatten, zeigte ihr der eine Polizist die Porträtzeichnung einer Frau. »Haben Sie diese Frau schon mal gesehen? Sie soll etwa einen Meter fünfundsechzig groß sein und lange hellblonde Haare haben.«

»Nein, die Frau kenne ich nicht«, antwortete Hannah. Die Frau auf der Zeichnung hatte zwar eine ähnliche Kopfform wie Jenny, aber die hatte ja eine dunkelblonde Kurzhaarfrisur.

»Und Sie haben oder hatten keinen weiblichen Feriengast, der vielleicht so ähnlich aussah?«, fragte der andere Polizist nach.

Hannah wurde unsicher. Vielleicht war es ja doch Jenny und sie hatte nur eine hellblonde Perücke aufgehabt. Aber dann überwog die Sorge um ihre Tochter. »Nein«, antwortete sie daher entschlossen.

»Haben Sie diesen Mann schon einmal gesehen?« Der erste Polizist hielt ihr zwei Fotos hin, die den gleichen Mann mit und ohne Glatze und Bart zeigten. »Dieser Mann wird international auch über die Medien gesucht. Er ist äußerst gefährlich! Es könnte sein, dass die Frau eine Komplizin von ihm ist.«

Hannah kannte die Bilder bereits aus den Nachrichtensendungen im Fernsehen und war sich sicher, diesen Verbrecher noch nie gesehen zu haben. Aber was war mit Jennys Mann? Den hatte sie bisher noch nicht zu sehen bekommen. War das vielleicht der Verbrecher und Jenny seine Komplizin? Hannah war hin- und hergerissen.

Eigentlich konnte ihre Mieterin sehr lieb sein und sie ganz zärtlich »Muttchen« nennen. Sie hatte ihr mal erzählt, dass sie sie sehr an ihre verstorbene Mutter erinnern würde. Bei diesem Gedanken wurde es ihr ganz warm ums Herz und sie drängte alle Bedenken zurück. Schließlich wollte sie ja auch niemanden grundlos verdächtigen, nur weil er krank war und sie ihn deshalb noch nicht zu Gesicht bekommen hatte. Daher sagte sie erneut und sogar wahrheitsgemäß: »Nein, nie gesehen.«

Die Polizisten verabschiedeten sich und gingen wieder zu ihrem Wagen. Jenny hatte im Flur gestanden und gelauscht. »Brav, gut gemacht«, wurde die Hauseigentümerin von ihr empfangen. »Jetzt weißt du Bescheid, wie du dich künftig verhalten musst, damit nichts passiert!«

»Du sagst das so drohend und machst mir Angst! Was ist mit Antje? Wieso kommt sie nicht mehr zu mir runter? Ich will sie sehen!«

»Kein Problem, komm mit! Muttchen, jetzt willst du sicher wissen, warum wir überhaupt hier sind.« Das ›Muttchen‹ klang schon wieder fast zärtlich und liebevoll, so wie Jenny es jetzt sagte, während sie Hannah zu Antjes Wohnung führte. »Deine Tochter hat mich in Holland angerufen und mich hergebeten. Sie hat wieder Probleme. Sie hatte wohl noch ein kleines Drogendepot, für den Notfall, wie sie sagte, und hat diese gefährlichen Designerdrogen genommen. Ich war in den Niederlanden ihre Ärztin, und deshalb hat sie mich, wohl in einem klaren Moment, angerufen und um Hilfe gebeten.«

»Das hättest du doch gleich sagen können. Ich hatte doch keine Ahnung.«

»Ärztliche Schweigepflicht, Hannah. Auch wenn es um deine Tochter geht.«

»Aber dann hätten wir doch wegen der Polizei keinen solchen Aufstand machen müssen. Ihr seid einfach ganz normale Feriengäste, da gibt es doch nichts zu verheimlichen«, beklagte sich die Angesprochene.

»Also gut. Ich vertrau dir. Aber bitte kein Wort, zu niemand! Schon wegen deiner Tochter nicht. Antje war nämlich nicht nur selbst drogensüchtig, sondern sie hat auch in den Niederlanden gedealt und wurde dort von der Polizei gesucht. Ich habe sie seinerzeit bei mir in meiner kleinen Privatklinik aufgenommen und versteckt. Später bin ich selbst aufgeflogen, weil Antje nicht die Einzige war, der ich geholfen habe. Seitdem werde ich auch zu Hause von der Polizei gesucht, weil ich nicht zu einem Gerichtstermin erschienen bin. Konnte ich doch nicht. Mein Mann braucht meine Hilfe als Ärztin und ich wollte ihn nicht allein lassen.«

»Komisch, aber Auto fahren kann er ja wohl«, in Hannah keimte wieder das Misstrauen auf. »Und wieso habt ihr dann keine holländischen Autokennzeichen?«

»Unsere Autos werden doch in Holland gesucht. Und zu meinem Mann: Ich will dir jetzt keinen medizinischen Fachvortrag halten, aber ich sagte ja schon, dass er an einer Sonnenallergie leidet. Eine ähnliche Krankheit, wie sie eine inzwischen verstorbene ehemalige Kanzlergattin auch hatte. Vielleicht hast du davon ja mal im Fernsehen gehört. Das heißt, er braucht auch psychisch meine Zuwendung. Aber nachts kann er durchaus Auto fahren.«

Sie hatten Antjes Wohnung erreicht. Jenny öffnete mit Antjes Schlüssel die Tür. »Deine Tochter liegt im Schlafzimmer in ihrem Bett. Ich habe sie ruhiggestellt. Also wundere dich nicht, dass sie nicht ansprechbar ist.«

Hannah wäre am liebsten auf das Bett ihrer Tochter zugestürzt. Stattdessen blieb sie wie gelähmt in der Tür stehen und sagte nur: »Moin Antje, meine Kleine.« Antje reagierte nicht, wie Jenny es vorhergesagt hatte. Sie atmete aber ruhig. Fast so, als sei sie bewusstlos. Wie versteinert betrachtete ihre Mutter das Chaos im Zimmer. Die Bettdecke war an manchen Stellen blutverschmiert und überall lag ihre Wäsche verteilt.

»Wo kommt das Blut her? Und wieso sieht das hier so furchtbar aus?«

»Muttchen, ich sagte dir doch schon, dass deine Tochter noch unter Drogen steht und im Moment auf Entzug ist. Wenn ich sie nicht ruhigstelle, randaliert sie. Aber keine Sorge wegen des Blutes, sie hat nur ihre Tage«, versuchte Jenny sie zu beruhigen. Zum Beweis hob sie die Bettdecke an den Beinen an, sodass Hannah den Slip sehen konnte.

»Zufrieden? Du kannst das gerne mir überlassen. Wie gesagt, mit Entzug kenne ich mich bestens aus. Was wir dabei aber auf keinen Fall brauchen können, sind Polizisten, die von nichts eine Ahnung haben, aber sich wichtigmachen wollen. Aber du musst mir versprechen, dass ich mich hundertprozentig auf dich verlassen kann.

Oder willst du, dass die deine Tochter in die Geschlossene einliefern und dich vielleicht noch wegen Beihilfe beim Drogendealen drankriegen, weil die Spürhunde in deinem Haus noch ein Depot gefunden haben?«

9. Kapitel

Die Teams waren draußen mit den Befragungen im Einsatz, und Sörens Ergebnisse ließen noch auf sich warten. Die beiden Kommissare hatten sich in Berts Büro zu einem Gedankenaustausch zusammengesetzt. Das machten sie immer bei solchen Gelegenheiten, was sich sehr bewährt hatte.

»Mir geistert schon die ganze Zeit die Frage durch den Kopf: Wenn Meyer hier mit einer Komplizin unterwegs ist, wo kommt die plötzlich her?«, versuchte Nina, Licht in das Dunkel zu bringen.

»Gute Frage. Nach unseren damaligen Recherchen war er wohl ein Einzelgänger. Sogar den Überfall auf den Geldtransporter hat er nach den Ermittlungen völlig allein durchgezogen. Das war sicher mit ein Grund dafür, dass ihm so schwer beizukommen war. Wenn er bei der von ihm missbrauchten Frau nicht seine DNA hinterlassen hätte, wäre er sogar völlig straffrei aus der Sache rausgekommen. Einer von diesen Fällen, bei denen du genau weißt, dass du auf der richtigen Fährte bist, aber einfach keine gerichtsverwertbaren Beweise findest.«

»Ich frage mich: Hatte er während seiner Inhaftierung Kontakte von und nach draußen? Und wenn ja, wurden diese überwacht? Aus dem Bericht des Landeskriminalamtes NRW ging das nicht hervor.«

»Als ich noch dort war, habe ich diesbezüglich in unregelmäßigen Abständen bei der JVA nachgefragt. Für mich war und blieb der Überfall auf den Geldtransporter bis zu meiner Versetzung nach Ostfriesland ein ungelöster Fall mit sehr hoher Brisanz. Für die Zeit danach müssten wir Heike fragen, denn sie hat meinen Job dort übernommen. Aber sie kann uns leider dazu nichts mehr sagen. Möglicherweise ist die Akte nach ihrem Ruhestand als ›Cold Case‹ in die Rubrik der ungelösten Fälle gerutscht und irgendwo im Archiv verschwunden.«

»Und wie war die Situation zu deiner Zeit?« Nina ließ nicht locker.

»Soweit ich mich erinnern kann, hatte er anfangs zwei, drei Mal im Jahr Besuch von seiner Schwester und seiner Mutter, bis sie starb. Danach kam auch seine Schwester nicht mehr. Gelegentlich hatte er Besuch von einem Anwalt. Irgendwann entwickelten sich Briefkontakte zu mehreren Frauen, auf die seine kriminelle Energie wohl sexy wirkte oder die vielleicht glaubten, ihn wieder auf den rechten Weg führen zu können. Das erleben wir ja immer wieder.«

»Also kein konkreter Anhaltspunkt, dass er eine Komplizin hatte oder aus den Briefkontakten eine für seine jetzigen Machenschaften rekrutieren konnte. Hattet ihr denn überhaupt keine Möglichkeit, alle seine Kontakte gezielt zu überwachen und gegebenenfalls euren Verdacht mit einer Hausdurchsuchung bei den Frauen zu untermauern?«

»Dazu hätten wir, zumindest gegenüber der Staatsanwaltschaft und dem Richter, einen konkreten Anfangsverdacht belegen müssen.«

»Den hattet ihr doch, denn die Rohdiamanten und das Geld aus dem Raubüberfall waren und blieben doch verschwunden. Dann kamen noch die unaufgeklärten Morde an den beiden Fahrern dazu.«

»Wohl wahr, aber dieser Anfangsverdacht war ja quasi durch das abschließende Ergebnis der damaligen Gerichtsverhandlung verbraucht. Denn im Zuge seiner Verurteilung als gefährlicher Sexualmörder war er ja auch als Raubmörder angeklagt, aber mangels Beweisen freigesprochen worden. Das heißt, ohne neue Beweise, dass er zumindest an dem Raub und der Ermordung der Sicherheitsleute beteiligt gewesen war, hatten wir keine Chance. Insofern könnte er das Raubgut theoretisch bei jedem seiner Kontakte deponiert haben, bis er seine Zeit abgesessen hat. Dafür, dass er darauf gezielt gewartet hat, spricht auch, dass er sich in der Haft – jedenfalls nach außen hin – sehr gut geführt und kooperativ gezeigt hat.«

»Dann hätte er doch eigentlich ganz gute Chancen gehabt, trotz gerichtlich angeordneter Sicherungsverwahrung nach Verbüßen seiner fünfzehnjährigen Haftstrafe zur Bewährung auf freien Fuß gesetzt zu werden.«

»Genau darauf hat er vermutlich gebaut. Dadurch, dass er schon so früh mit seiner kriminellen Karriere begonnen hat, ist er jetzt etwa Mitte vierzig. Nach fünfzehn Jahren war er also mal gerade Ende dreißig. Da kann man mit einigen Millionen aus dem Raub als freier Mann immer noch eine Menge anfangen.«

»Es hat aber offensichtlich nicht so geklappt, wie er sich das vorgestellt hat«, stellte Nina sarkastisch fest.

»Die Psychologin hat den ganz schön auseinandergenommen und vorgeführt. Da ist er nach dem Bericht sogar in der Sitzung aggressiv geworden und die Wachleute mussten einschreiten. Das hat dann auch den Richter davon überzeugt, dass die seinerzeit angeordnete Sicherungsverwahrung immer noch ihre Berechtigung hat.«

»Der Gutachterin hat es aber das Leben gekostet. Und selbst dieser Mord muss ihm noch gerichtlich nachgewiesen werden. Ich verstehe den nicht. Auf der einen Seite scheint er ein eiskalt kalkulierender Krimineller zu sein und auf der anderen Seite zerstört er seine eigenen Pläne mit aggressiver Emotionalität.«

»Nina, wie ich schon wiederholt sagte, ein unberechenbarer Psychopath. Du hast recht. Wenn er rational wie ein kühler Mathematiker vorginge, dann müsste er jeden Rachegedanken und seine sadistischen Mordgelüste hintenanstellen und mit seinen erbeuteten Millionen irgendwo nach Übersee ins Ausland verschwinden. Damit würde er zwar gegen die Auflagen der Bewährung verstoßen. Aber er müsste erst einmal irgendwo auf der Welt gefunden und dann auch noch an sein Heimatland Deutschland ausgeliefert werden.«

»Genau das ist es, was ich meine. So läuft er doch Gefahr, dass er erneut geschnappt und vor Gericht gestellt wird.«

»Ich glaube, dem ist bei aller Coolness seines Handelns die Befriedigung seiner abartigen Gelüste und Begierden mindestens genauso wichtig. Ich sagte ja schon, dass wir den Verdacht hatten, dass er damals für noch mehr bestialische Sexualmorde verantwortlich war. Nur beweisen konnten wir ihm das nicht. Und darauf baut er auch jetzt wieder.«

»Das verstehe ich nicht so ganz. Ihr hattet doch seine DNA, und mit der Verteilung auf und in seinen Opfern war er ja recht großzügig, wie es scheint. Wieso konntet ihr ihm diese Taten dann nicht nachweisen?«

»Bei den Opfern waren keine DNA-Analysen durchgeführt worden. Das war damals noch nicht gängige Routine, die überall automatisch angewandt wurde. Und die Opfer waren natürlich inzwischen alle beerdigt oder eingeäschert worden. Heute sähe das sicher etwas anders aus. Sollten wir ihn tatsächlich erwischen, wovon er mit Sicherheit nicht ausgeht, dann weiß er, dass uns das nur dann etwas in Bezug auf eine neue Verurteilung nützt, wenn wir ihm auch etwas nachweisen können. Wobei wir ja schon bemerkt haben, dass er offensichtlich jetzt nicht nur seine Fingerabdrücke, sondern auch seine DNA hütet wie einen Augapfel. Im Hinblick auf seine Sicherungsverwahrung würde ihm das allerdings alles nichts nützen. Er wäre wieder da, wo er hingehört. Ich hoffe aber, dass es uns gelingt, ihn auch für die anderen Delikte nochmals lebenslang hinter Gitter zu bringen.«

»Am liebsten würde ich alles, was über ihn verfügbar ist, mal bis ins Kleinste analysieren und auswerten. Und zwar sowohl die Akten aus der JVA als auch die Unterlagen der Essener Kollegen. Irgendwo muss doch da etwas zu finden sein. Das gibt es doch gar nicht. Ich kann und will es nicht akzeptieren, dass solche kriminellen Subjekte dann am Ende auch noch unserer Justiz und uns auf der Nase herumtanzen.«

»Du hast recht und ich finde deine Idee ausgezeichnet. Ich bin mir sogar ziemlich sicher, dass es sehr gut sein kann, dass uns irgendetwas durchgerutscht ist. Ich werde die Unterlagen anfordern oder dir die Möglichkeit verschaffen, die Akten vor Ort einzusehen. Angesichts der Dramatik zweier Polizistenmorde und der hinterlistigen Tötung der Psychologin, die das Gutachten über ihn erstellt hat, dürfte uns das die Tür – auch für benötigte richterliche Beschlüsse – öffnen, sofern du etwas finden solltest. Allein die Tatsache, dass Meyer für alle drei Tötungsdelikte ein belegbares Rachemotiv hat, schafft eine andere Ausgangslage, als wir sie damals hatten. Zumal er sich auch Mitgefangenen gegenüber schon mal in dieser Richtung geäußert haben soll. Aber das müsste aus den Akten der JVA hervorgehen«, schloss Bert das Brainstorming mit Nina und griff zum Telefon, um einen seiner ehemaligen Kollegen in Essen anzurufen.

10. Kapitel

Nina war seit fünf Uhr mit einem zivilen Dienstwagen auf dem Weg zum Polizeipräsidium in Essen. Wie erwartet, war die Akte von Heinz Dieter Meyer nicht digital verfügbar, sondern tatsächlich im Archiv für unaufgeklärte Mordfälle gelandet. Das hatte Bert im Telefonat mit seinem Kollegen aus der damaligen Zeit erfahren. Der konnte sich noch an den Fall erinnern. Inzwischen bekleidete er im Präsidium einen höheren Posten und hatte zugesagt, dafür zu sorgen, dass Nina uneingeschränkten Zugang zu der gesamten Akte erhielt und Dokumente, die ihr wichtig erschienen, für die Akte in Wittmund digitalisieren durfte. Die geschulte Profilerin war sehr gespannt darauf, wie sie mit ihrer selbst gestellten Aufgabe in dem von ihr angepeilten Zeitrahmen von drei Tagen zurechtkommen würde.

Jetzt aber ärgerte sie sich erst einmal über den permanenten Nieselregen, der sie seit Carolinensiel begleitete. Hinzu kamen Baustellen auf der A 31 mit einspuriger Straßenführung, was selbst auf dieser sonst als Rennstrecke bekannten Autobahn zu Verzögerungen führte. Sie war um acht Uhr im Essener Polizeipräsidium mit Kriminalhauptkommissarin Petra Nolte verabredet.

Und jetzt würde sie sich auch noch verspäten. Etwas, was der gebürtigen Hannoveranerin in höchstem Maß zuwider war. Sie sollte aber noch feststellen, dass der legendäre, etwas raue Kohlenpottcharme mit solchen kleinen Unwägbarkeiten wie einer verkehrsbedingten Verspätung locker umzugehen verstand. Jedenfalls wurde sie herzlich von ihrer Kollegin mit einer Kanne Kaffee und ein paar Frühstücksteilchen auf dem Besprechungstisch empfangen.

»Verkehr? Was für ein Verkehr? Wir haben es uns abgewöhnt, uns darüber aufzuregen. Gibt nur graue Haare, meine Liebe«, wurde sie lachend von der bereits leicht ergrauten Kriminalhauptkommissarin begrüßt. »Ich bin Petra Nolte. Sag einfach Petra, ich denke, das macht unsere Zusammenarbeit unkomplizierter.«

So ein freundlicher und kollegialer Umgangston war Nina vertraut und sie fühlte sich sofort fast wie zu Hause. »Vielen Dank für den netten Empfang, sogar mit Frühstück. Ich bin Nina, aber das wirst du ja sicher schon wissen. Und ich muss zugeben, dass ich heute Morgen vor der Abfahrt nur eine Tasse Tee und ein kleines Müsli zu mir genommen habe. Eigentlich wollte ich unterwegs auf einer Autobahnraststätte kurz haltmachen. Aber da saß mir die Uhrzeit im Nacken.«

»Ich gebe dir recht, es gibt sicher Termine, bei denen man nicht zu spät kommen sollte. Aber auch welche, wo man es ruhig mal etwas langsamer angehen lassen kann. Wie zum Beispiel bei unserem Termin, oder wenn es eines Tages um den Termin des eigenen Ablebens geht.« Petra unterstrich ihre Bemerkung mit einem schalkhaften Augenzwinkern. »So, jetzt lassen wir uns erst mal den Kaffee und die Schnittchen schmecken. Ich habe nämlich auch noch nicht gefrühstückt. So in der Früh geht bei mir höchstens eine Tasse Kaffee. Danach kümmern wir uns um deine Unterkunft. Ich habe ganz in der Nähe in einer kleinen Pension für dich ein Zimmer reservieren lassen. Ich selbst wohne nur ein paar Straßen weiter.«

Während des gemeinsamen Frühstücks tauschten die beiden Polizistinnen erst einmal ein paar Informationen aus, um sich besser kennenzulernen. Dabei erfuhr Nina, dass Petra schon in jungen Jahren ihren Mann bei einem Verkehrsunfall verloren hatte und seither als Single lebte. Seitdem sei sie, wie sie selbst sagte, nur noch mit dem Dienst und ein paar privaten Ehrenämtern verheiratet. Aber auch das schien sie inzwischen mit Humor zu nehmen. Die Mittfünfzigerin, der man ihr Alter nur durch die leicht grau melierte Kurzhaarfrisur ansah, hatte eine Statur wie Nina und war ebenfalls eine gut durchtrainierte Karatekämpferin. Es stellte sich heraus, dass sie Bert von damals nur über Heike kannte, aber nicht unmittelbar mit ihm zusammengearbeitet hatte. Im Laufe der Unterhaltung merkten die beiden Frauen, sie waren absolut auf einer Wellenlänge.

Nachdem sie gemeinsam den Tisch abgeräumt und in der Teeküche wieder für Klarschiff gesorgt hatten, sagte Petra: »Was hältst du davon, wenn du bei mir mein Gästezimmer nutzt und ich die Pension abbestelle? Ich glaube, wir hätten uns viel zu erzählen, und für dich wären die Abende hier nicht so trist und langweilig. Und für mich wäre das auch mal eine angenehme Abwechslung.«

»Eine tolle Idee, Petra! Vielen Dank für dein Angebot, welches ich gerne annehme. Außerdem wirst du mich voraussichtlich in drei Tagen schon wieder los sein. Jedenfalls ist das mein Plan. Auch ich habe gemerkt, uns geht der Gesprächsstoff sicher nicht aus. Zumal wenn der dienstliche Teil noch dazukommt. Denn deswegen bin ich ja hier.«

»Das freut mich, Nina. Dann sparen wir uns die Zeit für das Einchecken in der Pension und können gleich loslegen. Da in der Ecke habe ich einen Schreibtisch für dich vorbereitet. Du kannst natürlich auch in eines unserer Ersatzbüros gehen, wenn du lieber alleine arbeitest.«

»Alles gut. Enge Zusammenarbeit hat sich auch bei uns bewährt. Und dabei meine ich jetzt nicht nur das Emotionale«, fügte Nina mit einem Augenzwinkern hinzu. Sie hatte der Kollegin bereits erzählt, dass sie mit ihrem Chef verlobt war.

»Also, packen wir es an! Nach dem Anruf gestern von Bert bei meinem Chef habe ich die Unterlagen wieder aus dem Archiv geholt. Nach der Pensionierung von Heike Grabowski – übrigens, wir waren schon seit vielen Jahren befreundet – sind die Akten irgendwann dort hingewandert. Wie das eben so ist. Man braucht Platz. Nach den Absprachen unserer beiden Chefs hast du unbeschränkten Zugang zu allen Unterlagen. Die drei Kartons da neben dem Schreibtisch enthalten alles, was du brauchst. Ich habe aber keine Asservate herbringen lassen. Da müssten wir, falls du etwas sehen willst, ins Archiv gehen. Die Kartons enthalten nur die Ermittlungs- und Gerichtsakten. Wenn du Fragen hast, jederzeit. Ich habe jetzt einige Telefonate zu führen und hoffe, das stört dich nicht. Danach habe ich mit meinem Team ein Meeting, wo ich dich gerne kurz vorstellen würde, weil du sicher einigen mal bei mir hier oder im Gebäude begegnen wirst.«

Bevor Nina sich den Akten zuwandte, fragte sie: »Hat sich bei euch nach den Morden schon jemand mit den alten Unterlagen beschäftigt?«

»Mit Ausnahme von mir niemand. Und ich habe gestern nur mal ganz oberflächlich da reingeschaut. Die Bonner Kollegen, die den

Mord an der Psychologin bearbeiten, haben sich schwerpunktmäßig für die Zeit nach der Erstellung ihres Gutachtens interessiert, weil sie darin das Motiv des Täters vermuten. Über diese Zeit wirst du hier in unseren Akten nichts finden. Dazu müsstest du die Unterlagen der JVA, die inzwischen im Polizeipräsidium Bonn liegen, einsehen. Die Zelle des Flüchtigen wurde gleich nach seinem Verschwinden von der dortigen Spurensicherung auseinandergenommen. Uns hier in Essen betrifft das alles ja nur indirekt, weil er vor über zwanzig Jahren von Bert und Heike dingfest gemacht und der Justiz zugeführt wurde. Und natürlich wegen des unaufgeklärten Raubmordes an den Fahrern des Geldtransporters.«

»Das genau ist ja der Grund, warum ich hier bin. Der Mord an Heike und der tödliche Anschlag auf unseren Kollegen in Wittmund fallen zwar nicht in euren Zuständigkeitsbereich, aber auch Bert ist davon überzeugt, dass der Schlüssel zur Aufklärung der ganzen Verbrechen hier bei euch in den Akten liegt. Dabei spielt nach seiner Auffassung gerade der Teil eine besondere Rolle, in dem es um den tödlichen Raubüberfall geht, der dem jetzt Flüchtigen nicht nachgewiesen werden konnte.«

»Du meinst also, dass die Frau, die ihr mit der Porträtzeichnung über die Medien sucht, schon damals seine Komplizin gewesen sein könnte?«

»Genau, Petra. Bert meint, irgendetwas muss er seinerzeit übersehen haben. Irgendeine winzige Kleinigkeit, die auf den ersten Blick überhaupt nicht ins Auge fällt.«

»Mit anderen Worten, du suchst die Stecknadel im Heuhaufen, richtig?«

»So kann man es wohl sagen«, erwiderte Nina und machte sich an den ersten Karton. Aufmerksam las sie Seite für Seite und Blatt für Blatt, während Petra ihre Telefonate erledigte. Dann unterbrach sie ihre Tätigkeit, um mit ihrer Gastgeberin zum Meetingraum zu gehen. Petra nahm es als Gelegenheit, ihrem Team mal an diesem Beispiel aufzuzeigen, wie kooperative Polizeiarbeit, auch über die Landesgrenzen hinaus, aussehen konnte. Da die Essener Kolleginnen und Kollegen zurzeit mit anderen Fällen beschäftigt waren, ging Nina, nachdem sie vorgestellt worden war, sofort wieder an ihre Akten.

Bis hierhin war eigentlich alles ganz normale Auswertungsroutine und Nina hatte nicht die kleinste Auffälligkeit entdecken können. Dann kamen zu den Obduktionsberichten und Vernehmungsprotokollen die ersten Tatortfotos in Farbe. Nina hatte schon so einiges in ihrer bisherigen Laufbahn gesehen. Manches erinnerte sie an den Wattmordfall in Carolinensiel, der sie selbst fast das Leben gekostet hätte. Auch da waren ihr junge Frauen als Missbrauchsopfer begegnet, aber das hier war an Brutalität fast nicht zu überbieten.

»Ich brauche dringend einen Kaffee und eine kurze Pause«, sagte sie zu Petra, als diese von ihrem Meeting kam.

»Ah, du hast die Bilder gesehen. Ich wollte dich noch vorwarnen. Sorry. Mir selbst genügte ja ein grober Überblick, deswegen habe ich das nur überflogen und die Obduktionsberichte gar nicht so genau im Detail angeschaut. Aber du bist ja auf der Suche nach der Stecknadel im Heuhaufen.«

»Richtig. Es wäre nämlich durchaus denkbar, dass die sadistischen Handlungen, die letztlich zum Tod des Opfers geführt haben, nicht nur von Meyer begangen worden sind. Wir hatten bei uns einen Fall, wo es um sadistischen Missbrauch von jungen Frauen ging, der über das Darknet ins Netz gestellt wurde. An den Handlungen waren nicht nur Männer beteiligt. Daher kommt es für mich darauf an, gerade auf die Details im Obduktionsbericht zu achten.«

»Und, hast du schon etwas entdecken können?«

»Ja, in der Tat. Im Bericht steht, dass das Opfer DNA-Spuren unter den Fingernägeln hatte, die nicht Meyer zugeordnet werden konnten. Wobei diese Untersuchungen und Auswertungen damals noch ziemlich am Anfang standen. Jedenfalls kommt die damalige Rechtsmedizin in dem Bericht zu dem Schluss, dass die Hautpartikel unter den Fingernägeln der getöteten und missbrauchten Frau auf heftige Abwehrreaktionen zurückzuführen sind und beim Täter entsprechende Verletzungen hinterlassen haben müssten. Solche Spuren waren auf dem Körper des überführten Mörders aber nicht nachweisbar. Zudem passte seine DNA auch nicht. Für mich ein Indiz dafür, dass noch eine weitere Person beteiligt gewesen sein muss.«

»Das hätte unseren Kollegen vor zwanzig Jahren aber doch auch schon auffallen müssen. DNA-Neuland hin oder her. Das muss ich an dieser Stelle einfach mal feststellen«, konnte Petra ihre Kritik an der eigenen Dienststelle nicht zurückhalten.

»Von Bert weiß ich, dass sie durchaus daran gedacht haben, dass Meyer einen Komplizen gehabt haben könnte. Allerdings hatten sie seinerzeit eher an einen Mann gedacht. Von einem Mann ist Meyer aber, abgesehen von seinem Anwalt, in den ganzen Jahren nicht besucht worden. Also kein Anhaltpunkt für einen eventuellen Komplizen. Auf die Idee, dass auch eine Frau mit im Spiel sein könnte, ist damals niemand gekommen. Und ich muss gestehen, wenn ich nicht selbst bei uns die Bilder aus dem Darknet im Video gesehen hätte, wäre mir ein solcher Verdacht sicher auch nicht sofort in den Sinn gekommen. Auf jeden Fall liegt die DNA-Analyse von damals bei den Akten und steht uns als Referenzwert zur Verfügung.«

»Na, dann fehlt uns doch nur noch die passende Dame. Aber für heute sollten wir den Tag mal für lustig erklären. Du bist ja ein ganz schönes Arbeitstier.«

Den offiziellen Dienstschluss hatten die beiden Frauen bereits um gut zwei Stunden überschritten. Trotzdem hatte Nina noch nicht einmal die Hälfte des ersten Kartons durch. Viel Zeit nahm vor allem das Einscannen zur Digitalisierung der benötigten Dokumente in Anspruch. Dabei wollte Nina schon am ersten Tag mit dem ersten Karton durch sein. Daher fragte sie, als Petra sich anschickte, endlich ihren Schreibtisch für den Feierabend abzuräumen: »Kann ich hier nicht einfach länger arbeiten und du gibst mir deine Adresse? Ich kann ja später nachkommen.«

»Von mir aus könntest du das schon«, antwortete Petra lachend. »Aber da hätten wir vorher ein ausführliches Gespräch nach einem genau vorgeschriebenen Verfahren mit Herrn Bürokratius führen müssen.«

»Heißt?«, wollte Nina es genau wissen. So was kannte sie von ihrer Dienststelle in Ostfriesland nicht.

»Wir hätten das vorher anmelden und dir einen Hausausweis ausstellen lassen müssen, da du nicht zum hiesigen Präsidium gehörst. Bert hat dich aber erst gestern angemeldet. Das war dafür ein wenig kurzfristig. Was grundsätzlich kein Problem ist, denn in meiner Begleitung kommst du ja raus und rein.«

»Das bindet aber deine wertvolle Zeit.«

»Ich werd's überleben.« Petra machte einen gespielt gequälten Gesichtsausdruck. »Aber was hältst du davon, wenn wir uns gleich mal ein wenig Wind um die Nase wehen lassen und eine Runde joggen gehen? Der Regen hat inzwischen aufgehört. Und im Grugapark gibt es eine beleuchtete Abendlaufstrecke von etwa zweieinhalb Kilometern, die ich in der Regel zweimal die Woche nutze. Zwei Runden reichen mir dann. Bin ja nicht mehr die Allerjüngste. Außerdem sind das bis zur Gruga von meiner Wohnung aus mit dem Auto nur wenige Minuten.«

»Gute Idee. Aber dann könnten wir doch auch dahin laufen, oder?«

»Könnten wir, nach dem Motto der Weg ist das Ziel«, erwiderte Petra lachend. »Aber wir sind hier nicht im beschaulichen Ostfriesland, sondern in einer Großstadt mit mehr als einer halben Million Einwohnern und entsprechendem Autoverkehr, wie du ja schon heute Morgen bemerkt hast. Da ist das Joggen in den Straßenschluchten alles andere als gesundheitsfördernd. Im Grugapark hingegen sorgt die üppige Vegetation für angenehmere Luft.«

»Stimmt, hatte ich fast vergessen, das war in Hannover ja auch nicht viel anders. Da sind wir an der Küste schon ganz schön verwöhnt, vor allem mit der guten Seeluft.«

»Und da hättest du mal vor fünfzig Jahren hier gewesen sein müssen, als die Zechen und Krupp hier noch voll in Betrieb waren. Zum Teil kannst du es an einigen alten schwarzen Hausfassaden heute noch erahnen«, klärte Petra sie auf. »Da wären die heutigen Umweltschützer Sturm gelaufen. Den Umweltschützern haben wir es letztlich auch zu verdanken, dass heute im Kohlenpott die Luft nicht schlechter ist als in anderen Großstädten.«

»Bert hat mal davon erzählt, wie das früher hier ausgesehen hat. Kann man sich heute kaum noch vorstellen. Jetzt bin aber mal gespannt auf einen Lauf in der Natur mit Beleuchtung. Und danach lade ich dich irgendwo zum Essen ein, dann musst du dich heute Abend nicht noch in die Küche stellen.«

11. Kapitel

Im Kommissariat in Wittmund lief die Suche nach der Frau in der Porträtzeichnung und dem flüchtigen Schwerverbrecher aus Rheinbach auf vollen Touren. Rita war dabei als zentrale Anlaufstelle für Informationen der Außenteams eingeteilt. Und zwar nicht nur für die Kollegen der Wittmunder Dienststelle. Die Polizeiinspektion Aurich hatte dazu Anordnungen in ihrem gesamten Zuständigkeitsbereich herausgegeben und die Polizeidienststellen der Nachbarkreise um entsprechende Unterstützung gebeten. Inzwischen waren drei Beobachtungen zu der gesuchten Frau eingegangen. Aber kein einziger Hinweis zu dem untergetauchten Verbrecher.

Rita hatte die bisherigen Informationen in einer Exceltabelle eingetragen und versucht, nach den beobachteten Zeitangaben ein Bewegungsprofil der Frau zu erstellen. Die Gesuchte war, außer in der Bäckerei in Neuharlingersiel, zwei Tage zuvor in einem Supermarkt in Aurich und fünf Tage danach in Wittmund sowie am gleichen Tag in einem Baumarkt in Jever gesehen worden. Für ein aussagekräftiges Bewegungsprofil waren das zu wenig Daten.

Bert und sein Team stellten sich zudem die Frage: Müsste die Frau nicht mal tanken? Warum war sie bisher an keiner Tankstelle erkannt worden? Dann hätte man ja nicht nur sie, sondern auch ihr Auto auf einem der Überwachungsvideos. Aber Fehlanzeige. Und das galt genauso für Meldungen von Hotels, Pensionen oder privaten Vermietern.

Auffällig war, dass es nach dem Zeitpunkt, an dem die Porträtzeichnung der Frau in den Medien gesendet worden war, überhaupt keine Beobachtungen mehr gab. Hieß das, dass sie aufgrund der massiven Suche nach ihr ganz aus der Region verschwunden war? Oder hatte sie ihr Aussehen so verändert, dass man sie nicht mehr erkannte? Die Kriminalisten in Wittmund waren sich inzwischen fast sicher, dass die Frau ständig ihr Aussehen veränderte. Andernfalls hätte es mehr Hinweise geben müssen.

Bert stand mit Rita vor der Karte und versuchte den gordischen Knoten zu lösen. Die Teams hatte er in den Feierabend geschickt, denn außerhalb der Geschäftsstunden und offiziellen Bürozeiten konnten sie keine Befragungen durchführen.

Mit Blick auf die Karte stellte Bert fest: »Ich verstehe es nicht. Die Frau ist doch kein Phantom. Sie wurde zumindest in Neuharlingersiel, Aurich, Wittmund und Jever gesehen. Also können wir davon ausgehen, dass sie mit dem Auto unterwegs ist. Insbesondere die Meldezeiten von Wittmund und Jever belegen das eindeutig. Die Entfernung zwischen den beiden Orten hätte sie in dieser Zeit nicht mit öffentlichen Verkehrsmitteln schaffen können.«

»Theoretisch wäre es mit einem Taxi gegangen. Aber Taxiunternehmen wurden ebenfalls schon ohne Ergebnis befragt«, ergänzte Rita.

»Da sie in keinem Hotel und keiner größeren Pension aufgefallen ist, sagt mir mein Bauchgefühl, die versteckt sich – wahrscheinlich sogar gemeinsam mit Meyer – irgendwo in einer kleinen Privatvermietung. Und wo ginge das bei uns in der Region am einfachsten?«

»In einem der vielen Resthöfe, die als Ferienunterkünfte umgebaut wurden und privat vermietet werden«, antwortete Rita spontan.

»Genau! Deswegen werden wir ab morgen unsere Strategie ändern. Ich gebe gleich eine entsprechende E-Mail an die anderen Dienststellen raus. Wir legen unseren Schwerpunkt genau auf solche Höfe und fragen nicht mehr nur nach den beiden gesuchten Personen, sondern lassen uns die Gästebücher zeigen und führen Ausweiskontrollen bei den Gästen durch.«

»Und was machen wir, wenn zum Beispiel die Kriminellen die Vermieter unter Druck gesetzt haben? Die brauchen doch unseren Leuten nur zu sagen, dass sie keine Mieter haben. Was ja zurzeit ohnehin die häufigste Auskunft sein dürfte, da wir außerhalb der Saison sind«, gab Rita zu bedenken.

»Deswegen sollen sich unsere Leute ja die Gästebücher zeigen lassen. Aber du hast durchaus recht. Wenn die die Vermieter unter Druck gesetzt haben, dann stehen sie ganz bestimmt nicht im Gästebuch. Aber da könnte ein Blick in vorhandene Garagen oder Scheunen weiterhelfen, ob da Autos mit fremden Kennzeichen stehen. Dazu brauchen wir keinen Durchsuchungsbeschluss. Im Zweifel sehen unsere Leute einfach Gefahr im Verzug, was bei diesem Verbrecher und seit dem hinterhältigen Anschlag auf Bernd absolut kein Vorwand wäre. Insbesondere dann, wenn ein Vermieter den Zugang zu seiner Garage oder Scheune verweigert. Denn dann hat er ja offensichtlich etwas zu verbergen.«

Rita war schon nach Hause gegangen und Bert hatte gerade seine E-Mails rausgeschickt, als sich Nina über Handy meldete, um von ihrem ersten Einsatztag in Essen zu berichten. Als sie von Petra Nolte sprach, unterbrach Bert sie: »Petra war eine alte Freundin von Heike. Grüße sie ganz lieb von mir. Dienstlich hatten wir damals allerdings nichts miteinander zu tun. Na, so ein Präsidium ist eben ein Riesenapparat.«

»Das hat sie mir schon erzählt«, bestätigte Nina. »Wir kommen sehr gut miteinander klar und sie unterstützt mich, wo sie kann. Sie hat mich sogar eingeladen, statt in der Pension bei ihr zu Hause im Gästezimmer zu übernachten.«

»Das muss dich nicht wundern. Kameradschaft wird im Pott ganz großgeschrieben. Das hängt wohl mit der bergmännischen Tradition zusammen. Da mussten sich die Kumpel unter Tage absolut aufeinander verlassen können. Und wenn die Chemie stimmt, dann kannst du da Freunde fürs Leben gewinnen.«

»Die Chemie stimmt auf jeden Fall zwischen Petra und mir. Aber jetzt zu meinen ersten Ergebnissen. Übrigens ist das alles sehr langwierig, nicht nur das genaue Lesen, sondern besonders zeitaufwendig ist das Digitalisieren, damit wir es bei uns auch verfügbar haben. Ich fürchte, dass ich dafür länger benötigen werde als geplant. Das erklärt auch, warum die alten Akten bislang nicht eingescannt wurden. Wer hätte es denn machen sollen, bei dem Personalabbau überall in den vergangenen Jahren?«

»Genau das habe ich befürchtet. Aber deswegen bist du ja dahingefahren. Konntest du denn schon etwas herausfinden?«

»Ja. In dem Obduktionsbericht steht, dass die ermordete Frau fremde Hautpartikel unter den Fingernägeln hatte, zu denen keine Vergleichs-DNA gefunden werden konnte. Ferner, dass die Kratzspuren deutliche Verletzungen beim Täter hervorgerufen haben müssen. Wie ich in den Protokollen gelesen habe, war mal von euch ins Auge gefasst worden, dass ein zweiter Mann beteiligt gewesen sein könnte. Dabei hätte es doch auch eine Frau sein können, denk nur mal an unseren Wattmordfall.«

»Stimmt. Wir haben tatsächlich kurz an einen zweiten Mann gedacht. Dafür konnten wir aber damals keine konkreten Anhaltspunkte finden und haben die Überlegung dann wieder verworfen. Auf die Idee, dass es eine Frau sein könnte, sind wir überhaupt nicht gekommen. Wie du dem Bericht sicher entnommen hast, geht dieser auf die Frage, ob es sich um eine männliche oder weibliche DNA handelt, gar nicht ein. Wir hatten damals ja überhaupt noch keine Erfahrungen mit einem genetischen Fingerabdruck. Warum das in der Auswertung der Analyse nicht erwähnt ist, werden wir heute wohl auch nicht mehr ermitteln können. Und auf die Idee, diesbezüglich nachzufragen, sind wir gar nicht gekommen.«

»Na, es ist, wie es ist. Jedenfalls habe ich schon zu Petra gesagt: Gut, dass wir das Ergebnis der damaligen DNA-Analyse zum Vergleich in den Akten haben. Sie ist mir übrigens wirklich eine gute Hilfe. Und wie seid ihr vorangekommen?«

Bert berichtete von Ritas Aktivitäten und den daraus gezogenen Schlüssen.

»Das klingt ja so, als wäre die gesuchte Komplizin ein Chamäleon«, stellte Nina fest.

»Das sehen wir genauso. Deswegen werden wir uns ab morgen noch mal alle einsam gelegenen Resthöfe mit Vermietungen vornehmen. Dann wünsche ich dir noch einen schönen Abend mit Petra. Vielleicht zeigt sie dir ja auch mal was vom Essener Nachtleben.«

»Heute bestimmt nicht. Wir wollten noch eine Runde im Grugapark bei Beleuchtung joggen gehen, und außerdem muss ich erst mal die Bilder aus der Akte verdauen.«

»Oh ja, ich weiß genau, wovon du sprichst. Das wird dir sicher noch eine Weile nachgehen, zumal du dich damit und mit den schlimmen Details des Obduktionsberichtes so intensiv beschäftigen musst.«

12. Kapitel

Am frühen Vormittag hatte der Nieselregen von gestern endlich aufgehört. Über der Küste und den ostfriesischen Inseln zeigten sich bereits große Wolkenlücken, und das Blau des Himmels und eine wärmende Oktobersonne übernahmen wieder die Regie über das Wettergeschehen. Hannah Freese räumte nach ihrem Frühstück die Küche auf. Seitdem neulich die Polizisten da gewesen waren, hatte sie nicht mehr mit Antje gemeinsam gefrühstückt, was sie sonst eigentlich öfter machten. Sie war noch zweimal mit Jenny bei ihrer Tochter im Schlafzimmer gewesen. Nach ihrem Eindruck war das Chaos noch größer geworden. Und sie meinte auch, noch mehr Blutflecken auf der weißen Zudecke gesehen zu haben. Jenny erklärte das damit, dass sie es nicht verhindern könnte, dass auch mal in der Nacht die Wirkung der Medikamente nachließ und Antje wieder randalierte. Es ginge ihr aber sonst gut. Wofür zu sprechen schien, dass der Atem von Antje zwar sehr flach, aber regelmäßig war.

Trotzdem war Hannah als Mutter sehr beunruhigt. Einige Male hatte sie nachts laute und stressige Musik von drüben gehört. So, als wenn in den Ferienwohnungen heiße Partys gefeiert würden. Sie wollte schon rübergehen und für Ruhe sorgen. Aber irgendetwas hielt sie davon ab. Sie traute sich aber auch nicht, Jenny danach zu fragen. Immer wieder kam ihr der Gedanke einfach einen Notarzt zu holen und Antje in eine Klinik bringen zu lassen. Denn irgendwie kam ihr das Verhalten von Jenny für eine Ärztin nicht professionell genug vor. Auf keinen Fall so, wie sie es selbst von eigenen Krankenhausaufenthalten her kannte.

Aber dann musste sie immer wieder an ihre eindringlichen Drohungen denken. Und vor allem daran, dass die Polizei vielleicht tatsächlich noch ein Drogendepot von Antje hier im Haus finden könnte und sie selbst am Ende sogar noch ins Gefängnis müsste. Wenn doch nur Fiete noch leben würde. Der hätte jetzt gewusst, was zu tun war. Und dann wusste sie es auf einmal. Fiete war immer absolut gradlinig gewesen. Eben ein typischer Ostfriese. Wenn er gewusst hätte, dass Antje Drogen nahm, dann hätte er sofort dafür gesorgt, dass sie in professionelle

Hände käme. Sie hörte ihn schon sagen: »Selbst wenn die Polizei ein Drogenlager findet, die Gesundheit unserer Tochter geht vor! Alles andere regelt sich dann später. Egal wie!«

Entschlossen ging Hannah zur Ladestation ihres Mobiltelefons, die sich im Flur befand. Erst jetzt fiel ihr auf, dass die Station leer war. Wo hatte sie nur das Telefon liegen lassen? Sie suchte alle Räume ab, in denen sie sich normalerweise aufhielt. Aber nichts. Auch ihr Handy im Büro konnte sie nicht finden. Zumeist lag das auf dem Schreibtisch, weil sie es ganz selten benutzte. Wobei wahrscheinlich wie so oft der Akku leer war.

Die Einzige, die sich in den letzten Tagen, abgesehen von ihr selbst, in ihrer Wohnung aufgehalten hatte, war Jenny. In Hannah kroch langsam Ärger hoch. Sollte ihre Mieterin etwa die Telefone mitgenommen haben? Das durfte ja wohl nicht wahr sein! Das wollte sie jetzt aber doch sofort klären, weil es eigentlich keine andere Erklärung gab. Anzeichen von Demenz hatte sie nach dem Ergebnis der letzten Vorsorgeuntersuchung nämlich noch nicht.

Fest entschlossen drückte sie die Türklinke zum Durchgang des Mietertraktes herunter. Aber die Tür war verschlossen. Wer hat denn in Teufels Namen die Tür abgeschlossen?, schoss es ihr durch den Kopf. Hastig fingerte sie den Schlüsselbund aus der Hosentasche ihrer Jeans. Sie steckte den Schlüssel in das Schloss und versuchte ihn zu drehen. Aber es ließ sich nicht aufschließen. Sie überlegte. Das konnte nur bedeuten, dass ein Schlüssel, wahrscheinlich der von Antje, auf der anderen Seite steckte. Denn die Mieter hatten für diese Tür keinen Schlüssel, nur für die jeweils gemietete Wohnung.

Wutentbrannt eilte sie aus dem Haus, um von außen in den Mieterbereich zu gelangen und Jenny zur Rede zu stellen. Sie war etwa die Hälfte des mit Rabatten gefassten Weges am Haus entlanggelaufen, als oben eines der schrägen großen Dachkippfenster aufging und Jenny den Kopf herausstreckte. »Verschwinde ins Haus, Hannah! Die Bullen kommen! Ich kann den Streifenwagen schon hinten am Feldweg sehen. Und denk dran, was du zu sagen hast, wenn dir das Leben deiner Tochter lieb ist. Und das meine ich diesmal wörtlich!«

»Was ist denn mit Antje?« Hannahs Wut war auf einmal einer großen Angst um ihre Tochter gewichen.

»Bis jetzt noch nichts, Muttchen! Hau endlich ab ins Haus und tu so, als ob nichts wäre, wie beim letzten Mal! Es ist außer dir niemand hier! Klar?!«

Das Fenster im Dach wurde zugeknallt. Da war er wieder, dieser drohende Unterton, der zeigte, dass das Wort »Muttchen« alles andere als liebevoll gemeint war. Und dann der Befehlston. Hannah war völlig verunsichert. Bevor sie ihre Haustür erreichen konnte, fuhr der Streifenwagen bereits auf die Parkfläche vor der zur Garage umgebauten Scheune und die zwei Polizisten, die sie schon kannte, stiegen aus.

»Hallo Frau Freese«, rief der eine zu ihr herüber. »Tut uns leid, dass wir Sie noch mal stören müssen.«

»Ich hab Ihnen doch schon gesagt, dass ich weder den Mann noch die Frau hier bei mir auf dem Hof gesehen habe«, rief Hannah zurück und wollte ins Haus verschwinden.

»Wir haben aber trotzdem noch ein paar Fragen«, war die Antwort. Dann erreichten die beiden jungen Männer sie an der Haustür. »Dürfen wir kurz mit reinkommen?«

»Eigentlich nicht, ich hab zu tun«, erwiderte die Hausherrin.

»Wir müssen Ihr Gästebuch einsehen. Es tut uns leid, wenn wir Ihnen damit Umstände machen, aber das ist unser Auftrag. Schließlich geht es um einen Mord an einem unserer Kollegen in Wittmund, wie Sie sicher schon in der Zeitung gelesen haben.«

»Brauchen Sie dafür nicht einen Hausdurchsuchungsbeschluss? Das hab ich mal im Fernsehen gesehen«, versuchte Hannah die Beamten loszuwerden. Normalerweise hätte sie die beiden netten jungen Männer reingebeten und ihnen vielleicht sogar eine Tasse Tee mit ihren leckeren selbst gebackenen Plätzchen angeboten. Aber es drückte sie die Angst vor Jenny und die Sorge um ihre Tochter.

»Wenn Sie uns den Zutritt ausdrücklich verweigern, werden wir uns einen richterlichen Beschluss per Funk schicken lassen. Die Verweigerung, uns den Einblick in Ihre Gästeliste zu gewähren, macht Sie nämlich in höchstem Maße verdächtig. Ich hoffe, dass Sie sich dessen bewusst sind!«, sagte der eine der beiden in freundlichem Ton. Er bemerkte die Unsicherheit der Hausbesitzerin.

»In Ordnung, wenn es schnell geht«, gab sich Hannah geschlagen und bat die Herren mit einer einladenden Geste in den Flur. »Wir haben ja keine Saison und es haben sich bei mir auch keine Gäste angemeldet. Daher weiß ich gar nicht, wo ich mein Gästebuch im Moment habe. Normalerweise habe ich es immer hier im Flur auf der Anrichte liegen. Aber da ist es nicht, wie ich gestern schon bemerkt habe. Ich konnte es aber bis jetzt noch nicht wiederfinden. Tut mir leid. Ich hoffe, Sie glauben mir auch so. Wenn Sie wollen, können wir rübergehen und Sie können sich selbst überzeugen.« Hannah setzte alles auf eine Karte.

»Okay«, sagte der eine Polizist, »ich wollte schon immer mal sehen, wie so ein ausgebauter Gulfhof von innen aussieht.«

Hannah ging zu der Zwischentür und drückte die Klinke herunter, wohl wissend, dass die Tür verschlossen war. »Ach du je«, sagte sie, »es wird wohl Zeit, dass ich drüben mal wieder nach dem Rechten sehe. Im Sommer, wenn Gäste da sind, ist die Tür immer verschlossen. Schließlich brauche ich ja meine Privatsphäre. Aber als die letzten Gäste vor vier Wochen gegangen sind, ging es mir nicht gut und die haben mir ihre Schlüssel in den Briefkasten geworfen, als sie weggefahren sind. Seitdem war ich auch noch nicht wieder drüben. Aber wo habe ich denn nur den Schlüssel?«, tat Hannah vergesslich.

Über der Anrichte befand sich ein Brett, an dem eine Menge Schlüssel unter Nummern hingen. Aber nicht alle Schlüssel waren an ihrem Platz. »Und was sind das für Schlüssel?«, wollte einer der Polizisten wissen.

»Das sind die Wohnungsschlüssel von drüben und von der Großgarage in der ehemaligen Scheune«, erwiderte die Vermieterin.

»Da fehlen aber zwei bei den Wohnungen«, stellte der andere Beamte fest.

»Die werden drüben in den Wohnungstüren stecken. Manche Gäste lassen die einfach da, wenn sie gehen. Ich sagte ja schon, als die Letzten gegangen sind, ging es mir nicht so gut. Außerdem habe ich keine Neuanmeldungen, da kann ich mir mit dem

Saubermachen Zeit lassen. Schließlich bin ich hier seit dem Tod meines Mannes allein und niemand Rechenschaft schuldig.«

»Natürlich nicht«, bestätigte der Polizist. »Ich müsste mal eben etwas draußen mit meinem Kollegen besprechen. Wir sind gleich wieder zurück.«

Vor der Tür sagte er leise zu seinem Partner: »Alles ein bisschen merkwürdig, oder was meinst du?«

»Sehe ich auch so. Aber was machen wir mit ihr? Irgendwie tut sie mir ja richtig leid. Mann tot, ganz allein, wahrscheinlich kleine Rente und auf die Vermietung angewiesen. Sie ist auch schon ein bisschen durch den Wind und etwas schusselig, obwohl sie so noch einen ganz fitten Eindruck macht. Aber keiner weiß, wie es bei ihr hinter der Stirn aussieht. Du merkst ja auch, wie nervös wir sie machen. Die Leute in diesem Alter haben doch noch Respekt vor uns.«

»Aber mit dem richterlichen Beschluss kannte sie sich aus, das hat mich irgendwie hellhörig gemacht.«

»Kennt sie aus dem Fernsehen, hat sie doch selbst gesagt. Das würde ich nicht überbewerten. Also, noch mal, was machen wir mit ihr? Wenn wir sie zwingen wollen, die Schlüssel rauszurücken beziehungsweise zu suchen, brauchen wir wirklich einen richterlichen Beschluss. Oder siehst du im Moment hier auf dem Hof Gefahr im Verzug?«

»Nee, natürlich nicht. Es ist ja alles ruhig. Also, Schlüssel für die Scheune hingen am Brett. Dann soll sie uns da mal reinschauen lassen. Wenn keine Autos drin sind, machen wir uns vom Acker.«

»Gute Idee.« Die beiden Polizisten gingen durch die angelehnte Tür wieder in den Flur zurück.

Hannah hantierte in der Küche und rief: »Moment, ich komme. Haben Sie sich jetzt doch überlegt, mir zu glauben?«

»Ja«, antwortete der Wortführer, »wir würden nur noch gerne einen Blick in die Scheune werfen. Dann sind Sie uns auch schon los.«

Auf dem Weg zur Scheune sagte Hannah: »Übrigens befinden sich zurzeit vier Autos in der Garage. Eines gehört mir, eins ist noch von meinem verstorbenen Mann und zwei hat ein Bekannter bei mir untergestellt, weil der bei seiner Mietwohnung in Neuharlingersiel keine Garage hat und über die Wintermonate auf Mallorca bei seinem Sohn ist.« Hannah war diese Ausrede eingefallen, weil das tatsächlich schon mal vorgekommen war. Daran, wie sie erklären sollte, dass die Wagen keine Wittmunder Kennzeichen hatten, dachte sie dabei nicht.

Die beiden jungen Männer gingen hinter ihr und warfen sich fragende Blicke zu. Mit so einer Ansage hatten sie nicht gerechnet. Eigentlich waren sie nach den bisherigen Angaben der Witwe davon ausgegangen, dass sie dort nur deren eigenes Auto vorfinden würden. Zwei fehlende Wohnungsschlüssel am Brett und zumindest zwei Autos mit einer eher fragwürdigen Erklärung. Dafür sprach lediglich, dass sie damit jetzt gleich rausrückte. Was allerdings auch Taktik sein konnte. Jedenfalls war bei beiden Polizisten das Misstrauen geweckt.

Hannah schloss eine kleine Tür im großen Schiebetor zur Garage auf. »Moment«, sagte sie, »ich mache mal eben Licht. Es gibt hier nämlich keine Fenster.« Die Beamten folgten ihr, standen aber, noch von der Sonne geblendet, etwas hilflos im dunklen Raum. Im Hintergrund waren durch das diffuse Licht, welches durch die schmale Tür hineinfiel, vier Autos zu erkennen. Hannah hatte sich nach rechts gewandt, wo sich der Lichtschalter an der Wand befand.

Die Polizisten hörten, wie sie sagte: »Wieso geht denn das blöde Licht nicht?« Dann ging bei beiden jungen Männern fast zeitgleich das Licht aus.

13. Kapitel

Trotz Berts neuer Strategie war bislang noch keine einzige Meldung bei Rita eingegangen. War es vielleicht doch nicht der richtige Weg, um dem Schwerverbrecher und seiner mutmaßlichen Komplizin beizukommen? Zudem war es nicht ungefährlich für die Teams. Denn gerade von den einsam gelegenen Resthöfen hatten deren Bewohner gute Möglichkeiten, ungesehen die Zufahrtsstraßen im Auge zu behalten. Wobei Besuchern, die sich diesen Höfen näherten, zumeist durch die in Generationen gewachsene Vegetation um die Gebäude herum kaum Einblicke möglich waren. Bert hatte daher noch mal ausdrücklich erhöhte Aufmerksamkeit und Schutzbekleidung angeordnet.

Rita wollte sich gerade einen neuen Kaffee holen, als eine Message von einem der Teams bei ihr auf dem Handy einging: *»In Neuharlingersiel kam uns ein weißer SUV entgegen, vermutlich die Gesuchte, folgen ihr in Richtung Caro.«* Sie lief zu Bert und zeigte ihm die Information.

»Wieso nutzen die nicht den Funk aus dem Streifenwagen?«, war seine erste Reaktion. »Rita, funk die Kollegen an und frag, was los ist. Unter Umständen brauchen sie ja Verstärkung. Ich werde inzwischen die Bereitschaft aktivieren und schon mal in Richtung Carolinensiel in Marsch setzen.«

Rita versuchte den Streifenwagen per Funk zu erreichen. Es meldete sich aber keiner der Kollegen. Deshalb schickte sie ebenfalls eine Nachricht: *»Was ist los? Warum meldet ihr euch nicht über Funk und reagiert nicht auf meinen Funkruf?«*

Es dauerte eine Weile, dann kam eine Antwort: *»Funk kaputt.«* Kurz darauf ging eine neue Nachricht ein: *»Sie hat Tempo erhöht. Wir folgen.«*

Rita nahm das Handy mit und ging damit zu Bert, um ihn zu informieren.

»Okay«, sagte er ärgerlich, »müssen wir so hinnehmen. Scheißtechnik. Gut, dass wir wenigstens über Handy Kontakt haben. Die Bereitschaft ist auf dem Weg nach Carolinensiel. Informier die beiden Kollegen. Wir gehen an die Karte, dann können wir besser den Weg verfolgen und die Verstärkung entsprechend leiten.«

Rita hatte die Info an die Kollegen abgesetzt und jetzt wartete sie mit ihrem Chef auf weitere Informationen. Schließlich kam die Meldung: *»Sind an Caro vorbei Richtung Wangerland ...«*

Rita bestätigte die Meldung und forderte die Kollegen auf, alle paar Minuten eine kurze Info über die Situation zu geben. Sie schaute auf ihr Display und wartete auf weitere Meldungen. Aber es kamen keine, was sie nervös machte. Deshalb fragte sie auf dem gleichen Weg an, was los sei. Keine Antwort.

Bert hatte ihr über die Schulter geschaut. »Schon wieder Funkloch?! Das darf doch nicht wahr sein! Immer der gleiche Mist! Armes Deutschland und hier kostet es möglicherweise Menschenleben. Aber wen interessiert das schon«, musste er seinem Ärger Luft machen.

Die Verstärkung meldete über Funk, dass sie Carolinensiel erreicht hatte. »Dem Straßenverlauf weiter Richtung Wangerland folgen. Die letzte Nachricht von den Kollegen war, dass sie dorthin unterwegs sind«, gab Bert Anweisung.

Rita versuchte über ihr Handy weiter Kontakt zu den Kollegen zu bekommen. Aber nichts. Die Anspannung der beiden Beamten wuchs. »Verdammt«, konnte Bert nicht mehr an sich halten. »Das hatten wir erst bei Nina und sie hätte es fast das Leben gekostet. Dann bei mir, und jetzt die beiden jungen Kollegen! Ich werd noch wahnsinnig!«

In diesem Augenblick betrat Sören den Raum. Er hatte mitbekommen, dass die Bereitschaft ausgerückt war, und wollte wissen, ob es schon Informationen für den Einsatz seiner Spurensicherung gab. »Dich hört man ja bis in das Treppenhaus. Du brauchst nichts zu sagen. Wieder wie gehabt, oder?«

»Sieht fast so aus und wir sitzen hier wie auf Kohlen. Ich hasse es, wenn man zur Untätigkeit verdammt ist, wo jede Sekunde zählt! Bin gleich wieder da.«

Kurz darauf war Bert zurück. »Es geht sofort ein Hubschrauber von Rastede raus. Sie werden etwa zwanzig Minuten brauchen und dann von Jever kommend in Richtung des Suchgebietes, ostwärts von Carolinensiel, fliegen, bis sie Sichtkontakt zur

Kolonne der Bereitschaftsfahrzeuge haben. Die Piloten kennen die Funkfrequenz unserer Leute und werden mit denen unmittelbar Kontakt aufnehmen und dann koordiniert die Suche beginnen. Ich fürchte, Sören, du kannst deine Truppe auch gleich klarmachen. Jedenfalls habe ich kein gutes Bauchgefühl.«

»Die sind schon in den Startlöchern. Ich werde sie in Richtung Wangerland-Tettens in Marsch setzen«, sagte er nach einem Blick auf die Karte. »Bin gleich wieder da.«

Als Sören zurückkam, meldete sich die Hubschrauberbesatzung über Funk: »Wir haben soeben Tettens linker Hand liegen lassen und werden bis zur Straße zwischen Carolinensiel und Schillig fliegen und dann dem Straßenverlauf folgen. Ihre Bereitschaft ist in der gleichen Richtung entlang der Küstenlinie unterwegs, wie sie uns gemeldet haben. Vor Schillig werden wir wenden und dann nach Westen zurückfliegen und so das Suchgebiet der Flächengemeinde Wangerland systematisch absuchen. Wir melden uns wieder.«

Es dauerte keine fünf Minuten, da meldete sich die Besatzung erneut: »Wir haben das Dienstfahrzeug gefunden. Es steht bei Neugarmssiel auf einem Grünstreifen zwischen dem Tettenser Tief und einem Wirtschaftsweg, der parallel nach Süden verläuft und dort endet. So wie es aussieht, ist niemand im Fahrzeug. Wir landen auf dem Wirtschaftsweg und melden uns gleich wieder.«

Es dauerte nur einen kurzen Moment, dann meldete sich der Pilot erneut: »Wie bereits mitgeteilt, es ist niemand im Wagen. Auf den ersten Blick sind keine Anzeichen von Gewalteinwirkung erkennbar. Ihre Bereitschaft weiß schon Bescheid. Wir werden warten, bis Ihre Kollegen da sind und übernehmen.«

»Vielen Dank für Ihre Unterstützung«, sagte Bert. »Unsere Spurensicherung haben wir vorsorglich schon vor Ihrem Eintreffen in Richtung Tettens in Marsch gesetzt. Unsere Bereitschaft werde ich ins Kommissariat zurückbeordern. Das gefundene Fahrzeug ist jetzt eine Sache für die Spusi. Aber wo sind die beiden Fahrer?«

»Wir sind schon davon ausgegangen, dass unser Einsatz damit noch nicht beendet ist«, sagte der Pilot. »Wir verfügen über eine Wärmebildkamera an Bord. Irgendwo muss Ihre Streifenwagenbesatzung ja geblieben sein. Denn wie Sie unserer Leitzentrale mitgeteilt haben, hatten sie bis kurz nach Carolinensiel noch Handykontakt. Daher werden wir gleich die Gegend um den Fundort des Fahrzeugs herum und entlang der vermutlichen Fahrstrecke mit der Wärmebildkamera scannen. Ah, da kommen schon Ihre Leute. Dann können mein Kollege und ich gleich wieder starten. Wir melden uns auf jeden Fall noch mal, bevor wir den Einsatz beenden.«

»Rita, besorge uns doch mal eine Runde Kaffee und dann würde ich mich gerne mit Sören und dir hier beim Funkgerät und der Landkarte zu einem Brainstorming zusammensetzen.«

Als die drei am Tisch saßen und sich mit Kaffee gestärkt hatten, fasste Bert die Situation kurz zusammen. Das Fahrzeug war gefunden, wo aber waren die Leute? Das hatte jetzt absolute Priorität. »Du hast doch die Einsatzpläne unserer Teams koordiniert, Rita. Steck doch mal mit Fähnchen auf der Karte ab, wo unsere verloren gegangene Besatzung heute Vormittag im Einsatz war.«

Rita ging an ihr Notebook und druckte eine Seite der Exceltabelle aus. Mithilfe der Informationen hatte sie an der Karte nach kurzer Zeit acht rote Fähnchen platziert. »Das waren die anzufahrenden Objekte für die beiden heute Vormittag«, sagte sie, nachdem sie fertig war.

Bert und Sören standen auf und traten an die Wandkarte. Nach einem Blick darauf stellte Bert fest: »Was in drei Teufels Namen hatten die in Neuharlingersiel zu suchen? Auf der Agenda standen heute Vormittag nur Orte im Ostteil von Bensersiel!«

»Heute Nachmittag auch. Erst morgen hätten die beiden mit Neuharlingersiel anfangen sollen. Vielleicht haben sie ja die beiden Routen getauscht, ohne mir davon was zu sagen. Wäre mir eigentlich nicht so recht gewesen, weil ich gerne meine Systematik einhalten möchte.«

»Okay, das könnte eine Erklärung sein«, bestätigte Bert. »Dann stecke doch bitte noch die heutigen Nachmittagstermine in Gelb dazu und alle morgigen Termine in Blau und verbinde diese mit einem Faden in der Reihenfolge des Planes. Anschließend markiere in etwa mal die Punkte, wo sich die Kollegen befunden haben könnten, als die jeweilige Message einging.«

Nachdem Rita das erledigt hatte, schauten sich die Polizisten zu dritt das Ergebnis an. »Wann kam die erste Nachricht?«, wollte Bert wissen.

»Genau um zehn Uhr dreiundfünfzig«, antwortete seine Mitarbeiterin. »In der Nachricht steht: *In Neuharlingersiel kam uns ein weißer SUV entgegen, vermutlich die Gesuchte, folgen ihr in Richtung Caro.* Das heißt, sie müssten sich zu diesem Zeitpunkt hier«, Rita deutete auf das entsprechende Fähnchen, »in der Cliener Straat, etwa in der Ortsmitte, befunden haben.«

»Wenn wir unterstellen, dass sie die Routen der beiden Tage getauscht hatten, dann hätten sie sich vom Zeitablauf her etwa zwischen dem vierten und sechsten Termin befinden müssen, je nachdem, wie schnell sie durchgekommen sind«, stellte Sören fest.

»Du musst wissen, nur der Vollständigkeit halber«, klärte Rita Sören auf, »Esens-Bensersiel haben die beiden verschwundenen Kollegen sich mit einem anderen Team geteilt. Sie hatten nur den Ostteil von Bensersiel, also Termine für etwa einen Tag. Dann hätten sie ab morgen mit Neuharlingersiel beginnen sollen. Und das begann im Westen an der Ortsgrenze zu Bensersiel, wie ihr dem gesteckten Verlauf auf der Karte schon entnehmen könnt. Um die Ortsteile Ostbense und Hartward herum, also gut sieben bis acht Kilometer vom Ortskern Neuharlingersiel entfernt.«

»Dann erklärt selbst das nicht, was sie um diese Zeit dort in der Ortsmitte gesucht haben«, stellte Bert fest, der langsam nervös wurde. »Ich suche nach einem Ansatzpunkt, wo wir mit unserer Bereitschaft aktiv werden könnten. Ich habe mittlerweile Zweifel, dass die beiden den Streifenwagen überhaupt selbst zum Fundort gefahren haben. Wäre doch denkbar, dass sie Meyer und seine Komplizin aufgespürt haben und dabei von denen überwältigt wurden.«

»Durchaus denkbar«, bestätigte Sören. »Aber wieso sollten die Gangster dann mit unserem auffälligen Polizeiauto durch die Gegend schippern?«

»Ganz einfach. Denen wird klar gewesen sein, dass wir die Handys orten können. Also hätte es auch nichts genützt, die einfach totzuschalten«, erläuterte Bert seine Gedanken. »Dabei konnten ihnen die Handys der Kollegen durchaus nützlich sein, um uns vom eigentlichen Tatort abzulenken. Gleichzeitig konnten sie auch den Dienstwagen loswerden. Dabei hätten wir am Funkgerät ja merken können, dass eine fremde Stimme an der anderen Seite der Leitung spricht. Deswegen haben sie den Funk abgeschaltet und uns nur die diffusen Messages geschickt.«

»Das wäre eine plausible Erklärung«, stimmte Sören seinem Kollegen zu. »Aber um mal zu klären, wo die beiden heute Morgen wirklich im Einsatz gewesen sind, müssen wir warten, bis die Bewegungsprofile der beiden Handys vorliegen, die meine Leute schon angefordert haben.«

»Im Moment bleibt uns wohl nichts anderes übrig«, stellte Bert bedauernd fest.

***

»Ich hoffe und wünsche, dass unsere beiden, egal wo sie sich im Moment auch aufhalten mögen, wohlauf und gesund sind. Aber die werden verdammt gute Argumente für die eigenmächtige Änderung ihres Einsatzplanes brauchen!« Man merkte, dass bei Bert die Sorge und die Verärgerung im Moment miteinander stritten. »Ich hasse Warten. Die Hubschrauberbesatzung hat sich auch noch nicht gemeldet. Soll ich das jetzt als gutes oder schlechtes Zeichen werten?«

»Die Frage habe ich mir auch soeben gestellt«, meinte Sören.

In diesem Moment kam eine Mitarbeiterin von ihm herein. »Wir haben das Bewegungsprofil der beiden Handys«, sagte sie und übergab ihrem Chef die Aufzeichnungen.

Sören warf einen Blick darauf und gab diese dann an Bert, der sie an Rita weitergab. »Markiere bitte auf unserer Karte die Stationen mit Zeitangaben«, gab er Anweisung.

Rita hatte die paar Daten schnell übertragen, wodurch der Weg der beiden Kollegen sehr plastisch wurde. »Sie sind also gegen acht Uhr hier vom Kommissariat losgefahren«, stellte Bert fest.

»Nach etwa dreißig Minuten haben sie ihren ersten Halt gemacht. Ist das einer der Höfe, die sie auf ihrer Agenda hatten?«

Rita schaute in ihre Excel-Tabelle. »Ja, aber erst in zwei Tagen.«

»Dort haben sie sich fast zwei Stunden aufgehalten. Kein normaler Zeitrahmen für eine so einfache Befragung«, wunderte sich Bert. »Kurz nachdem sie dort weggefahren sind, war das Signal bei beiden Handys unterbrochen und setzt dann erst wieder kurz vor elf Uhr bei Carolinensiel ein. Dann endet es gegen halb zwölf am Fundort des Streifenwagens.«

In diesem Moment klingelte Sörens Handy. Nachdem er sich gemeldet hatte, sagte er: »Moment, ich stelle mal laut, dann können Kommissar Linnig und Kollegin Rita mithören.«

Sörens Mitarbeiter am anderen Ende der Leitung wiederholte noch mal kurz: »Wir sind gleich mit dem Dienstwagen hier in Neugarmssiel fertig. Es hat sich bei uns eine Frau gemeldet, die von einem längeren Spaziergang mit ihrem Hund zurückkam und gesehen hat, wie der Wagen hier abgestellt wurde. Sie sagte uns, dass ihr zufällig aus einiger Entfernung auffiel, dass der Streifenwagen auf den Grasstreifen fuhr und anhielt. Sie war nah genug, dass sie erkennen konnte, dass eine Polizistin in Uniform ausstieg. Dann musste sie sich aber um ihren Hund kümmern, der einer Katze nachlief, die sich aber schließlich auf einen Baum retten konnte. Als sie ihren Hund endlich wieder eingefangen hatte, war die Polizistin nicht mehr da. Wo sie geblieben ist, konnte sie uns leider nicht sagen. Wir haben sie gefragt, ob sie noch weitere Fahrzeuge gesehen hat. Sie sagte Nein. Wir haben uns von ihr zeigen lassen, wo sie bei ihrer Beobachtung gestanden hatte. Von dort hätte sie ein schräg hinter unserem Polizeiwagen stehendes Auto aus dem Winkel wirklich nicht sehen können.«

»Und sie war sich absolut sicher, dass es eine Polizistin und kein Polizist war?«, hakte Bert nach.

»So wie sie es sagte, schon. Die Polizistin hätte halblange schwarze Haare gehabt. Daher war sie sich sicher, dass es nur eine Frau sein konnte.«

»Gibt es denn keine Häuser in der Nähe, von denen aus jemand etwas hätte sehen können?«, wollte Sören wissen.

»Wir sind hier ganz am Ende des asphaltierten Wirtschaftsweges. Die nächsten Häuser sind über hundert Meter entfernt und liegen ziemlich versteckt hinter Bäumen und Büschen.«

Sören beendete das Gespräch und sagte dann: »Das könnte auf unsere gesuchte Frau passen, nur diesmal mit einer schwarzen Perücke.«

»Das bestätigt doch meine Vermutung, dass die ganze Messenger-Geschichte nur eine Tarnung war, um uns mit dem Auffinden des Streifenwagens an einem ganz anderen Ort zu beschäftigen. Also gehen wir zurück auf Start, zu dem Ferienhof, wo unsere Jungs zuerst angehalten und sich für fast zwei Stunden aufgehalten haben. Auf geht's, Leute, wir rücken mit der Bereitschaft aus!«, gab Bert Anweisung.

Kurze Zeit später war die Kolonne mit Blaulicht und Sirene in Richtung Neuharlingersiel unterwegs. Einige Kilometer vor Erreichen des Zielortes ließ Bert beides abstellen. Dann auf dem Ferienhof eingeübte Polizeiroutine. Innerhalb kürzester Zeit hatten sich die Uniformierten verteilt und Sicherheit gemeldet. Bert stand in der Küche des Hauses einem verängstigten Ehepaar in den Fünfzigern gegenüber, das beteuerte, zurzeit keine Feriengäste zu beherbergen. Was auch schnell durch das Gästebuch bestätigt wurde.

»Aber Sie geben zu, dass unsere Kollegen mit einem Streifenwagen heute Morgen gegen acht Uhr dreißig hier gewesen sind?«, bohrte Bert nach. »Wo sind sie jetzt? Den Wagen haben wir gefunden, aber nicht die Beamten.«

»Das wissen wir genauso wenig wie Sie. Die sind hier zwischen neun und halb zehn wieder weggefahren. Wohin, haben sie uns nicht gesagt. Und ich frage mich, warum meine Frau und ich hier wie Verbrecher behandelt und verhört werden«, brachte der Eigentümer des Hofes seine Verärgerung über die Aktion zum Ausdruck.

»Was haben die Kollegen denn fast zwei Stunden hier bei Ihnen auf dem Hof gemacht?«, hakte Bert unbeeindruckt nach.

»Der eine war mit unserer Tochter befreundet«, gab die Frau Auskunft. »Gestern Abend hat sie ihm gesagt, dass sie heute zu ihrer neuen Liebe nach Bochum fährt und vierzehn Tage dortbleibt. Der junge Mann aus dem Ruhrgebiet war als Feriengast zum Ende der Saison bei uns gewesen und da hat es zwischen den beiden gefunkt. Wie das manchmal so ist. Mein Mann und ich haben uns da rausgehalten. Das ist einzig und allein Sache unserer erwachsenen Tochter. Jedenfalls hat sie sich heute Morgen mit Ihrem Kollegen oben in ihrem Zimmer ziemlich lange heftig gestritten. Wobei wir nichts dagegen gehabt hätten, einen Polizisten als Schwiegersohn zu haben. Sein Kollege hat so lange bei mir in der Küche gesessen und Tee getrunken. Schließlich kam sein Partner ziemlich sauer wieder in die Küche runter und ist wortlos zur Tür raus. Sein Kollege bei mir in der Küche hat sich bedankt und ist gleich hinterher. Dann ist der Streifenwagen mit ziemlich hohem Tempo vom Hof gerauscht. Das ist alles, was wir Ihnen sagen können, Herr Kommissar.«

In Bert kochte es. Bei allem Verständnis für den gehörnten jungen Polizisten – das war schlichtweg ein Dienstvergehen. Aber die Sorge über den Verbleib der beiden Kollegen überwog. Für ihn stand fest, dass allein schon die Art und Weise, wie der Betroffene das Anwesen verlassen hatte, für eine große Wut sprach. Bert wusste: Auch Polizeibeamte sind Menschen mit Gefühlen, die sich in solchen Situationen unkontrolliert Bahn brechen können. Daher musste er unbedingt mit der Tochter sprechen. Eigentlich war das eine Sache für Nina. Sie war in solchen Fällen wesentlich einfühlsamer und geschickter als er. Und von Essen nach Bochum war es nur ein Katzensprung. Sein Entschluss stand fest. »Wo genau können wir Ihre Tochter erreichen?«

»Die Adresse in Bochum haben wir«, antwortete die Frau.

»Bochum-Wattenscheid«, ergänzte ihr Mann. »Das schien dem jungen Mann aus dem Kohlenpott sehr wichtig zu sein. Deshalb hatte der auch WAT und nicht BO auf seinem Autokennzeichen stehen.«

»Ist für mich in diesem Fall wirklich nicht ganz unwichtig, denn eine Kollegin von mir ist gerade in Essen, das direkt an Wattenscheid angrenzt. Nach Bochum selbst sind es noch etliche Kilometer weiter.«

Als Bert Adresse und Telefonnummer der Tochter hatte, setzte sich der ganze Tross wieder in Richtung Wittmund in Marsch. Zu Rita, die den Wagen fuhr, sagte er: »Ich werde gleich Nina informieren. Sie soll möglichst schnell mit der Tochter ein Gespräch führen. Vielleicht erfahren wir ja, was unser Wüterich vorhatte, nachdem er bei ihr zu Hause raus ist.«

Noch auf der Rückfahrt gab Bert Nina die Daten durch und informierte sie über die Geschehnisse. Nachdem Nina sich kurz mit ihrer Kollegin Petra ausgetauscht hatte, sagte sie: »Ich werde mich gleich mit der jungen Frau in Verbindung setzen. Petra sagt, das wäre über die A52 und die A40 ohne Stau von hier aus gerade mal 'ne halbe Stunde nach Wattenscheid. Sie wird mit mir dahinfahren. Dann gibt es auch keine Komplikationen wegen der Zuständigkeiten in einem anderen Bundesland. Aber ich habe noch etwas für dich. Petra und ich haben morgen einen Termin mit dem Chef der Werttransportfirma, für die die erschossenen Sicherheitsfahrer vor zwanzig Jahren gearbeitet haben. Nähere Einzelheiten werde ich dir dann später berichten, wenn wir von Wattenscheid zurück sind.«

Kurz darauf saßen Bert, Sören und Rita wieder im Kartenraum zusammen und warteten auf Meldungen. Die Piloten hatten während ihrer Abwesenheit durchgegeben, dass sie bislang nichts Verwertbares aufgenommen und nur noch für eine halbe Stunde Treibstoff hätten. Daher wären sie gezwungen, ihren Einsatz danach abzubrechen und zum Stützpunkt zurückzufliegen. Bei Bedarf, sobald Erkenntnisse für ein neues Suchgebiet vorlägen, müsste die Dienststelle Wittmund sie erneut anfordern. Wieder eine Hoffnung, die wie eine Seifenblase zerplatzt war.

Rita hatte das Bewegungsprofil der Handys ihrer Kollegen vor sich liegen. »Immer wieder das leidige Thema mit den Funklöchern. Man könnte meinen, Deutschland wäre ein Dritte-Welt-Staat. Dabei glaube ich, dass es weniger ein technisches oder logistisches als ein bürokratisches Problem ist. Ich habe nämlich mal vor einiger Zeit auf einer Streifenfahrt mit einer Kollegin an einer Pommesbude haltgemacht und wollte jemanden über Handy anrufen. Ging aber nicht. Kein Signal. Da hat sie mir ihr Handy gegeben und siehe da, voller Empfang.«

»Da könntest du recht haben«, bestätigte Sören. »Mir hat ein Bekannter, der vor einigen Jahren in das Saterland gezogen ist, erzählt, dass er nach seinem Umzug dorthin in seinem Haus ohne Handysignal war. Dabei hatte ihm der Makler versichert, dass in Kürze ganz in der Nähe an einem Hochlager einer dortigen Firma die drei wichtigsten Netzbetreiber ihre Antennen anbringen würden.«

»Und, haben sie?«, wollte Bert wissen, den das Thema schon seit Langem nervte.

»Ja, haben sie, aber nur zwei. Das Netz meines Bekannten war nicht dabei. Da er jemanden in der Firma dort kannte, hat er nachgefragt. Die Antwort war, dass der dritte Netzbetreiber zu wenig Nutzer im dortigen Bereich hatte. Der sah es daher auf einmal nicht mehr als lohnenswert an, dafür den Kostenaufwand zu betreiben. Meinem Bekannten blieb nichts anderes übrig, als den Provider zu wechseln.«

»Das heißt, hätten unsere Kollegen unterschiedliche Handyanbieter genutzt, könnten wir ihren Weg jetzt wahrscheinlich lückenlos nachverfolgen. Es ist zum Kotzen! Vielleicht sollten wir unsere Streifenwagen mit Handys aller Netzbetreiber ausstatten«, konnte Bert seinen Sarkasmus nicht zurückhalten, um dann aber gleich wieder sachlich zu werden. »Wir warten jetzt noch Ninas Rückmeldung ab. Aber dann sehe ich keine andere Möglichkeit, als unsere Fahrzeugbesatzungen jeweils auf drei Kollegen aufzustocken.«

»Das hatten wir doch auch im Sektenmordfall gemacht. Mein erster Einsatz hier, den ich noch gut im Gedächtnis habe«, erinnerte sich Rita. »Da war es eine kluge Entscheidung gewesen, dass einer zur Sicherung seiner beiden Kollegen im Auto sitzen blieb. Hätte damals ja eigentlich ich machen sollen, um notfalls über den internen Funk zu alarmieren. Na ja, ich will nicht alte Kamellen aufwärmen. Jedenfalls hat sich das bei den abgelegenen Höfen zur Sicherung unserer Leute bewährt.«

»Rita, die Neueinteilung der Besatzungen kannst du schon mal vorbereiten, dann können wir das nachher beim Abendmeeting gleich bekanntgeben.«

Sören hatte inzwischen bei seinen Leuten nachgefragt, was die Auswertung der Spurenermittlung im Streifenwagen der vermissten Kollegen ergeben hatte. »Nur Übereinstimmungen bei den Fingerabdrücken unserer eigenen Leute, die den Wagen gefahren haben. Sonst nichts. Keine fremden Spuren oder Fasern. Lediglich ein schwarzes Haar, das tatsächlich von einer Perücke stammen könnte, wie der Haaransatz unter dem Mikroskop gezeigt hat«, war seine enttäuschende Zusammenfassung.

»Es ist mal wieder wie verhext. Schon vor über zwanzig Jahren hinterließ dieser Verbrecher keine Fingerabdrücke. Bleibt für unsere Außenteams nichts anderes übrig, als akribisch Ferienhof für Ferienhof abzuchecken. Die Ereignisse scheinen ja mal wieder zu bestätigen, dass wir damit auf dem richtigen Weg sind.«

Es meldete sich Nina auf Berts Handy: »Wir sind gerade bei der Exfreundin unseres Kollegen raus. Sie war sehr kooperativ. Übrigens: Das Erste, was sie mich am Telefon fragte, als ich unser Kommen ankündigte, war: ›Oh mein Gott, Polizei! Hat er sich was angetan?‹ Ich versuchte sie zu beruhigen. Trotzdem scheint sie immer noch sehr besorgt zu sein.«

»Das bin ich aber jetzt auch«, unterbrach sie Bert. »Wenn Suizidgefahr bei unserem jungen Kollegen hinzukommt, dann wird es ja noch komplizierter. Ich hoffe, du konntest das auflösen.«

»Leider nicht, Bert. Sie sagte in dem Gespräch, dass seine fast krankhafte Eifersucht mit ein Grund dafür gewesen sei, dass sie sich überhaupt mit dem Feriengast eingelassen habe. Sie hätte schon Anfang des Jahres versucht, sich von ihm zu trennen. Da hat er damit gedroht, sich etwas anzutun. Wovor sie eine höllische Angst hat. Schließlich will sie nicht an seinem Tod schuld sein. Jetzt hat sie über ihren neuen Freund die Chance, alles hinter sich zu lassen. Sie war gerade auf der Suche nach einer neuen Arbeitsstelle und in der Firma ihres Freundes in Bochum könnte sie unterkommen. Davon wissen ihre Eltern aber noch nichts. Die denken, dass sie hier nur vierzehn Tage Urlaub macht.«

»Na gut, das ist ihre Privatangelegenheit und geht uns nichts an, aber das mit der Suizidandrohung unseres jungen Kollegen können wir nicht ignorieren. Das ist auch dienstlich gesehen verdammt starker Tobak.«

»Das sehe ich auch so. Wenn ich mir nur vorstelle, was passieren könnte, wenn er im Dienst mit einer Waffe unterwegs ist. Nach dem, was du mir vorhin zu den Abläufen geschildert hast, kann man nicht wirklich ausschließen, dass er angesichts der Wut über die Entscheidung seiner Ex-Freundin versucht hat, sich mit der Waffe das Leben zu nehmen, und seinen Partner, der ihn daran hindern wollte, gleich mitgenommen hat.«

»Mensch, Nina, mal den Teufel nicht an die Wand. Genauso ein Szenario ging mir auch schon durch den Kopf! Aber in so einem Fall würde der Wagen der beiden doch irgendwo rumstehen. Stattdessen hat den eine Frau in Polizeiuniform noch durch die Gegend kutschiert und in Neugarmssiel stehen lassen. Da passt mal wieder nichts zusammen. Aber lass uns heute Abend noch mal telefonieren, du wolltest mir ja noch zu deinem Einsatz in Essen was sagen. Aber jetzt kommen gerade die ersten Außenteams von ihrem Einsatz zurück und wir wollen für morgen eine Neueinteilung in Dreierteams vornehmen. Die Suche nach unseren vermissten Kollegen hat absoluten Vorrang.«

14. Kapitel

Gestern Abend hatte Nina Bert noch darüber informiert, warum sie auf die Idee gekommen war, den Chef der Sicherheitsfirma, Kurt Bucholsky, selbst noch mal zu befragen. In einem damaligen Protokoll von Bert war ihr aufgefallen, dass er zur Klärung einiger offener Fragen den Chef dieser Firma in seinem Privathaus aufsuchen und als Zeuge befragen wollte. An sich ein unspektakulärer Vorgang, zumal er sich gerade auf einer Dienstfahrt ganz in der Nähe seines Hauses befunden hatte.

Auffällig erschien Nina allerdings, dass Bert das als Randnotiz erwähnt und was er noch dazu vermerkt hatte. Durch die geschlossene Tür wurde ihm gesagt, dass sein Besuch im Moment unpassend wäre. Erst als Bert angedroht hatte, dass Bucholsky dann am nächsten Tag zur Klärung der Fragen ins Präsidium kommen müsste, wurde er nach einer kurzen Wartezeit eingelassen.

Der Zeuge hatte Bert dann etwas verlegen erzählt, dass sich seine Frau eine Woche auf Teneriffa vergnügte. Das gleiche Recht würde ihm genauso zustehen und deshalb hätte er im Moment Damenbesuch und sei an der Tür so abweisend gewesen. Mehr stand dazu nicht im Protokoll. Die Antworten auf Berts offene Fragen erschienen Nina nicht bedeutsam. Da sie aber auf der Suche nach einer weiblichen Person im Zusammenhang mit den damaligen Ereignissen war, wollte sie der Sache mit dem Damenbesuch auf den Grund gehen.

Deshalb war sie jetzt mit Petra unterwegs zu dieser Werttransportfirma. Eigentlich wollte sie gestern schon dahin, da war der Chef aber zu einem wichtigen Kundentermin in Frankfurt. Inzwischen hatte sich diese Firma zu einem der Global Player in diesem Geschäft entwickelt, und ihr wurde gesagt, dass eigentlich ein Termin in Dubai für diese Woche vorgesehen war, der aber abgesagt worden war.

Als die beiden dort ankamen, empfing sie seine Sekretärin an der Rezeption und brachte sie mit einem besonderen Aufzug, wie die Frau sagte, direkt in das Büro ihres Chefs. Sie wurden von einem relativ schmächtigen Mann, schätzungsweise Endfünfziger, in einem dunklen Anzug und dezenter Krawatte in Empfang genommen. Mit seinem gepflegten Äußeren und seinen sicher gefärbten dunklen Haaren hätte er in jedem Humphrey-Bogart-Film auftreten können. Das Büro strahlte eine schlichte, aber dennoch luxuriöse Eleganz aus. Den Umgang mit Polizeibeamten schien er gewohnt zu sein.

Jedenfalls übernahm er gleich nach der Begrüßung die Regie. »Kaffee, meine Damen? Nehmen Sie doch in der Lounge Platz und machen Sie es sich bequem.« Dabei wies er auf eine ausladende Sitzgruppe in weißem, italienischem Lederdesign. Seine Sekretärin kam mit Kaffee. Und nachdem sie sich gesetzt hatten, fuhr er fort: »So attraktive Kommissarinnen habe ich auch nicht jeden Tag zu Gast. Was kann ich für Sie tun, meine Damen?«

»Vielen Dank für den freundlichen Empfang, Herr Bucholsky, und dass Sie sich die Zeit für uns nehmen. Wie ich schon am Telefon Ihrer Sekretärin sagte, geht es um einen alten Fall, bei dem leider zwei Ihrer Sicherheitsleute ihr Leben verloren.«

»Bis heute ein Albtraum für mich, an den ich nicht gerne erinnert werde.«

»Leider kann ich Ihnen das aufgrund aktueller Ereignisse nicht ersparen.«

»Da hab ich schon so eine Ahnung, wohin die Reise geht. Heinz Dieter Meyer ist auf der Flucht. Das habe ich in den Medien verfolgt. Dazu kann ich Ihnen gleich sagen: Ich habe keine Ahnung, wo er sich aufhalten könnte oder was der mit den Rohdiamanten, die meine Leute transportiert haben, gemacht hat. Leider konnten Ihre Kollegen von damals, ich glaube, Bert Linnig und Heike Grabowski, keine gerichtssicheren Beweise finden. Obwohl wir uns alle, einschließlich Staatsanwaltschaft, darin einig waren, dass nur er der Täter sein konnte.«

»Davon ist mein Kollege und Chef, Bert Linnig, nach wie vor auch überzeugt. Heike Grabowski ist möglicherweise bereits das zweite Opfer eines Rachefeldzuges dieses Verbrechers geworden. Das erste Opfer war eine Psychologin, die ein negatives Gutachten über ihn erstellt hatte. Und ein Anschlag, der vermutlich Bert Linnig gegolten hat, traf einen unserer Kollegen tödlich. Also drei Tote, seit Meyer untergetaucht ist. Und deswegen sind wir hier.«

»Wie gesagt, das dachte ich mir bereits. Aber ich wüsste nicht, wie ich Ihnen helfen kann.«

»Vielleicht erinnern Sie sich daran, dass Kommissar Linnig sie einmal zu einer Zeugenbefragung in Ihrem Privathaus aufgesucht hat.« Nina sah, wie es in ihrem Gesprächspartner arbeitete. Für einen Moment schien seine Selbstsicherheit ins Wanken zu geraten. Für sie stand fest, der war nicht so taff, wie er tat. Dafür wirkte sein Auftritt viel zu gespielt und zu dick aufgetragen. Da konnte er der geschulten Profilerin, die einige Semester Psychologie studiert hatte, nichts vormachen.

»Kann sein, dass er mal bei mir zu Hause war. Aber so genau erinnere ich mich ehrlich gesagt nicht mehr daran.«

Nina ahnte, jetzt würde sie den Finger in eine offene Wunde legen. »Herr Linnig hat in seinem Protokoll vermerkt, dass Sie ihn zunächst nicht reinlassen wollten, weil sie Damenbesuch hatten. Erst nachdem er Sie für den nächsten Tag vorladen wollte, haben Sie nach einer Weile die Tür geöffnet und ihn reingelassen.«

»Das finde ich nicht in Ordnung! Ich hatte ihn ausdrücklich um absolute Diskretion gebeten. Dann hat er das doch in sein Protokoll geschrieben.«

»Was in unseren Akten steht, Herr Bucholsky, wird immer absolut vertraulich behandelt«, beruhigte ihn Nina.

»Absolut vertraulich ist hier wohl relativ, Frau Jürgens. Damit war diese Information im damaligen Strafprozess gegen Meyer jedem gegnerischen Anwalt zugänglich. Und wir können von Glück sagen, dass Meyer offensichtlich Einzeltäter war und nicht zur organisierten Kriminalität gehörte. Andernfalls hätte es mir passieren können, dass man mich mit dem Damenbesuch in Abwesenheit meiner damaligen Frau erpresst hätte. In meiner Branche hat man da so seine Erfahrungen.«

»Aber Ihre Bemerkung zeigt mir, dass Sie sich doch sehr genau an die damalige Situation erinnern. Und gerade die interessiert mich. Ich bin nicht hier, um mit Ihnen über Moral oder Rechtsgrundsätze zu diskutieren. Und da es um Menschenleben geht, bitte ich um absolute Offenheit!«

»Also gut«, gab sich der Angesprochene geschlagen. »Die Gründe, warum ich damals um Diskretion gebeten hatte, sind inzwischen sowieso überholt. Ich bin nicht mehr verheiratet, wie ich bereits andeutete. Und meine heutige Lebensgefährtin ist voll über meine speziellen Vorlieben informiert.«

Na, geht doch, dachte Nina und stieß gleich nach: »Wissen Sie denn noch, wer die Dame von damals war?«

»Sie nannte sich Olivia und arbeitete für eine Hostessenagentur, bei der ich auch meine heutige Lebensgefährtin kennengelernt habe.«

»Hat diese Olivia auch einen Nachnamen?«

»Ist zwar sonst eher nicht üblich, dass die Damen ihren richtigen Namen nennen, aber sie hieß tatsächlich Olivia. Olivia Jacobs, wie ich später herausbekommen habe. Sie kommt aus Belgien, spricht aber akzentfrei Deutsch. Sie ist in der Nähe der deutschen Grenze aufgewachsen.«

»Dann war es sicher nicht nur ein One-Night-Stand und Sie haben die Dame öfter getroffen, oder?«

»Wenn ich ehrlich bin, die hätte, nachdem ich von meiner Frau geschieden war und wenn sie einverstanden gewesen wäre, an die Stelle meiner heutigen Lebensgefährtin treten können. Aber sie wollte nicht und dann habe ich meine jetzige Herrin kennengelernt. Jetzt werden Sie verstehen, was ich vorhin mit Vorlieben meinte. Ich will ganz offen sein: Für resolute Frauen habe ich nun mal eine Schwäche und Sie beide ...« Bei diesen Worten bekam er einen ganz devoten Gesichtsausdruck mit einem etwas linkisch wirkenden Augenaufschlag.

Die beiden Kommissarinnen nahmen es gelassen. Ihnen war schon so manche menschliche Spielart in ihrer dienstlichen Laufbahn begegnet.

»Wenn ich Sie richtig verstanden habe, dann trafen Sie sich mit dieser Olivia bereits regelmäßig zu der Zeit, als Sie noch verheiratet waren. Als mein Kollege bei Ihnen zu Hause mit Ihnen sprach, befand sich Ihre Frau auf Teneriffa. Wo haben Sie sich mit Olivia getroffen, wenn Ihre Frau nicht im Urlaub war?«

»In der Firma. Offiziell machte ich dann immer Überstunden. Damals war mein Büro zwar noch nicht so komfortabel wie heute, verfügte aber ebenfalls über eine kleine Lounge, in der man es sich sehr gemütlich machen konnte. Manchmal blieben wir auch die ganze Nacht. Dann hatte ich allerdings immer Erklärungsbedarf bei meiner Frau, was dann schließlich in der Trennung endete.«

»Hatte Olivia die Möglichkeit, an Ihre Aufträge und die Einsatzpläne Ihrer Leute zu kommen?«

»Theoretisch schon.«

»Und praktisch? War sie öfter alleine in Ihrem Büro?«

»Eigentlich nicht, aber …«

»Was heißt, eigentlich nicht? Jetzt lassen Sie sich die Worte doch nicht einzeln aus der Nase ziehen!«, wurde Nina energisch und ihr Gesprächspartner bekam wieder diesen devoten Gesichtsausdruck.

»Neben dem Büro hatte ich ein kleines Bad und da geht man manchmal ja auch alleine hin.«

»Das heißt, Olivia hätte, während Sie unter der Dusche standen, in aller Seelenruhe alles auf und in Ihrem Schreibtisch einsehen und sogar fotografieren können, richtig?«

»So gesehen ja. Aber auf diese Idee wäre ich im Leben nicht gekommen.«

»Ist für einen Mann ja auch schwierig, klar zu denken, wenn er sexuell erregt ist«, konnte sich Petra mit einem Grinsen die Bemerkung nicht verkneifen. Dann wurde sie aber wieder sachlich und sagte mit herrischem Ton: »Wir brauchen noch die Adressdaten der Agentur und dann sind Sie uns schon los. Ach, eine Frage hätte ich noch: Arbeitet Ihre heutige Lebensgefährtin noch als Hostess?«

»Nein. Das hat sie nicht mehr nötig. Und wenn sie den Namen Olivia hört, geht sie in die Luft. Die kann sie auf den Tod nicht ausstehen. Deswegen würde ich Sie bitten, nicht mit ihr über unseren kleinen Gedankenaustausch zu sprechen.«

»Was ist denn der Grund dafür?«, wollte Nina wissen.

»Ganz genau weiß ich das auch nicht. Aber es hat wohl damit zu tun, dass Olivia schon seit ewigen Zeiten mit der Chefin eng befreundet ist und schon immer einen Sonderstatus hatte, was die Kolleginnen natürlich ärgerte. Schon damals wurde Olivia den Kunden immer besonders empfohlen. Mir übrigens auch. Und das ist wohl bis heute noch so, wie mir meine Sekretärin vor einiger Zeit mal erzählte. Auf diese Weise hatte sie, trotz ihres Alters, selbst jüngeren Kolleginnen gegenüber immer einen gewissen Vorteil. Eine Zeit lang war wohl auch mal im Gespräch, dass sie die Agentur übernehmen würde.«

»Mit der Agentur hatte ich schon zu tun«, sagte Petra, als sie mit Nina wieder im Auto saß. »Deren Büro liegt auf unserem Weg. Denen können wir gleich einen Besuch abstatten. Da ich ja hier zuständig bin, werde ich das Gespräch führen. Ich gehe davon aus, das ist in deinem Sinne. Und dann werden wir uns diese Olivia vornehmen. Irgendwie habe ich das Gefühl, das ist die Frau, die ihr sucht.«

»Na klar. Ich freue mich, wenn du das übernimmst. Schließlich kennst du die Agentur ja schon. Und ich glaube auch, dass wir auf der richtigen Fährte sind.«

In der Hostessenagentur war man alles andere als erfreut, als Petra sich an der Gegensprechanlage meldete. Das war allein daran zu merken, dass sofort ziemlich unfreundlich die Frage gestellt wurde, um was es ging.

»Soll ich mit einem richterlichen Beschluss kommen, oder geht es auch so?«, war Petras Antwort, worauf wortlos der Türöffner gedrückt wurde.

Die schon etwas ältere Frau an der Rezeption schaute Petra nicht gerade freundlich an, als sie sagte: »Was soll's denn diesmal wieder sein? Mädchenhandel, Illegale oder was Schlimmeres? Unsere Mädchen sind alle ordnungsgemäß registriert und werden regelmäßig untersucht.«

»Das interessiert mich im Moment nicht«, sagte Petra. »Wir wollen mit Olivia Jacobs sprechen.«

»Hat die was ausgefressen, oder warum wollen Sie mit ihr reden?«, war die patzige Gegenfrage.

»Wir brauchen sie als Zeugin, sonst nichts«, log Petra.

»Die ist schon seit fast drei Monaten nicht mehr bei uns. Sie wollte zu ihrer Mutter nach Australien, wie sie sagte. Da müssen Sie aber weit laufen, wenn Sie mit ihr sprechen wollen.« Die Frau an der Rezeption hatte ein breites Grinsen aufgesetzt.

»Okay, dann brauchen wir ihre letzte Adresse und ein Foto von ihr.«

»Kannst du haben, Schätzchen, wenn's nicht mehr ist.«

»Wie war das gerade?« Petras Ton war deutlich schärfer geworden.

»Schon gut, Frau Kommissarin. Hier ist die Adresse, und das Bild kommt gleich aus dem Drucker.«

»Da kommen wir auch quasi vorbei, das ist nur ein kleiner Schlenker und nicht weit«, sagte Petra, als die beiden Polizistinnen zu ihrem Auto gingen. »Wäre ja toll, wenn es immer so fluppen würde. Nur das mit Australien, das glaube ich eher nicht. Wir werden sehen.«

Während der Fahrt schaute sich Nina das Farbfoto genauer an. Es zeigte eine recht attraktive Frau Ende dreißig, mit streng nach hinten gekämmten schwarzen Haaren und einer schwarzen Hornbrille, was ihr ein sehr strenges Aussehen verlieh. Mit der Phantomzeichnung hatte das Bild sehr wenig Ähnlichkeit.

»Ich glaube, die Frau ist wirklich ein Chamäleon«, sagte sie zu Petra. »Wahrscheinlich bringt uns dieses Bild auch nicht viel weiter. Wir müssten herausfinden, ob diese Frau unter den weiblichen Kontakten von Meyer war, die ihn auch regelmäßig besucht haben.«

»Ich mache uns nachher für morgen einen Termin in der JVA Rheinbach und bei den Kollegen in Bonn. Da brauchen wir unbedingt die Zusammenarbeit, um das zweifelsfrei zu klären«, schlug Petra vor.

Kurz darauf kamen sie in einer dieser alten Bergmannssiedlungen an, die man in manchen Stadtteilen des Ruhrgebietes immer noch antreffen konnte. Hier in der Siedlung säumten kleine Doppelhäuschen mit winzigen Vorgärtchen die Straße. Bei der angegebenen Hausnummer waren alle Rollläden heruntergelassen. Das Türschild war leer und auf das Klingeln der Beamten reagierte niemand.

Als die beiden Frauen wieder zu ihrem Auto gingen, kam ein älterer Mann in der anderen Doppelhaushälfte an die Haustür. »Wollten Sie zu Frau Jacobs? Oder kommen Sie schon auf die Anzeige im Blättchen?«

»So in der Art«, antwortete Petra bewusst nichtssagend.

»Die wohnt nicht mehr hier«, sagte der Mann und fuhr dann fort: »Uns gehören beide Häuser und wir suchen für das eine gerade einen Nachmieter.«

»Dann können wir doch sicher mal einen Blick in die Wohnung werfen?«, wollte Nina wissen.

»Natürlich, kommen Sie, ich zeig sie Ihnen.«

Der Mann hatte den Schlüssel wohl schon in der Hand gehabt und ging den beiden Polizistinnen voraus. Etwas muffeliger Geruch gemischt mit der Ausdünstung von scharfen Reinigungsmitteln schlug ihnen entgegen. Der Vermieter zog die Rollläden hoch, sodass Licht in die Räume kam.

»Meine Frau musste hier erst ma' klar Schiff machen. Die saubere Frau Jacobs hatte hier einen Haufen Sperrmüll hinterlassen. Aber sie hat immer pünktlich bezahlt. Da war dat doch egal, wat die getrieben hat. Dat haben wir alles professionell entsorgen lassen. Dafür hat se uns sogar Geld dagelassen. Deswegen will ich ja nix sagen. Die wollte nach Australien zu ihrer Mutter, hat se gesagt. Un' da konnte sie den ganzen Plunder ja nich' mehr brauchen. Jedenfalls is' jetzt alles wieder tipptopp!«, wurde er dann vertraulich. »Übrigens, wir hätten auch nix gegen zwei Frauen als gemeinsame Mieterinnen.«

Die erfahrenen Kriminalistinnen hatten sehr schnell erkannt: Hier würde die Forensik vergeblich nach Spuren suchen. Daher bedankten sie sich, ohne den Mann über ihre Identität aufzuklären, und ließen ihn in dem Glauben, dass sie beide gemeinsam auf der Wohnungssuche waren.

Im Präsidium schickte Nina das Bild der Gesuchten sofort an Bert. Petra und sie waren sich absolut sicher, dass Meyer von Olivia den Tipp mit dem Diamantentransport und die Namen der Fahrer bekommen hatte und dass sie auch an den Quälereien der Freundin des einen Fahrers beteiligt gewesen war. Der Einsatz in der Agentur ihrer Freundin als Domina hatte ihr sicher als eine

Möglichkeit zum lukrativen Gelderwerb gedient. Und wer weiß, vielleicht hatte sie auf diese Weise auch andere Kunden für kriminelle Zwecke ausspioniert. Ferner stand für die beiden Kriminalistinnen fest: Das mit Australien war ein Fake.

Während Nina Bert telefonisch über die Ergebnisse des Tages informierte, machte Petra für den nächsten Morgen in Rheinbach und Bonn die Termine klar.

Danach sagte sie zu Nina: »Alles okay für morgen. Ich glaube, die Gerichtsakten kannst du dir schenken. Du hast gefunden, wonach du gesucht hast. Da bin ich ganz sicher. Und ich muss schon sagen, Respekt, meine Liebe. Du hast einen unheimlichen kriminalistischen Instinkt. Solche Fähigkeiten könnte unser Präsidium sicher gut gebrauchen. Da müsste ich nur mal mit meinem Chef reden. Wenn der das mitbekommt, und er wird es ja erfahren, kommt der mit Sicherheit auf dich zu.«

»Ach, liebe Petra, danke für die Blumen. Du hast mich dabei aber auch toll unterstützt und brauchst dein Licht nicht unter den Scheffel zu stellen. Aber in Bezug auf Karriere sind Bert und ich uns einig. Ich sagte dir ja schon: Wir wollen es irgendwann noch mal mit dem Hafen der Ehe versuchen, nachdem wir beide mit unseren ersten Anläufen gescheitert sind. Und daran waren unserer beider Karrierepläne nicht ganz unbeteiligt. Also muss man sich entscheiden und wir haben uns entschieden. Aber trotzdem noch mal danke! Jetzt bin ich schon gespannt, was wir in Rheinbach und Bonn erfahren werden. Hoffentlich bringt uns das auch wieder einen Schritt weiter. Denn für unsere vermissten jungen Kollegen ist es ein Wettlauf gegen die Zeit.«

»Wohl leider wahr. Aber ich würde trotzdem vorschlagen, dass wir heute mal einigermaßen pünktlich Feierabend machen und noch mal zwei oder von mir aus auch drei Runden im Grugapark joggen. Danach lade ich dich heute mal zum Essen ein, denn nach Kochen ist mir nicht.«

***

Obwohl Petra und Nina sich am nächsten Morgen bereits um sieben Uhr auf den Weg zur JVA Rheinbach gemacht hatten, steckten sie bei Köln im alltäglichen Verkehrswahnsinn. Sie konnten es drehen und wenden, wie sie wollten, sie mussten entweder im Westen oder Osten um Köln herum. Sie hatten sich für den Westweg über die Rheinbrücke entschieden, weil diese wegen seit Langem überfälliger Reparaturarbeiten für den Schwerlastverkehr gesperrt war. Aber es nützte nichts, auch da ging es kilometerweit nur im Schritttempo voran. Die pünktliche Einhaltung ihres Termins um neun konnten sie damit vergessen.

Sie waren mit dem Leiter der JVA verabredet, der den Justizvollzugsbeamten hinzuziehen wollte, in dessen Zuständigkeitsbereich Meyer zum Schluss gewesen war. Schließlich hatten die beiden Polizistinnen das Eingangsprozedere für einen Besuch in einer Haftanstalt hinter sich gebracht und saßen ihren beiden Gesprächspartnern gegenüber.

Nina berichtete von ihren Recherchen in den alten Akten, dem Besuch bei dem damaligen Firmenchef der ermordeten Fahrer und den Erkenntnissen, die sie daraus gezogen hatten. Bei dem Foto von Olivia Jacobs, welches Petra gestern von der Agentur erhalten hatte, waren sich beide Beamte der JVA sicher, diese Frau noch nie in der Haftanstalt als Besucherin gesehen zu haben. Wobei der Leiter diese Aufgabe erst vor einiger Zeit übernommen hatte. Aber auch sein Mitarbeiter, der Meyer von Anfang an kannte, war sich sicher, diese Frau noch nie hier gesehen zu haben.

Als ihm Nina allerdings die neue modifizierte Phantomzeichnung von der gesuchten Frau mit kurzem Haarschnitt zeigte, wurde er unsicher.

»Die Frau hat eine schwache Ähnlichkeit mit einer Frau, die Meyer immer wieder mal besucht hat. Die hat sich aber als Olga Petrow, eine Russlanddeutsche, ausgewiesen. Eine an sich sehr unscheinbare Person. Ich war noch nicht lange im Allgemeinen Vollzugsdienst, als Meyer zu uns in den Vollzug kam. Inzwischen bin ich in meiner Laufbahn etwas aufgestiegen und betreue die Gefangenen mit Vollzugserleichterungen und da hatte ich ihn wieder. Ein sehr gefährlicher Zeitgenosse.«

»Woran machen Sie das fest?«, wollte Nina wissen.

»Na ja, er begegnete einem eigentlich immer sehr freundlich. Aber das täuschte. Da flog einem schon mal ein Gegenstand aus dem Hinterhalt an den Kopf. Er hatte dann ein Talent, irgendeinen Mithäftling vorwurfsvoll anzusehen. Und wenn man ihn dann fragte, ob der das gewesen war, sagte er immer eiskalt, aber mit einem Lächeln, dass er doch keinen Kollegen verpfeift. Der Betreffende hütete sich dann, etwas anderes zu behaupten.«

»Wieso ›hütete sich‹?«, hakte Petra nach.

»Ganz einfach. Als Meyer hierherkam, hatte er schon die Figur eines Bodybuilders. Und dann hat er in jeder freien Minute trainiert. Liegestütze, Klimmziehen und auch in der Sporthalle, alles, was die Kraft förderte. An den hat sich doch keiner seiner Mitgefangenen herangetraut. Und wer ihm in die Quere kam, hatte beim Duschen einfach mal einen Unfall. Betroffene waren dann immer auf der Seife ausgerutscht. Ich erinnere mich an einige Platzwunden und Gehirnerschütterungen. Von den Verletzten hat nicht einer den Mund aufgemacht, sodass wir ihm nichts nachweisen konnten.«

»Das mit dem Nichtnachweisen hat bei dem wohl System. Jedenfalls passt das alles genau ins Bild«, stellte Nina fest.

»Zu diesem Thema vertrat er eine ganz eigene Philosophie, die er auch überall kundtat. Er war nämlich nicht das Opfer eines Justizirrtums, sondern das Opfer eines Justizbetruges. Und das würde den dafür Verantwortlichen noch mal sehr leidtun. Dazu hatte er eine hanebüchene Erklärung: Er sei aufgrund seiner ausgezeichneten Gene, wie sein Körperbau bestätigt, Samenspender. Dies hätte die Essener Polizei herausgefunden und sich eine Samenspende von ihm illegal besorgt, um damit die Leiche einer Frau auf dem Seziertisch in der Rechtsmedizin zu kontaminieren und ihn damit zu belasten. Dann hätte man ebenfalls diese Spermaspuren benutzt, um sie mit dem Blut der toten Frau zu vermischen und damit einen von ihm gebrauchten Slip aus seiner Wäschetonne zu Hause zu verunreinigen.«

»Wer soll denn so eine idiotische Fantasterei glauben? Es ist ja nicht zu fassen«, konnte Petra ihre Meinung nicht zurückhalten.

»Sie werden es nicht für möglich halten, aber auf manchen seiner Mitgefangenen schien das wirklich Eindruck zu machen.«

»Weil der Mensch manchmal glauben will, was er glaubt«, kommentierte Nina. »Aber das trifft doch für keinen auch nur halbwegs klar denkenden Menschen zu.«

»Womit Sie recht haben könnten, zumindest hat er keinen Anwalt gefunden, der mit dieser Begründung für ihn eine Wiederaufnahme des Verfahrens beantragt hätte.«

»Aber kommen wir noch mal auf diese Olga zurück«, kam Nina wieder auf die Fragen, die ihr am meisten auf der Seele brannten. »Als Sie sagten, dass sie Russlanddeutsche war, verzogen Sie ein wenig das Gesicht. Hatte das einen Grund?«

»Russlanddeutsche passte zwar zu dem Namen Olga Petrow, aber sie sprach völlig akzentfreies Deutsch. Deshalb war ich mir nicht sicher, ob der Name überhaupt stimmte. Er stand aber so in ihrem Ausweis, geboren in Omsk.«

»Wie kam denn der Besuch zustande?«, fragte Petra. »Waren Meyer und Petrow alte Bekannte?«

»Ich weiß nicht mehr genau, wann die hier zum ersten Mal aufgetaucht ist. Jedenfalls war das schon ziemlich am Anfang. Sie hatte ganz offiziell brieflich Kontakt zum Strafgefangenen Heinz Dieter Meyer aufgenommen. Wie manche Frauen an die Namen von solchen verurteilten Schwerverbrechern kommen und was das Motiv dazu ist, habe ich mich immer gefragt.«

»Hatten Sie denn damals den Verdacht, dass die sich schon vorher gekannt haben?«, stellte Nina die für sie wichtigste Frage.

»Wie Sie ja aus meinen vorherigen Schilderungen schon schließen können, ist Meyer ein Superschauspieler. Offiziell galt die auch dokumentierte Version mit dem Briefkontakt. Wie es wirklich war, weiß der liebe Himmel. Meyer traue ich da alles zu.«

»Wie oft erfolgten denn die Besuche?«, erkundigte sich Petra.

»Die Besuche waren sehr unregelmäßig, aber wohl mindestens fünf bis sechs Mal im Jahr. Können manchmal auch mehr gewesen sein. Ich habe es mir nicht so genau gemerkt und die Akte liegt inzwischen bei Ihren Kollegen in Bonn.«

»Also auch bis kurz vor dem Verschwinden des Gesuchten?«, wollte es Nina ganz genau wissen.

»Ich meine schon, aber das müsste in der Akte stehen. Es wird ja jeder Besucher registriert. Ihre Kollegen aus Bonn haben sich auch eine Auswertung der Videobänder geben lassen.«

»Okay, das können wir uns dann in Bonn noch im Detail anschauen. Bekam der Mann noch anderen Besuch?« Nina wollte sich einen Überblick verschaffen.

»Kurz nach der Einlieferung von Meyer erhielt er von seiner Mutter und seiner Schwester Besuch. Die kamen immer zusammen. Aber auch höchstens zwei, drei Mal im Jahr, bis seine Mutter starb. Dann kam auch seine Schwester nicht mehr. Und sicher werden Sie jetzt gleich fragen, ob er noch weitere Besuche hatte. Ja, auch von Frauen, die vorher brieflich Kontakt zu ihm aufgenommen hatten. Aber da war kaum eine mehr als zwei Mal da. Müssten Sie aber alles in der Akte finden, auch den Briefverkehr.«

»Erstaunlich, wir reden hier über einen Zeitraum von über zwanzig Jahren. Dass Sie das alles so im Kopf haben«, musste Nina mal ihre Bewunderung kundtun.

»Vielen Dank, aber gar nicht so erstaunlich, wenn man den Ablauf hier drinnen kennt. Und da hat man sehr schnell raus, auf wen man ein besonderes Augenmerk haben muss. Meyer war einer davon. Aber das ist nur meine persönliche Einschätzung. Offiziell war er, wie bereits gesagt, sehr umgänglich und kooperativ und arbeitete auch entsprechend im Resozialisierungsprogramm mit.«

Die beiden Kriminalistinnen bedankten sich und machten sich auf den Weg zu ihren Bonner Kollegen.

Als Nina und Petra im Polizeipräsidium in Bonn ankamen, war es Mittagszeit. Ihre Gesprächspartner waren gerade in der Kantine zu Tisch. Und man empfahl ihnen beim Empfang, sich auch erst mal dort zu stärken. Als sie den Speisesaal betraten und sich suchend umschauten, kam ein Mann von einem der in der Nähe stehenden Tische auf sie zu.

»Sie sind die Kolleginnen aus Essen und Ostfriesland?«

Die beiden nickten.

»Kriminalhauptkommissar Ludger Rüttgers, wir haben Sie schon erwartet und deshalb am Empfang Bescheid gesagt. Bei uns am Tisch ist noch Platz. Sie können sich an der Theke da bedienen. Klassisch, vegetarisch, vegan, alles, was das Herz begehrt. Die Kasse ist dahinten.«

Nachdem Nina und Petra mit ihren Tabletts Platz genommen hatten, übernahm Ludger Rüttgers das Wort. »Ich leite die Ermittlungen im Fall der ermordeten Psychologin, Frau Dr. Christine Wallmann. Es freut uns, dass Sie die Gelegenheit nutzen, um sich persönlich mit uns auszutauschen. Denn wie Sie, Frau Nolte, es gestern in unserem Telefonat schon sagten, werden wir um eine länderübergreifende, enge Zusammenarbeit nicht herumkommen. Auch wir sind inzwischen davon überzeugt, dass der dringend tatverdächtige Heinz Dieter Meyer sich in Ostfriesland aufhält und da schon seine blutige Spur hinterlassen hat. Aber bevor wir jetzt bereits in einen Gedankenaustausch zu dem Fall gehen, sollten Sie erst einmal in Ruhe essen, meine Damen. So viel Zeit muss sein. Wir werden dann gleich in unseren Meetingraum gehen, da können wir uns die bereits digitalisierten Daten mit Beamer ansehen und Sie erhalten die Informationen danach von uns auf einem Stick, sodass Sie diese auch zu Hause verfügbar haben.«

Kurz darauf hatte sich die kleine Runde im Meetingraum versammelt und Nina konnte ihre brennenden Fragen loswerden. Zunächst gab sie aber einen Überblick über den Stand ihrer bisherigen Ermittlungen. Der Name Olivia Jacobs und ihr Bild waren bereits bekannt, weil Bert die Suche nach dieser Frau an die Kollegen in Bonn und als Suchmeldung an die Medien rausgegeben hatte. Der Einsatz dieser Frau als Domina beim damaligen und heutigen Chef der Werttransportfirma in Essen war den Kollegen im Bonner Präsidium allerdings neu.

»Für uns ist im Moment die Klärung folgender Frage von besonderer Wichtigkeit: Ist Olivia Jacobs die gleiche Frau, die seit Jahren den gesuchten Verdächtigen in der JVA unter dem Namen Olga Petrow besucht hat? Sollte sich das bestätigen, dann müssen wir davon ausgehen, dass das Pärchen die nach dem mörderischen Raubüberfall verschwundenen Rohdiamanten inzwischen zu Geld gemacht hat. Und nach der Preisentwicklung auf diesem Markt in den letzten zwanzig Jahren dürfte selbst der

Schwarzmarktwert derzeit über drei Millionen Euro liegen. Das heißt, Geld spielt für die beiden vermutlich absolut keine Rolle.«

»Ein Ansatz, der für uns völlig neu ist«, warf eine Kollegin von Rüttgers ein.

»In diesem Zusammenhang möchte ich nicht unerwähnt lassen«, setzte Nina ihren Vortrag fort, »dass für den Fall, dass wir die beiden dingfest machen, ein neues und zugleich altes Verfahren auf Meyer wartet, nämlich der Mord an den beiden Sicherheitsfahrern und der Raub der Diamanten selbst. Denn Olivia Jacobs alias Olga Petrow ist, sofern sich das bestätigt, das fehlende Bindeglied in der Beweiskette. Dann wissen wir, dass sie vor zwanzig Jahren bei ihrem Einsatz als Domina in den Büroräumen des Chefs der Transportfirma an die Informationen über den Diamantentransport gekommen ist und diese an Meyer weitergeben hat.«

»Unabhängig davon, dass wahrscheinlich jeder Gefangene in dieser Situation auf die Psychologin verdammt sauer gewesen wäre, als sie mit ihrem Gutachten seine vorzeitige Entlassung nach fünfzehn Jahren verhindert hat, ist das noch mal ein zusätzliches starkes Motiv. Da wäre der ja erst so Ende dreißig gewesen. Ein schönes Alter, um sich in der Karibik mit seiner Partnerin und drei Millionen ein schönes Leben zu machen. Dafür kann man auch mal fünfzehn Jahre im Knast abdrücken«, stellte der Gastgeber fest.

»Die Idee hatten wir auch schon«, bestätigte Nina. »Kommen wir noch mal zur Kernfrage: Ist Olivia Jacobs dieselbe Person wie Olga Petrow? Der Justizvollzugsbeamte, der bei Meyers Inhaftierung für ihn zuständig war, war zufällig durch Aufstieg in seiner Laufbahn auch wieder für ihn zuständig, als er im Vollzug mit erleichterten Haftbedingungen war. Der Beamte hatte Olga Petrow persönlich kennengelernt und beschrieb sie uns heute Morgen als völlig unscheinbare Person. Ganz im Gegensatz zu dem äußeren Erscheinungsbild und Auftreten von Olivia Jacobs, wie uns auch der Chef der Sicherheitsfirma gestern berichtete. Können wir uns die Bilder mal im Vergleich über den Beamer anschauen?«

»Dazu haben wir Bilder von Meyers Frauenbesuchen aus den Überwachungsvideos herauskopiert und von unseren Forensikern noch heute Nacht einen biometrischen Abgleich mit dem Foto von Olivia Jacobs durchführen lassen«, erläuterte die Kollegin des Ermittlungsleiters, die auch das Notebook bediente. »Und gleich werden Sie die Antwort auf Ihre Frage erhalten. Wie das Ergebnis hier auf der Präsentationsfolie zeigt, sind die Personen Olivia Jacobs und Olga Petrow tatsächlich identisch.«

»Unglaublich«, murmelte ein anderer Teilnehmer der Runde, »was ein bisschen Schminke und Outfit ausmachen.«

»Vor Kurzem habe ich den Beitrag einer Boulevardsendung im Fernsehen gesehen«, erläuterte Petra, »da haben sie Bilder gezeigt, die Paparazzi von Prominenten und Supermodels gemacht hatten, als sie ungeschminkt privat unterwegs waren. Da sagte sogar die Moderatorin der Sendung, die einige der Promis schon selbst – natürlich in geschminktem Zustand – interviewt hatte, dass sie kaum jemand davon auf der Straße wiedererkannt hätte.«

»Zum Glück haben sich unsere forensischen Untersuchungsmöglichkeiten verbessert, wie man an dem Vergleich sehen kann«, ergänzte Rüttgers. »Bleibt für uns aber immer noch die Frage: Wie kommen wir möglichst schnell an Bonnie und Clyde heran?«

»Das ist die Frage, die uns in Ostfriesland ganz besonders auf den Nägeln brennt. Nicht nur, weil wohl bereits zwei neue Morde auf ihr Konto gehen, sondern auch noch zwei junge Kollegen vermisst werden, die den beiden wahrscheinlich zu nahe gekommen sind«, formulierte Nina ihre Besorgnis. »Dabei haben die beiden Verbrecher ja bei uns schon eine Spur hinterlassen, denn wir können wohl davon ausgehen, dass auch die Frau aus der Phantomzeichnung diese Olivia beziehungsweise Olga ist. Sie ist es ganz sicher auch gewesen, die in der Uniform eines unserer Männer den Streifenwagen durch die Gegend gefahren und an einer entlegenen Stelle abgestellt hat. Das heißt, unsere beiden Kollegen sind in der Gewalt dieser Kriminellen, die vor nichts zurückschrecken.«

»Die modifizierte Phantomzeichnung der Frau mit kurzen und langen Haaren zeigt ja bereits, wie einfach sie ihr Aussehen verändern kann«, meldete sich die Kollegin am Notebook zu Wort. »Wir haben hier im Präsidium einen Spezialisten, der mit seinem PC-Programm in kürzester Zeit aus dem Jugendfoto einer Frau eine Greisin machen kann. Lassen wir ihn doch aus den beiden Fotos der gesuchten Frau ein paar wahrscheinliche Variationen erstellen, die wir dann an die Medien geben können. Damit würden wir den Bewegungsspielraum der Frau doch erheblich einengen.«

»Sehr gute Idee«, bestätigte Nina. »Das Gleiche sollten wir dann aber auch mit den Bildern von Meyer machen. Von ihm haben wir ebenfalls zwei Varianten in der Fahndung, eine mit Glatze und dunklem langem Vollbart und eine, die ihn als jungen Mann mit vollem Haar und ohne Bart zeigt. Ich bin mir sicher, dass auch er sein Aussehen ständig verändert. Wahrscheinlich der Grund, warum wir zu ihm bislang noch keinen einzigen Hinweis aus der Bevölkerung erhalten haben.«

»Genau so machen wir das. Die Ergebnisse werden wir, meine Damen, digital Ihren Dienststellen zuleiten. Gleichzeitig gehen die Bilder direkt von hier an die Medien zur Fahndung. Wir sind auch noch immer auf der Suche nach Zeugen, denen Meyer zur Tatzeit am Haus der Psychologin aufgefallen ist. Im Moment haben wir nur die Aussage der Sprechstundenhilfe, dass sich ein Gerd Müller kurzfristig zu einer Behandlung angemeldet hatte. Sie hat ihn auf dem Bild mit Glatze und Vollbart identifiziert. Ihr Freund wartete draußen im Auto auf sie und hätte Meyer eigentlich auch gesehen haben müssen. Er war aber nach eigener Aussage mit seinem Smartphone beschäftigt.«

»Aber wenn wir wissen, dass er unter dem Namen Gerd Müller angemeldet war, dann wird ihn die Sprechstundenhilfe doch in ihrem PC erfasst haben. Und sie hat ja bereits bestätigt, dass es Meyer war, der sich als Müller angemeldet hatte. Womit Sie doch den Beweis haben, dass Meyer zur Tatzeit bei der Psychologin war«, wunderte sich Nina.

»Die Personendaten aus dem PC und die dokumentierte Terminanmeldung stehen leider nicht mehr zur Verfügung.

Meyer hat die Festplatten ausgebaut, sowohl bei dem Computer der Getöteten als auch bei ihrer Sprechstundenhilfe. Und der Ehemann stand unter der Dusche und hat von alledem nichts mitbekommen. Wahrscheinlich war das sein Glück, denn wenn er etwas bemerkt hätte, wäre das wohl auch für ihn das Ende gewesen. Jedenfalls hoffen wir, dass die Zeugenaussage der Sprechstundenhilfe für das Gericht ausreicht. Mehr können wir zurzeit leider nicht für Sie tun«, beendete der Leiter der zuständigen Ermittlungsgruppe das Meeting.

Noch während der Fahrt nach Essen informierte Nina Bert über die Ergebnisse. Von ihm erfuhr sie, dass die Außenteams noch keinen einzigen Hinweis finden konnten. Umso erfreuter zeigte sich ihr Partner über die inzwischen ermittelten Erkenntnisse und die geplanten Fahndungsmaßnahmen. Er ging davon aus, dass sie dadurch doch den einen oder anderen Hinweis aus der Bevölkerung erhalten würden. Über Rüttgers Vergleich mit Bonnie und Clyde hatte er sich amüsiert und zugleich hoffnungsfroh gezeigt, weil es am Ende doch gelungen war, dieses Verbrecherpärchen zur Strecke zu bringen.

15. Kapitel

Silke versorgte gerade ihren Chef, Rita und sich mit einer neuen Kanne Kaffee, im Moment der beste »Stimmungskit«, als eine E-Mail des Bonner Polizeipräsidiums einging. Es waren die angekündigten modifizierten Fahndungsfotos von Bonnie und Clyde. Bert hatte die Namen dieser zweifelhaften kriminellen Kultfiguren übernommen und oben auf sein Flipchart geschrieben. Darunter pinnte Silke die ausgedruckten Fahndungsvarianten.

»Guter Arbeitstitel des Herrn Kollegen«, kommentierte Bert, »zumal wir ohnehin nicht wissen: Ist sie nun Olivia oder Olga oder sonst wie? Jedenfalls wissen wir bei ihm, dass er Heinz Dieter Meyer heißt, auch wenn er sich wohl als Gerd Müller bei der Psychologin angemeldet hat.«

»Wann wird Nina denn wieder hier sein?«, fragte Silke. »Die wird staunen, dass die Fahndungsbilder schon vor ihr da sind. Die Spezialisten in Bonn sind ganz schön schnell.«

»Kunststück, meine Liebe, dafür gibt es heute Programme«, sagte Rita. »Nur verfügt nicht jede Dienststelle über solche Spezialisten und Programme. Alles eine Frage des Budgets und der Haushaltsplanungen.«

»Richtige Erkenntnis, Rita, bringt uns im Moment aber auch keinen Schritt weiter«, bestätigte Bert und holte seine Mitarbeiterin wieder auf den Boden des aktuellen Geschehens zurück. »Und zu deiner Frage, Silke. Wenn Nina gut durchkommt, könnte sie zwischen achtzehn und neunzehn Uhr wieder hier sein.«

Die letzten Worte gingen in der Funkmeldung eines der Außenteams unter: »Wir sind hier gerade auf einem etwas abseits gelegenen Hof eines Vermieters von Ferienwohnungen und seine Frau hat eine Merkwürdigkeit bei ihrer einige Kilometer weiter wohnenden Nachbarin festgestellt. Ich übergebe mal, dann kann sie es selbst berichten.«

»Hallo. Ja, also ich war eigentlich heute Nachmittag um drei Uhr mit Hannah Freese, meiner Nachbarin, zum Tee verabredet. Sie hat nämlich heute Geburtstag. Ich komme gerade von dort zurück.

Weder sie noch ihre Tochter, die zurzeit bei ihr wohnt, war da. Alle Fenster und Läden sind geschlossen und es rührt sich nichts im Haus, so, als wären sie verreist. Dann hätte sie mir aber doch vorher was gesagt. Deswegen kommt mir das sehr komisch vor.«

»Haben meine Kollegen Ihnen schon die Fahndungsfotos gezeigt?«, wollte Bert wissen.

»Weder die Frau noch den Mann auf den Bildern habe ich bisher gesehen«, antwortete die Frau.

»Okay, dann geben Sie mir bitte noch mal meinen Kollegen.«

»Herr Kommissar?«

»Schalten Sie den Lautsprecher ab. Schicken Sie die Zivilisten ins Haus. Dann warten Sie mit Ihrem Team, bis die Verstärkung da ist. Keine Alleingänge! Verstanden?!«

»Verstanden, Herr Kommissar. Wir warten auf die Verstärkung.«

Rita hatte inzwischen die Bereitschaft alarmiert.

»Silke, du hältst hier die Stellung. Rita und ich gehen mit der Verstärkung raus. Informiere Sören mit seiner Truppe und veranlasse, dass ein Notarzt und mindestens vier Rettungstransportwagen sich auf den Weg machen.«

»Wieso vier RTW?«, fragte Rita auf dem Weg zu ihrem Fahrzeug.

»Wie die Frau sagte, Mutter mit Tochter, und ich habe irgendwie das Gefühl, dass wir unsere beiden vermissten Kollegen auch dort finden werden.«

»Können wir nur hoffen, dass wir nicht stattdessen Leichenwagen benötigen, bei der kriminellen Energie von Bonnie und Clyde.«

»Mal bloß nicht den Teufel an die Wand. Falls das Teufelspärchen sich noch dort aufhält, müssen wir davon ausgehen, dass sie durch den Besuch der Frau gewarnt sind. Andererseits, dagegen, dass sie sich tatsächlich noch dort aufhalten, scheint mir zu sprechen, dass die Läden alle geschlossen waren.«

Als die Kolonne bei den Kollegen ankam, meldete der Führer des Außenteams: »Wenn wir den Wirtschaftsweg hier nehmen, sind es keine zwei Kilometer. Man kann da hinten die Baumgruppe sehen, wo sich der besagte Hof befindet. Nach den Beschreibungen der Eheleute hier habe ich eine Skizze angefertigt. Wenn wir von hier anfahren, stoßen wir seitlich auf den Gulfhof. Links befinden sich die Ferienwohnungen und rechts der von der Vermieterin bewohnte Gebäudeteil. Ganz links, etwas abgesetzt, befindet sich eine Scheune, die als Garage genutzt wird. Der Zufahrtsweg von der Hauptstraße stößt auf den Giebelteil des Wohnhauses.«

»Egal, ob wir uns von hier nähern oder den Umweg über die Hauptstraße nehmen, die letzten Kilometer fahren wir so oder so durch die umliegenden Felder und Weiden, wie auf dem Präsentierteller«, stellte Bert fest. Das Blaulicht hatte er bereits ausschalten lassen, um nicht von Weitem schon Aufmerksamkeit zu erregen. »Also, Leute, erhöhte Wachsamkeit! Wir wissen zudem nicht, ob das kriminelle Pärchen immer noch allein agiert oder inzwischen Verstärkung rekrutiert hat. Aber wir müssen uns darauf einstellen, dass die Hofbesitzerin, ihre Tochter und unsere Kollegen dringend Hilfe benötigen.«

Dann teilte er die Einsatzkräfte ein: »Zwei Fahrzeuge, Sie und Sie, machen sich sofort auf den Weg zurück zur Hauptstraße. Sobald Sie die Zufahrt zu dem Hof dahinten erreicht haben, Meldung. Dann fahren wir alle gleichzeitig mit hoher Geschwindigkeit von hier über den Wirtschaftsweg, und Sie über die Zufahrtsstraße, auf das Gehöft zu. Sie sichern sofort den Wohnteil der Vermieterin. Wir übernehmen, von hier kommend, in zwei Gruppen die Ferienwohnungen und die Garage. Bei der Anfahrt haben wir durch die Bodenstruktur überwiegend Sichtkontakt und können sicherstellen, gleichzeitig in den Hof einzufahren. Vor Ort Standardeinsatzverfahren und möglichst schnell Sicherheit herstellen.«

Inzwischen waren auch der Notarzt und die RTW eingetroffen.

»Sie warten bitte hier, bis wir die Lage geklärt haben und Sie anfordern«, sagte Bert zu dem Arzt. Dann ging er mit seinen Gruppenführern zu den Eheleuten, um sich von ihnen die Örtlichkeit des Nachbarhofes beschreiben zu lassen. Kurz darauf meldeten die beiden eingeteilten Fahrzeugführer, dass sie bei der Zufahrtsstraße zu dem Hof angekommen waren. Daraufhin setzte sich Bert mit seiner Kolonne in Marsch. Alle hatten ein beklommenes Gefühl. Schließlich waren die Einsatzfahrzeuge nicht gegen Beschuss gesichert. Bert erinnerte die Situation an den Wattmordfall, da hatten sie jedoch die Unterstützung eines Spezialeinsatzkommandos zum Teil mit gepanzerten Fahrzeugen gehabt.

Es blieb aber nicht viel Zeit, die Vergangenheit zu beschwören, denn sie hatten das Gehöft bereits erreicht. Es war alles ruhig geblieben. Auch in den Gebäuden rührte sich nichts. Die Polizisten teilten sich in die drei Gruppen und drangen fast gleichzeitig in den Hausteil der Vermieterin, den Bereich der Ferienwohnungen und in die Scheune ein. Überall hektische Betriebsamkeit. Und dann fast zeitgleich aus drei Bereichen der Ruf nach Notarzt und Sanitätern.

Schon als sie unbehelligt in den Hof eingefahren waren, hatte Bert vorsorglich die ärztliche Unterstützung in Marsch gesetzt, die auch schon im gleichen Moment in der Zufahrt auftauchte. Die Spurensicherung hatte sich ebenfalls von unterwegs bei Bert gemeldet.

»Unsere Kollegen leben, sie sind hier in der Garage«, rief ein junger Polizist Bert zu, der sich gerade auf den Weg zum Hauseingang der Vermieterin machen wollte. Im Laufschritt rannte er zu der Scheune. Der Notarzt war mit seinem Fahrzeug direkt dort hingefahren und schon im Einsatz, als Bert eintraf.

»Sieht kritisch aus«, empfing ihn der Arzt, während Sanitäter sich daran machten, die Bewusstlosen auf Tragen zu heben. »Völlig dehydriert und wahrscheinlich unter Drogen, wie Einstiche in der Armbeuge vermuten lassen. Wollen wir hoffen, dass wir sie mit Infusionen lebend bis ins Krankenhaus bekommen. Atmung und Puls sind schon sehr schwach.«

Ein Polizist kam atemlos zu Bert und dem Arzt gelaufen. »In einer Wohnung da oben liegt eine böse zugerichtete Frau. Sie ist zwar bei Bewusstsein, aber kaum ansprechbar. Sie redet nur wirres Zeug.« Bert und der Arzt folgten ihm im Laufschritt.

Die junge Frau lag im Bett. Überall Blut und menschliche Ausscheidungen. Im Zimmer herrschte Chaos. »Zugedröhnt bis oben hin«, stellte der Arzt fest. »Aber sie hatte wenigstens

Wasser, wie die leeren Flaschen hier überall auf dem Boden zeigen. Die Verletzungen erinnern irgendwie fast an mittelalterliche Folter.«

»So was Ähnliches habe ich schon mal vor zwanzig Jahren gesehen. Die junge Frau lebte aber nicht mehr. Sie war verblutet.«

»Ich fürchte, davon sind wir hier auch nicht mehr weit entfernt, wenn ich die Menge an verteiltem Blut sehe«, zeigte sich der Arzt besorgt, während die Sanitäter die Frau, die inzwischen auch das Bewusstsein verloren hatte, vorsichtig auf eine Trage hoben. »Ich glaube, hier sind wir wirklich in der allerletzten Sekunde gekommen. Viel später hätte das nicht sein dürfen.«

Als Bert und der Arzt wieder im Erdgeschoss ankamen, lotste sie ein Uniformierter durch einen Zwischengang in den anderen Hausteil. »In der Küche ist die Eigentümerin mit Klebeband an einen Stuhl gefesselt. Sie ist bei Bewusstsein, hat auch mitbekommen, dass ihre Nachbarin an der Haustür war. Sie konnte sich aber nicht melden, da ihr Mund zugeklebt war. Wie lange sie da schon gesessen hat, wusste sie nicht. Wir haben ihr was zu trinken gegeben, weil sie danach verlangt hat.«

»Ist schon in Ordnung«, sagte der Arzt, »ich übernehme. Bitte alle aus der Küche raus. Holen Sie meine Leute mit der Trage.«

Bert hätte gerne die Frau befragt, bevor sie abtransportiert wurde, musste sich aber auch den Anweisungen des Arztes beugen. Er wartete vor der Küchentür. Dann kamen die Sanitäter. Als sie eintraten, sah der Arzt Bert vor der Tür stehen. »Herr Linnig, Sie können kurz mit Frau Freese sprechen, bevor wir sie ins Krankenhaus bringen. Sie ist nicht in Lebensgefahr und in Bezug auf ihre Tochter habe ich ihr schon gesagt, dass die jetzt in guten Händen ist.«

Bert stellte sich kurz vor. »Frau Freese, Sie haben sicher den Medien entnehmen können, dass wir einen Mann und eine Frau suchen. Wohnten die bei Ihnen als Feriengäste?«

»Bei mir ist ein Ehepaar eingemietet. Aber ich habe bisher nur die Frau, Jenny Kleinwald, gesehen. Sie sagte, dass sie Ärztin in Holland ist und sich dort um Drogensüchtige kümmert. Angeblich hat meine Tochter sie hierhergebeten, weil sie ihre Hilfe brauchte. Den Mann habe ich nicht zu Gesicht bekommen, er soll an einer

Sonnenallergie leiden. Daher sind auch immer die Fenster abgedunkelt.«

»Ist sie das?«, fragte Bert und hielt ihr sein Smartphone hin, auf dem die Bilder von Olivia Jacobs alias Olga Petrow zu sehen waren.

»Einige Bilder haben eine gewisse Ähnlichkeit mit Jenny. Aber einhundertprozentig sicher bin ich mir nicht. «

»Hat Jenny Kleinwald Sie an den Stuhl gefesselt?«, wollte Bert wissen.

»Das weiß ich nicht. Das Letzte, an das ich mich erinnern kann, ist, dass ich mit ihr Tee getrunken habe. Von da an weiß ich nichts mehr. Ich kann auch nicht sagen, ob das heute, gestern oder vorgestern gewesen ist. Ich habe erst wieder Erinnerungen, als ich vor ein paar Stunden meine Nachbarin an der Tür hörte, aber nicht antworten konnte, weil mir der Mund zugeklebt war. Dann hatte ich eine höllische Angst.«

»Was können Sie mir zu den beiden jungen Polizisten sagen, die wir in der Garage gefunden haben?«

»Was für Polizisten? Ach, warten Sie … Sie meinen die beiden, die hier waren und nach dem Gästebuch gefragt haben. Mit denen bin ich in die Garage gegangen und da funktionierte das Licht nicht. Was da passiert ist, weiß ich auch nicht. Das war sehr komisch. Ich bin in meinem Bett aufgewacht und Jenny hat mir gesagt, sie hätte mich in der Garage auf dem Boden liegend gefunden. Ich wäre mit dem Kopf aufgeschlagen. Deshalb hat sie mit ihrem Mann dafür gesorgt, dass ich in mein Bett komme. Außerdem sollte ich mich wegen der Gehirnerschütterung schonen und nicht draußen rumlaufen. Aber warum fragen Sie mich denn das alles? Fragen Sie Jenny doch selbst, zumindest ihr Mann müsste doch zu Hause sein. Bei Tag kann der doch nicht raus.«

»Es ist niemand da«, griff der Arzt jetzt ein. »Es wird Zeit, dass Sie in ärztliche Behandlung kommen. Wahrscheinlich hat man Ihnen K.-o.-Tropfen verpasst. Das werden wir untersuchen.«

Hannah hatte darauf verzichtet, sich auf die Liege zu legen. Und so ging sie mit den Sanitätern zu deren Wagen. Es ginge ihr gut, sagte sie. Sie machte sich nur Sorgen um ihre Tochter und wollte so schnell wie möglich zu ihr ins Krankenhaus.

Draußen traf Bert Sören und setzte ihn über den Sachstand ins Bild. »Da habt ihr jede Menge Arbeit. Gott sei Dank leben unsere Jungs noch. Wollen wir hoffen, dass sie durchkommen.«

»Da habe ich eine traurige Nachricht für dich. Einer der beiden ist auf dem Weg ins Krankenhaus gestorben, wie ich aus einem Funkspruch mitbekommen habe.«

»Immer wieder passiert so was!«, schimpfte Bert los. »Da werden Schwerstverbrecher lebenslang sogar mit anschließender Sicherungsverwahrung verurteilt und eingelocht, um dann nach spätestens zwanzig Jahren Hafterleichterungen zu bekommen, die ihnen dann die Flucht ermöglichen. In Amerika bekommt so einer mehrfach lebenslänglich und bleibt bis zu seinem Tod hinter Schloss und Riegel. Es gibt nun mal Menschen mit einer so hohen und nachhaltig kriminellen Energie, die man einfach nicht sozialisieren kann. Solche Typen kann man nur wegsperren, wenn man Unschuldige schützen will.«

»Dem kann ich leider nichts entgegenhalten. Die Fakten sprechen eindeutig für sich. Obwohl die Anordnung der Sicherungsverwahrung ja durchaus die Möglichkeit beinhaltet, dass solche Verbrecher auf unbestimmte Zeit – und wenn es sein muss, bis zu ihrem Tod – eingesperrt bleiben. Aber trotzdem sind erleichterte Haftbedingungen vorgesehen. Und wenn es sich dann noch um einen guten Schauspieler handelt, ergibt sich der Rest von selbst, wie sich gerade in diesem Fall wieder zeigt. Du siehst, nicht einmal vor uns Polizisten als den Vertretern der Staatsgewalt macht diese kriminelle Energie halt. Wenn wir uns noch nicht einmal selbst und unsere Leute schützen können, wie sollen dann die Bürger unseres Landes vor solchen Subjekten geschützt werden?«, stimmte Sören ihm zu.

»Wobei man sich in diesem Fall nur mal mit dem zuständigen Justizvollzugsbeamten hätte unterhalten müssen«, griff Nina, die unbemerkt hinzugetreten war, den Gedanken auf.

»Du bist schon zurück?«, sagte Bert erstaunt, nahm sie kurz in den Arm und gab ihr einen herzhaften Kuss. »Schön, dass du wieder da bist!«

»Dem kann ich mich nur anschließen«, begrüßte Sören sie. »Was wolltest du mit deiner Bemerkung sagen? Du warst ja bei der JVA in Rheinbach und hast mit dem Justizbeamten gesprochen.«

»Habe ich, und für den zählte Meyer über die ganze Haftzeit zu den besonders gefährlichen und hinterhältigen Gefangenen. Aber auch der konnte nicht verhindern, dass Meyer weg ist. Da hätte nur eine dauerhafte Unterbringung in der Abteilung für ganz schwere Fälle geholfen. Aber die Bestimmungen sind eben anders. Was in unserem Fall schon wieder drei Tote gekostet hat.«

»Vier«, korrigierte Sören. »Da kommt noch einer von unseren Jungs dazu, der vorhin auf dem Weg ins Krankenhaus gestorben ist. Wollen wir hoffen, dass wenigstens der andere es schafft.«

»Und wir haben keine Ahnung, wohin Bonnie und Clyde sich abgesetzt haben«, ergänzte Bert. »Ich hoffe nur, dass dieses Pärchen ein ähnliches Schicksal trifft wie die beiden zwielichtigen Kultfiguren der Kriminalgeschichte«, konnte Bert nicht an sich halten. »Hier müssen wir jetzt das Feld Sören und seinen Leuten überlassen. Wir rücken ab. Du hast eine Menge Neuigkeiten mitgebracht und vielleicht haben wir im Kommissariat auch schon erste Hinweise durch die öffentliche Fahndung mit den neuen Bildern.«

»Leider nicht. Ich hatte mich von unterwegs schon bei Silke gemeldet. Sie hat mir gesagt, dass ihr hier seid. Da hatte sie leider noch keinen einzigen Hinweis. Aber über meine Aktion müssen wir wirklich sprechen. Da haben wir noch ein abendfüllendes Programm.«

»Und für meine Leute steht schon wieder eine Nachtschicht an, wenn wir ins Kommissariat zurückkommen«, merkte Sören an, »denn wir brauchen so schnell wie möglich Ergebnisse. Aber lasst uns wenigstens bis morgen zehn Uhr Zeit.«

»Gut, dann sagen wir: morgen Meeting zehn Uhr«, entschied Bert.

Bert und Nina machten sich in Ninas Dienstwagen auf nach Wittmund. Rita und die anderen hatte Bert schon zurückgeschickt. Er hatte Rufbereitschaft zu Hause angeordnet und die Leute bis morgen zum Meeting um zehn Uhr in den Feierabend geschickt.

***

Nina hatte zwei Sticks mit digitalisiertem Datenmaterial aus Essen und Bonn mitgebracht. Das ging sie in Berts Dienstzimmer gemeinsam mit ihm durch. Für Bert war das zum Teil ein Ritt in die Vergangenheit mit alles andere als positiven Erinnerungen. Für ihn stand absolut sicher fest, dass Olivia Jacobs damals die Informantin für Meyer gewesen und ebenso an den sadistischen Sexspielen mit der armen jungen Frau beteiligt war, die am Ende sogar zu deren Tod geführt hatten. Sie mussten die Gesuchte nur erst einmal dingfest machen. Aber bislang gab es nach wie vor weder von ihr noch von Meyer irgendeine Spur oder einen Hinweis.

Es war für beide Kriminalisten ein sehr langer Tag gewesen und sie freuten sich auf einen, wenn auch kurzen Abend zu Hause. Heute würde es mal wieder eine Tiefkühlpizza tun müssen. Auf das Glas Wein, das sonst beide gerne zu einer Pizza tranken, verzichteten sie heute Abend, da ja auch für sie Rufbereitschaft galt. Nina stellte gerade die Teller in die Spülmaschine, als Berts Telefon ging.

Es war die Alarmbereitschaft. »Wir hatten gerade einen sehr merkwürdigen Anruf von einer Tankstelle aus Esens auf der Notrufnummer. Der Abenddienst der Tankstation meldete, dass ein Mann mit einem Hänger dabei ist, Diesel in einen großen quadratischen Kunststoffbehälter abzufüllen, den man normalerweise für Regenwasser benutzt. Er hätte ihn schon darauf hingewiesen, dass das normalerweise nicht zulässig sei. Da hätte ihm der Mann gesagt, er soll sich um seinen eigenen Dreck kümmern. Deswegen rief er beim Notruf an. Während des Telefonats war dann ein Knall zu hören und das Gespräch war zu Ende. Eine Streife ist schon unterwegs dahin.«

»Die Alarmbereitschaft soll sofort nach Esens ausrücken. Die Streife über Funk anweisen, allerhöchste Vorsicht! Möglicher–

weise hat das etwas mit unseren aktuellen Fällen zu tun. Kommissarin Jürgens und ich sind ebenfalls dorthin unterwegs.«

Dann fuhren die beiden Kriminalisten mit Blaulicht und Höchstgeschwindigkeit in Richtung Esens. Unterwegs erhielten sie die Nachricht, dass sich in der Tankstelle eine Explosion ereignet hätte und die Feuerwehren des Umkreises bereits alarmiert seien. »Mein Gott«, sagte Nina, »wenn da die unterirdischen Benzintanks hochgehen, dann sind ja auch die umstehenden Häuser mit unzähligen unschuldigen Menschen betroffen.«

Als sie sich Esens näherten, sahen sie schon den roten Schein am Himmel. Bei der Tankstelle waren mehrere Feuerwehren im Einsatz. Es brannte nur das Tankstellengebäude, die Zapfsäulen waren noch nicht in Mitleidenschaft gezogen und die Feuerwehrleute bemühten sich emsig, den Brand einzudämmen und unter Kontrolle zu bekommen. Die Bereitschaft aus Wittmund hatte ihre Fahrzeuge in sicherer Entfernung abgestellt. Bert und Nina ließen sich von ihren Leuten berichten.

»Als wir hier ankamen, war die Feuerwehr Esens schon voll aktiv«, meldete der Bereitschaftsführer. »Wir haben dafür gesorgt, Schaulustige fernzuhalten. Einer der Feuerwehrleute sagte, es sieht so aus, als wenn die Explosion direkt im Laden erfolgt ist und die Warenregale entzündet hat. An den Tankwart konnten sie nicht heran, sie vermuteten ihn hinter der Theke, direkt im Zentrum des Brandes.«

Es meldete sich der Brandmeister bei Bert. Die beiden kannten sich von früheren Einsätzen. »Moin Bert. Schöne Scheiße hier, aber wir haben es im Griff. Das Feuer ist unter Kontrolle. Hätte schlimmer kommen können, wenn die Explosion sich direkt bei den Tanksäulen ereignet hätte. So ist nur der Laden ausgebrannt, die danebenliegende Waschanlage ist etwas in Mitleidenschaft gezogen und die Scheiben sind zu Bruch gegangen. Den Tankwart haben wir noch nicht gefunden. Wir hoffen nur, dass sich nicht noch weitere Leute in der Tanke befunden haben. Unsere Spezialisten sind schon alarmiert und die ersten Wehren rücken schon wieder ab.«

»Gute Arbeit!«, lobte Bert. »Kannst du schon was zur Ursache des Feuers sagen?«

Bevor der Brandmeister antworten konnte, kam einer seiner Leute angerannt. »Wir haben ihn gefunden. Er liegt hinter der Theke, nur noch etwas für den Leichenbestatter.«

»Und den Gerichtsmediziner«, ergänzte Bert. »Nichts anrühren!«

»Keine Sorge, meine Leute kennen sich aus«, beruhigte ihn der Chef der Feuerwehr. »Aber wir können gemeinsam mal schauen.«

»Ich warte draußen«, sagte Nina, »wir müssen da ja nicht wie eine Elefantenherde in dem Tatort rumtrampeln.«

Als sich Bert und der Mann von der Feuerwehr einen ersten Überblick verschafft hatten und wieder bei Nina waren, fasste der Brandmeister seine Eindrücke zusammen: »So wie es aussieht, ein Toter, vermutlich der Tankwart. Das Zentrum der Explosion schien unmittelbar bei der Theke zu liegen. Ich würde fast sagen, sieht aus wie von einer Tretmine. Der Tankwart wird ja nicht selbst draufgetreten sein, aber so ein Ding kann man auch anderweitig zur Zündung bringen.«

»Durch einen Fernauslöser?«, fragte Nina. Das kam ihr doch bekannt vor.

»Wenn Sie einen entsprechenden Zünder an der Mine anbringen, auf jeden Fall«, bestätigte der ehemalige Pionier der Bundeswehr. »Aber was mir merkwürdig vorkommt, ist, dass eine solche Mine normalerweise nicht so eine Brandwirkung hat, dass gleich der ganze Laden in Flammen steht wie hier. Daher vermute ich, dass zusätzlich ein Brandbeschleuniger eingesetzt wurde.«

»Was könnte das gewesen sein?«, wollte Bert wissen.

»Bei der Auswirkung würde ich auf einen Fünf- oder Zehn-Liter-Benzinkanister aus Kunststoff tippen. Das werden unsere Experten aber herausfinden.«

»Die Experten von der Polizei sind schon da«, meldete sich Sören zu Wort, der mit seinen Spezialisten gerade eingetroffen war. »Ein Teil meines Teams wollte schon den nächtlichen

Feierabend einläuten, da kam die Nachricht von der Explosion und dem Brand hier.«

Bert und der Brandmeister informierten ihn über die Lage und ihre Einschätzung. Dann befanden sich Nina und Bert wieder auf dem Weg nach Hause. »Das sieht verdammt nach der Handschrift von Bonnie und Clyde aus«, schimpfte Bert. »Die sollen doch ihre Millionen nehmen und in die Karibik auf Nimmerwiedersehen verschwinden! Stattdessen haben die schon wieder ein unschuldiges Menschenleben auf dem Gewissen. Ich frage mich wirklich, was treibt diesen Psychopathen? Der riskiert doch nur, dass er noch mal in den Knast wandert, und was hat er dann von seinen Beutemillionen?«

»Inzwischen ist das Bild für mich klarer geworden, Bert. Das Aktenstudium und die Gespräche vor allem mit dem Justizvollzugsbeamten in Rheinbach, der ihn schon seit über zwanzig Jahren kennt, waren sehr aufschlussreich. Er erzählte, dass Meyer bis zum Schluss täglich Kraftsport gemacht hat, was ihm außergewöhnlich hohe physische Kräfte verleiht. Diese hat er im Knast dazu eingesetzt, um sich sein Umfeld gefügig zu machen. Seine Knastbrüder hatten Angst vor ihm. Wer sich nicht nach seinen Vorstellungen verhielt, hatte dann zum Beispiel in der Dusche einen Unfall.«

»Die berühmte Seife.«

»Und das nicht nur einmal. Aber nehmen wir mal sein tägliches Training. Das spricht für extrem großen Ehrgeiz und Durchhaltevermögen. Das sind ja eigentlich sogar positive Charaktereigenschaften, die jeder erfolgreiche Hochleistungssportler auch benötigt. Diese an sich positiven Eigenschaften können aber zu einer permanent tickenden Bombe werden, wenn sie mit extrem hoher krimineller Energie zur Durchsetzung seiner egoistischen Ziele eingesetzt werden. Hinzu kommt, dass alle eigenen Feststellungen und Bewertungen solcher Menschen zu einer fast heiligen Wahrheit, ja, man kann sagen zu einem Dogma werden.«

»Genau so hat er sich damals im Gerichtssaal bei seiner Verurteilung aufgeführt. Alle anderen haben gelogen, nur er sagte die Wahrheit.«

»Im Knast hat er überall verbreitet, dass er nicht das Opfer eines Justizirrtums, sondern eines Justizbetruges geworden ist, und den macht er unter anderem an den Kommissaren Heike Grabowski und Bert Linnig fest. Er hat aber wohl keinen Anwalt gefunden, der diese forensisch leicht zu widerlegenden Behauptungen für ein Wiederaufnahmeverfahren einzusetzen bereit gewesen wäre. Jedenfalls weißt du jetzt, was den treibt und wie der tickt. Im wahrsten Sinne des Wortes explosiv.«

16. Kapitel

Es gab raue Herbsttage, auf die selbst hartgesottene Ostfriesen gerne verzichteten, der heutige war einer davon. Der Sturm trieb die regengeschwängerten Wolken über das Wattenmeer und die mit Schaum gekrönten Wellen gegen die Deiche und Sieltore. Die außerhalb der Saison leergeräumten Campingplätze vor den Deichen hatten gut einen Meter tief Land unter, und manche Fährfahrt fiel im wahrsten Sinne des Wortes ins Wasser.

Obwohl das Morgenmeeting heute erst auf zehn Uhr angesetzt war, trug das offensichtlich nicht wesentlich dazu bei, die Stimmung zu heben. Noch ein getöteter Kollege. Und Bert wusste, wie das auf die Psyche wirkte und was seine Leute in den letzten Tagen und zum Teil auch in der Nacht geleistet hatten. Die meisten schoben wie draußen der Sturm eine große Welle vor sich her, an Überstunden. Den späteren Dienstbeginn glaubte er aber auch deshalb vertreten zu können, weil die vermissten Kollegen aufgefunden worden waren. Leider hatte es nur einer von beiden überlebt. Aber, wie von den Ärzten zu hören war, mit guten Chancen auf Genesung.

Bert begann das Meeting mit einer Gedenkminute für den im Dienst verstorbenen jungen Kollegen, Polizeimeister Jens Ewen, bezog dabei aber auch Polizeihauptmeister Bernd Guben sowie das unschuldige Opfer der letzten Nacht in der Tankstelle in Esens und natürlich Heike mit ein. Danach berichtete Nina über ihre Eindrücke und Ergebnisse der Dienstreise ins Ruhrgebiet und Rheinland, soweit das für die Arbeit der Kolleginnen und Kollegen von Bedeutung war. An mancher Stelle hätte jetzt der humorvolle oder manchmal bissige Kommentar von Bernd gefehlt. Zumal gerade er als Kohlenpottler zu Essen sicher einiges zu sagen gehabt hätte. Er fehlte einfach, und das war vor allem den Leuten vom Stammteam schmerzlich bewusst. Silke, die besonders eng mit ihm zusammengearbeitet hatte, musste sich an mancher Stelle ein Tränchen verdrücken.

Dann kam Sören, der einen Teil seiner Leute erst vor wenigen Minuten in den Feierabend geschickt hatte. Einige hatten mehr als vierundzwanzig Stunden im Dienst durchgearbeitet.

»Da hat sich keiner nach Hause schicken lassen«, berichtete Sören, was mit heftigem Klopfen auf den Tischen bedacht wurde. Dann ging er ins Detail: »Beginnen wir mit dem Freese-Hof. Tatsache ist, dass das Verbrecherpärchen dort seit mehr als zwei Wochen eingemietet war. Die Seite im Gästebuch wurde entfernt und die Vermieterin wusste es nicht mehr auf den Tag genau. Sie ist noch in der Klinik. Nach der Blutanalyse hat man ihr nicht nur vor zwei Tagen K.-o.-Tropfen verpasst, sondern auch schon davor Drogen wahrscheinlich in Getränke gemischt. Ihre Tochter wurde sexuell missbraucht und mit Foltertechniken regelrecht gequält. Sie hat am ganzen Körper und vor allem auch im Genitalbereich erhebliche Verletzungen, die zu immer neuem Blutverlust geführt haben, den sie nicht mehr lange überlebt hätte, wie die Ärzte sagten. Sie wird noch eine ganze Weile in ärztlicher Behandlung bleiben müssen, vor allem wegen der Drogen, mit denen man sie vollgepumpt hat.«

»Deswegen können wir auch noch nicht mit ihr reden«, ergänzte Nina. »Für uns ist vor allem die Frage wichtig, ob sie Jenny Kleinwald, wie sich die Frau nannte, tatsächlich vorher aus den Niederlanden kannte.«

»Ich habe der Mutter vor ihrem Abtransport ins Krankenhaus die modifizierten Bilder unserer gesuchten Frau gezeigt. Sie meinte, das könnte Jenny sein. Hundertprozentig sicher war sie sich aber nicht«, berichtete Bert.

»Bislang haben wir noch keine Fingerabdrücke identifizieren können, die sich Meyer zurechnen lassen, obwohl sich Bonnie und Clyde für einen noch nicht genau feststehenden Zeitraum in einer der Ferienwohnungen, in der Wohnung der Freese-Tochter und auch der Mutter aufgehalten haben. Von der Frau, die sich im Ruhrgebiet und Rheinland Olivia Jacobs und Olga Petrow nannte, haben wir bislang keine Vergleichsdaten. Man darf nicht vergessen, dass Ferienwohnungen von vielen Leuten genutzt werden, die dort natürlich auch ihre Spuren hinterlassen. Wobei teilweise, zum Beispiel in Bad und Küche der einen Ferienwohnung, versucht wurde, Spuren zu verwischen. Trotzdem mangelt es uns nicht an DNA-fähigem Material, aber für die Zuordnung fehlen uns Referenzwerte. Diese

Auswertungen sind ohnehin etwas zeitaufwendiger und noch lange nicht abgeschlossen.«

»Und was haben die ermittelten Spuren im Zusammenhang mit unseren beiden Kollegen ergeben?«, wollte Bert ungeduldig wissen.

»In Bezug auf forensische Nachweise, die wir Bonnie und Clyde zuordnen könnten, das Gleiche wie im Haus. Es stand ein Auto in der Garage. Wie wir inzwischen anhand des Kennzeichens herausgefunden haben, gehört es Hannah Freese. Dass es Spuren anderer Autos gab, zum Beispiel Reifenabrieb, Ölspuren und Ähnliches, ergibt sich bei einer Ferienwohnungsanlage von selbst. Es fehlt aber auch hier an Zuordnungsmöglichkeiten. Erst wenn wir Fahrzeuge haben, die dem verbrecherischen Pärchen gehören, könnten wir nachweisen, dass diese in der Garage gestanden haben.«

»Unsere Kollegen lagen doch dort in der ehemaligen Scheune, gab es da denn gar nichts Verwertbares?«, bohrte Rita nach.

»Die beiden wurden mit einem Hammer und der Rückseite einer kleinen Axt niedergeschlagen. Beide Werkzeuge haben wir auf der Werkbank in einem abgetrennten, aber nicht verschlossenen Raum gefunden, wo auch unsere Kollegen mit Klebestreifen gefesselt gelegen haben. Unsere Männer haben noch Glück gehabt, dass durch die Schläge nicht ihre Schädel zertrümmert wurden. Aber für einige Zeit Bewusstlosigkeit hat es wohl gereicht. Dann hat man sie einfach mit Klebeband gefesselt in dem Werkraum liegen lassen, sodass beide völlig dehydriert waren, als sie gefunden wurden.«

»Auch diesbezüglich habe ich heute Morgen im Krankenhaus nachgefragt«, meldete sich Nina erneut zu Wort. »Den Kollegen haben die Ärzte vorsorglich in ein künstliches Koma versetzt. Bei der Untersuchung wurde ein Blutgerinnsel im Gehirn festgestellt. Jedenfalls können wir ihn im Moment nicht befragen. Möglicherweise ist auch sein Partner an einem solchen Gerinnsel gestorben, aber das wird sicher der Obduktionsbericht zeigen.«

»Habe ich, kurz bevor ich hierherkam, als E-Mail erhalten. Nina, du hast mit deiner Vermutung recht«, bestätigte Sören.

Bert und Nina hätten an dieser Stelle noch einiges dazu sagen können, warum die jungen Kollegen überhaupt in diese Falle geraten waren. Aufgrund der Informationen der Ex-Freundin des inzwischen verstorbenen Polizeimeisters stand fest, dass der Freese-Hof nur zufällig auf dem Weg gelegen hatte, den die beiden nach dem außerdienstlichen Besuch gefahren waren. Die Kommissare hatten beschlossen, dies unter die Rubrik ›hätte, wäre, wenn‹ zu verbuchen, anstatt das Ansehen dieses jungen Polizisten noch im Nachhinein mit einem Dienstvergehen zu belasten. Das Gleiche wäre möglicherweise auch passiert, wenn sich das Außenteam an Ritas Agenda gehalten hätte, vielleicht nur zu einem späteren Zeitpunkt.

»Und was habt ihr an der Tankstelle herausgefunden?«, fragte Bert.

»Damit sind zum Teil noch die Experten der Feuerwehr und unser Sprengstoffspezialist aus Aurich beschäftigt. Im Wesentlichen scheinen sich die ersten Annahmen des Brandmeisters von heute Nacht vor Ort zu bestätigen. Die sterblichen Überreste des jungen Mannes, der an diesem Abend Spätdienst hatte, um sich mit dem Nebenjob ein paar Euros auf Vierhundertfünfzig-Euro-Basis dazuzuverdienen, liegen in der Rechtsmedizin in Oldenburg. Er befand sich im Zentrum des Feuers, den Rest kann man sich vorstellen.«

»Wahrscheinlich hat ihn sein Anruf über die Notrufnummer bei uns das Leben gekostet«, vermutete Nina. »Wenn er seinen Mörder ganz normal bedient hätte, obwohl er es nicht in Ordnung fand, dass der einen Regenbehälter auf einem Hänger mit Diesel volltankt, würde er wahrscheinlich noch leben.«

»Nina, du triffst mit deiner Feststellung voll ins Schwarze«, bestätigte Sören. »Wir gehen davon aus, dass die ganze Brandaktion nur den Zweck hatte, die Aufzeichnung der Sicherheitskameras der Tankstelle zu vernichten. Denn wenn nichts Außergewöhnliches passiert, wer guckt sich dann schon die ganzen Videoaufzeichnungen an? Die Zeit nimmt sich doch keiner, wenn kein Grund dafür besteht. Mit dem Anruf bei uns gab es aber einen solchen Anlass. Das hat sein Mörder mitbekommen. Aber seht selbst. Ich habe die von uns selektierten

Aufzeichnungen auf einem Stick. Da können wir uns das gleich über den Beamer anschauen.«

»Wow«, entfuhr es Bert, »wo habt ihr denn die her?«

»Ja, damit hat der Mörder sicher nicht gerechnet. Das Aufzeichnungsgerät befand sich in einem der hinteren Räume der Tankstelle. Dadurch, dass die Esenser Feuerwehr so schnell am Ort war und verhindert hat, dass der Brand sich auf die Tanksäulen und andere Gebäudeteile ausdehnen konnte, blieb auch der Raum mit den Aufzeichnungen verschont.«

Sören startete die Aufnahme. Auf einem zweigeteilten größeren Bild war die Totale der überdachten Tanksäulen in zwei Richtungen zu sehen. Es war dreiundzwanzig Uhr fünfunddreißig, kein Auto befand sich in der Tankstelle. Daneben zwei kleinere Bilder, die den Verkaufsraum aus zwei Perspektiven zeigten. Auf dem einen Bild war von der Eingangstür aus der Thekenbereich mit der Kasse zu sehen. Ein junger Mann stand hinter der Theke und blätterte gelangweilt in einer Zeitschrift. Die andere Kameraeinstellung zeigte den Eingangsbereich und den Verkaufsraum.

Dann fuhr ein PKW mit Anhänger an eine Zapfsäule, die eigentlich für LKW vorgesehen war. Auf dem Hänger stand eine quadratische Kunststoffregentonne, mit Verstärkung durch mehrere querverspannte Stahlbänder. Aus dem Auto stieg ein dunkelhaariger zierlicher Mann mit kurzem Vollbart aus. Er nahm einen Zapfhahn aus der Halterung und steckte diesen oben in die Tonne auf dem Hänger.

Plötzlich sah man, wie der Mann hinter der Theke aufmerksam wurde und zur Tür ging. »Das ist nicht zulässig, was Sie da machen!«

»Kümmer dich um deinen eigenen Dreck!«, war die Antwort des Mannes an der Tanksäule. Danach ging sein Blick immer wieder in Richtung Kassen- und Verkaufsraum.

Der Tankvorgang dauerte eine Weile. Die Tonne musste bereits ziemlich voll sein, als der Mann plötzlich den Tankvorgang stoppte und zum Kassenraum ging. Wie die beiden kleinen Bilder zeigten, blieb er im Verkaufsraum einen Moment auf halbem Weg stehen. Der Tankwart stand mit dem Rücken zu ihm hinter der Theke, mit einem Telefonhörer am Ohr. Auf einmal drehte sich der Mann um, ging schnellen Schrittes wieder nach draußen, öffnete den Kofferraum seines Autos und nahm irgendein rundes Teil und einen Zehn-Liter-Benzinkanister heraus. Damit ging er wieder in den Verkaufsraum und stellte beides auf die Theke. Der Tankwart telefonierte immer noch mit dem Rücken zum Ausgang und schaute nur kurz einmal zurück.

Da sagte der Mann: »Sorry, hab noch was vergessen.« Schon war er wieder raus, stieg in sein Auto und fuhr los. Der Tankwart schien immer noch zu telefonieren. Kaum war das Gefährt mit dem Anhänger aus dem Blick der Außenkamera verschwunden, explodierte etwas auf der Theke. Es war noch eine Stichflamme zu sehen und die Aufzeichnung brach ab.

Für einen Moment herrschte betretenes Schweigen unter den Polizeibeamten. Das mussten auch diese erst einmal verdauen. Dann meldete sich Rita zu Wort: »Das ist heavy! Wow, das geht unter die Haut! Ein Mord vor laufender Kamera und dann auf diese Weise! Das hätten die bei *Cobra 11* nicht besser hingekriegt. Jedenfalls haben wir jetzt endlich ein Kennzeichen.«

»Genau das wollte der ja verhindern, daher die Explosion. Er konnte nicht wissen, dass das Aufzeichnungsgerät nicht im Kassenbereich steht. Und mit der Schnelligkeit unserer Feuerwehr hat er auch nicht gerechnet. Wir wissen auch schon, wem der Wagen gehört.«

»Mach's nicht so spannend!«, konnte Bert sich nicht zurückhalten.

»Er gehört Hannah Freeses Tochter. Daher auch das Wittmunder Kennzeichen. Die Ganoven haben den aus der Garage bei den Freeses mitgehen lassen.«

»Und der Anhänger war doch auch hier aus dem Kreis?«, hakte Nina nach.

»Wenn man genau hinschaut, erkennt man: Es ist die gleiche Nummer wie am PKW. Die haben einfach das Rückkennzeichen des Autos an den Hänger montiert.«

»Das ist an Dreistigkeit schon fast nicht mehr zu überbieten«, mokierte sich Bert. »Dabei fällt mir auf, wie schnell der einen ferngesteuerten Sprengsatz zur Verfügung hatte. Das heißt, der

Typ war auf so was vorbereitet oder plante damit einen neuen Anschlag. Wahrscheinlich der gleiche Sprengsatz, wie er bei meinem Dienstwagen zum Einsatz kam. Übrigens, den Knall der Explosion haben wir in der Aufzeichnung des Notrufes gehört. Dann war die Leitung tot. Jetzt haben wir das auch noch auf Video.«

»Aber was ist mit dem Mann?«, fragte Rita. »Den hatten wir doch bisher überhaupt nicht im Fokus. Obwohl der gestohlene Wagen aus der Garage bei den Freeses eindeutig einen Zusammenhang belegt.«

»Die Qualität der Videoaufnahmen ist nicht so gut, dass man daraus einen gerichtssicheren biometrischen Abgleich herstellen kann«, erläuterte Sören. »Aber unsere Spezialisten sind sich sicher: Es ist die von uns gesuchte Frau, mit Perücke und aufgeklebtem Bart. Jedenfalls wissen wir jetzt, warum kaum Hinweise aus der Bevölkerung zu den Bildern kamen. Die muss fast einen theaterreifen Fundus an Schminkutensilien haben.«

»Na, so was kann man sich doch alles im Internet bestellen«, warf Rita ein.

»Bestellen ja. Aber damit muss man auch umgehen können«, merkte Sören an.

»Wenn du dir die Bilder der Domina Olivia Jacobs anschaust, wirst du feststellen, das hat die drauf«, klärte Nina ihn auf. »Solche Maskerade gehörte zu deren Outfit und Markenzeichen. Da ist mir jetzt einiges klar. Trotz der Aufnahmen werden wir uns verdammt schwertun, an sie ranzukommen. Interessanterweise taucht Meyer nirgendwo auf. Auch die Frau Freese hat ihn nicht zu Gesicht bekommen. Und ihre Tochter können wir leider noch nicht befragen. Das Gute ist nur, dass Bonnie und Clyde nicht davon ausgehen, dass wir über diese Aufnahmen verfügen. Wir sollten daher publizieren, dass bei dem Brand in der Tankstelle alles vernichtet worden ist. Ich glaube auch nicht, dass es etwas bringt, wenn wir noch ein weiteres Fahndungsfoto rausgeben. Wir können sicher sein, bei ihrem nächsten Auftritt sieht die schon wieder ganz anders aus.«

»Da stimme ich dir zu. Für mich ist aber die Tatsache, dass die sich Diesel in dieser Größenordnung beschafft haben, ein Indiz dafür, dass sie sich künftig von Tankstellen, wohl wegen der Überwachungskameras, fernhalten wollen. Wahrscheinlich sind unsere modifizierten Fahndungsbilder dafür verantwortlich und auch der Grund, warum Olivia, oder wie sie auch immer wirklich heißen mag, jetzt als Mann auftritt«, warf Bert ein.

»Dann würde mich mal interessieren, wie Meyer, der ja eine Figur wie ein Bodybuilder haben soll, als Frau aussieht«, konnte sich Rita trotz des Ernstes der Lage nicht zurückhalten und manchem der Anwesenden huschte ein kurzes Grinsen über das Gesicht.

»Dann mal los. Aber mit aller Vorsicht! Ihr habt ja jetzt einen visuellen Eindruck, womit wir es hier zu tun haben. Hoffentlich können wir uns Meyer bald mit seinem Chamäleon hinter Gittern, egal ob als Mann oder Frau getarnt, ansehen.« Mit diesen Worten beendete Bert das Meeting und entließ seine Leute in ihren Job.

17. Kapitel

Fast eine Woche war ins Land gegangen. Die Außenteams waren mit ihren Vermietern fast durch. Ohne Ergebnisse, aber auch ohne schlimme Ereignisse. Inzwischen hatte sich wieder Alltagsroutine eingestellt, wovor Bert zum Abschluss des heutigen Freitagsmeetings ausdrücklich warnte. Routine konnte ganz schnell zu nachlassender Aufmerksamkeit führen. Fatal in dieser Situation. Aber wo war das gesuchte Mörderpärchen? So wie es aussah, dachten die gar nicht daran aufzugeben und ins Ausland zu verschwinden. Im Gegenteil, sie nahmen sogar Kollateralschäden wie den Tod mehrerer Menschen in Kauf, um an ihr Ziel zu kommen, das offensichtlich Bert Linnig hieß.

Für die Kriminalisten stand fest: Die hatten sich in irgendeinem abgelegenen Hof eingenistet, möglicherweise die Bewohner ermordet oder bestenfalls eingesperrt. Dafür sprach auch der Behälter auf dem Hänger in der Tankstelle. Solche dienten auf vielen Höfen als Regentonnen, aber auch zum Gülletransport. Eine Nachfrage bei Hannah Freese hatte ergeben, dass weder der Hänger noch der Behälter von ihrem Hof stammten.

Die Teams hatten daher schon damit begonnen, am Weg liegende einsame Gehöfte anzufahren und nach dem Rechten zu sehen, auch wenn diese nicht auf ihrer Liste der Vermietungsobjekte standen. Es war wirklich wie die Suche nach der berühmten Stecknadel im Heuhaufen.

»So wie es aussieht, könnte das unser erstes Wochenende seit unserem Einzug werden, an dem wir mal frei haben, auch wenn wir in Rufbereitschaft sind. Wollen wir also hoffen, dass alles so ruhig bleibt wie die letzten Tage, wenigstens mal über das Wochenende«, gab Bert seiner Hoffnung Ausdruck, als er den Dienstwagen zu Hause in die Doppelgarage fuhr. Ninas Auto stand auf dem Hof im Kommissariat, damit ihnen Tag und Nacht das besonders ausgestattete Dienstfahrzeug zur Verfügung stand.

Sie hatten von unterwegs leckeren Matjes mitgebracht, und während Nina sich um die Bratkartoffeln kümmerte, schnitt Bert die Zwiebelringe und bereitete die Remoulade vor.

»Dazu würde jetzt ein schönes Frischgezapftes passen«, stellte Bert fest. »Aber da muss es auch mal ein Alkoholfreies aus der Flasche tun«, konnte er sich ein Grinsen nicht verkneifen.

Nina nickte und prostete ihm zu.

Nachdem sie mit dem Essen fertig waren, sagte Bert: »Wir haben noch was zu besprechen.«

»Ich wüsste nicht was. Wir haben doch den ganzen Tag im Dienst schon genug besprochen«, tat seine Partnerin ahnungslos.

»Deinen morgigen Geburtstag! Eigentlich sollte das, was ich dir jetzt verrate, morgen eine Überraschung für dich werden. Aber angesichts unserer besonderen dienstlichen Umstände, die uns in diesem Fall sogar ganz persönlich betreffen, wollte ich das vorher mit dir abstimmen.«

»Du meinst meine Geburtstagsfeier? Nein, vergiss es! Mir ist absolut nicht nach Feiern!«, nahm ihm Nina sofort den Wind aus den Segeln.

»Es geht nicht um eine Fete oder Party im üblichen Sinn, meine liebe Nina. Aber es ist dein erster Geburtstag als Verlobte in unserem gemeinsamen Haus und Garten. Das ist etwas ganz Besonderes, was wir uns schon gar nicht von solchen kriminellen Soziopathen wie Bonnie und Clyde verderben lassen sollten. Der gleichen Meinung ist Sören auch. Deshalb habe ich für morgen Abend unser engstes Team mit ihren Partnern, Sören und seine Frau, unsere erste Nachbarin mit ihrem Lebensgefährten und Engeline Clausen zu einem Abendessen eingeladen. Alkoholfreies Bier und was zum Grillen werde ich morgen besorgen. Denn es soll ein schönes Oktoberwochenende werden. Vielleicht können wir uns auch am Anfang noch auf unserer überdachten Terrasse aufhalten. Da hält sich die Wärme noch etwas länger und der Gasgrill wird das seine dazu beitragen.«

Nina war sichtlich berührt. »Na gut«, gab sie sich geschlagen, »bei so einer liebevollen Übermacht bleibt mir wohl keine andere Wahl! Ich danke dir von Herzen! Es ist so schön, dass es dich gibt!« Dann fiel sie ihm um den Hals und zeigte ihm, dass sie bei aller normalerweise an den Tag gelegten Coolness auch das Repertoire zärtlicher weiblicher Gefühle beherrschte.

Die Nacht hatte beide Kriminalisten die Dramatik und Traurigkeit der gegenwärtigen Situation ein wenig vergessen lassen. Heute Morgen ließen sie sich mal wieder in aller Ruhe ein ausgiebiges Frühstück schmecken, wobei Bert es sich nicht nehmen ließ, einen übrig geblieben Matjes von gestern Abend gleich auf holländische Art aus der Hand zu vertilgen.

Anschließend stand für ihn der Einkauf von alkoholfreiem Bier und anderen Getränken sowie Fleisch und Grillwürsten im örtlichen EDEKA-Markt auf dem Plan. Nina wollte sich um Kartoffel- und Nudelsalat kümmern. Wobei sie es sich nicht nehmen ließ, die Mayonnaise selbst zu machen.

»Hast du die Schutzweste an und den Spiegel dabei?«, war Ninas besorgte Frage, als er sich auf den Weg zur Garage machte. Sie versuchten, die permanent lauernde Gefahr der Rachegelüste des kriminellen Psychopathen zwar einerseits zu verdrängen, mussten sich aber immer wieder gegenseitig zur Disziplin rufen, um nicht in eine gefährliche Sorglosigkeit zu verfallen. Den Teleskopspiegel hätte Bert nämlich beinahe tatsächlich vergessen. »Aber setze den Spiegel auch ein!«, rief sie ihm dann noch hinterher.

Sie hätte es eigentlich lieber gesehen, wenn er mit dem Dienstwagen gefahren wäre, aber er war der Meinung gewesen: »Dienst ist Dienst und Schnaps ist Schnaps. Und für unseren privaten Grillabend muss ich keinen dienstlichen Sprit verfahren.«

Und so fuhr Bert mit seinem Volvo, der zumindest abgedunkelte Scheiben hatte, zum Einkaufen. Vorher hielt er aber noch bei einem Blumenladen an, um den vorbestellten Strauß roter Rosen abzuholen. Da sie vereinbart hatten, sich nicht bei jedem Geburtstag mit Geschenken zu überhäufen, die man dann ohnehin zumeist nicht benötigte, hatte Bert es sich verkniffen, noch mal den Juwelier in Wittmund aufzusuchen. Denn wenn Nina sagte, dass sie es mit Klunkern nicht hätte, dann war das durchaus ernst gemeint. Das galt natürlich nicht für den Verlobungsring, den er ihr geschenkt hatte.

Erst als er wieder im Auto saß, dachte er: Verdammt, wieder den Spiegel vergessen. Aber es war im Blumenladen ja schnell gegangen.

Auf dem Parkplatz vor dem Lebensmittelmarkt war ein ständiges Kommen und Gehen, es war Samstagvormittag. Bert graute es schon vor den Schlangen an den Kassen. Aber da musste er durch. Als er mit vollem Einkaufswagen an der Kasse stand, ging ihm durch den Kopf, dass sein Rächer jetzt Zeit genug hätte, um sich, wahrscheinlich sogar völlig unbemerkt, an seinem Wagen zu schaffen zu machen. Es wäre wirklich nur eine Sekundensache, wie die Experten aus Aurich demonstriert hatten: Mit einer Tasche in der Hand zufällig neben dem Auto bücken und schon war der starke Haftmagnet der bei Bernd verwendeten Mine unter dem Auto platziert. Endlich hatte er es geschafft und war bei seinem PKW. Jetzt setzte er aber, noch bevor er die Kofferraumklappe öffnete, den Spiegel ein.

Nichts, stellte er fest. Vielleicht doch alles übertriebene Hysterie? Würde der Täter noch mal auf die gleiche Weise morden wie bei Bernd? Schwer zu sagen, kam er für sich selbst zum Schluss. Also, lieber Vorsicht als Nachsicht. Schließlich hatte er seinen Einkauf in dem großen Kofferraum des geräumigen Wagens verstaut und brachte den Einkaufswagen in den nahe gelegenen Unterstand. Dabei versuchte er aber sein Auto im Auge zu behalten. Schließlich saß er am Steuer und startete den Motor. Er drückte den Radioknopf und auf dem Display erschien »AC/DC«. »Highway to hell …«, ertönte es aus den Lautsprechern. Er drehte die Lautstärke höher. Das war einer seiner Lieblingshits.

Bei der Ausfahrt des Parkplatzes standen zwei Autos vor ihm. Gerade wollte er von dem Parkplatz links in die Bahnhofstraße einbiegen, da spürte er etwas Hartes an seinem Hals. »Rechts, wenn dir dein Leben lieb ist!«

Bert schaute in den Rückspiegel, auf dem Rücksitz hinter ihm saß ein Mann mit blonder Donald-Trump-Frisur und glattrasiert. »Was wollen Sie von mir?«

»Schnauze! Da durch den Kreisverkehr geradeaus!« Dabei drückte er den Pistolenlauf noch härter in Berts Hals.

Bert wusste sofort, wer da im Fond seines Wagens saß. Für einen Moment überlegte er, ob er das Fahrzeug an den nächsten Baum setzen sollte. So ein Volvo konnte einiges ab. Aber selbst wenn er davon ausging, dass der Typ hinter ihm nicht angeschnallt war, konnte er nicht sicher sein, dass dieser die Pistole nicht abdrücken würde. Ihm war klar, dass der es auf sein Leben abgesehen hatte. Aber ganz bestimmt nicht einfach nur bumm und tot. Der würde es sicher darauf anlegen, ihm einen möglichst qualvollen Abgang zu verschaffen, zum Beispiel in die Knie schießen oder Ähnliches. Der Fantasie dieses Sadisten waren da sicher keine Grenzen gesetzt.

»Da vorne rechts abbiegen!«, wurde Bert aus seinen Gedanken gerissen. »In die Hespenhausener Straße!« Das war schon in einiger Entfernung auf dem Straßenschild zu erkennen.

Nach einigen hundert Metern: »Stopp!«

Sie waren auf freier Ebene, links und rechts nur Felder. Weit und breit auch kein anderes Auto auf der Straße. Und selbst wenn, Bert war sich sicher, Meyer hätte keine Skrupel, jeden vorbeifahrenden Zeugen auf der Stelle zu erschießen.

Der Gangster machte seine Tür auf, stieg aus und trat rückwärts, Bert nicht aus den Augen lassend, einige Meter auf Höhe der Fahrertür zurück. Wahrscheinlich wollte er damit einem Überraschungsangriff von Bert zuvorkommen.

»Langsam aussteigen und in der offenen Tür stehen bleiben!«

Bert beugte sich etwas nach vorne und öffnete vorsichtig die Tür. Dann setzte er langsam das linke Bein auf die Straße.

»Ich will deine Hände sehen!«

»Kannst du«, sagte Bert und schoss.

Der Verbrecher schoss ebenfalls in diesem Moment. Bert spürte einen Schlag im linken hinteren Rippenbogen. Meyer war wie ein gefällter Baum rückwärts umgefallen. Bert näherte sich ihm mit seiner Pistole im Anschlag. Aber dann sah er das blutige Loch mitten auf der Stirn und den leblos gegen den Himmel gerichteten Blick.

***

Bert durchströmte ein Gefühl der Zufriedenheit, obwohl ihm bewusst war, dass er soeben einen Menschen erschossen hatte. Aber war das überhaupt noch ein Mensch? Zudem hatte er keine

Wahl gehabt. Hier galt nur er oder ich. Die Ersatzpistole in einer selbst gebauten Vorrichtung unter dem Fahrersitz hatte sich bewährt, auch wenn das sicher nicht den Vorschriften entsprach. Bert zog die Sicherheitsweste aus und tastete seine linke Seite ab. Das Projektil war seitlich in das Rückenteil der Weste eingedrungen und hatte dadurch seine Rippe nur gestreift. Was soll's, dachte er, die Prellung ist nach ein paar Tagen wieder weg. Jedenfalls diagnostizierte er selbst, dass die Rippe nicht gebrochen war. Er konnte sich auch ziemlich ungehindert bewegen.

Er hangelte sein Handy aus der Seitentasche seiner Jacke und hatte gleich das Kommissariat in der Leitung. Dann übernahm polizeilicher Automatismus die Regie.

Schließlich rief er Nina an, während er auf die Kollegen wartete. Er berichtete ihr von dem Vorfall und bat sie, Silke bei den eingeladenen Gästen anrufen zu lassen und das Geburtstagsgrillen mit Alkoholfreiem auf den Sonntag zu verschieben. Anschließend sollte sie mit dem Dienstwagen rauskommen und ihn damit später mitnehmen, weil sein eigener Wagen zur Spurensuche ins Kommissariat gebracht werden würde.

Dann holte er aus dem Kofferraum eine Wolldecke, die er über den Toten legen wollte, für den Fall, dass sich ein ziviles Auto nähern würde. Mit Handschuhen an den Händen tastete der Kriminalist die Taschen des Verbrechers ab. Er suchte dessen Handy, das er schließlich in einer Jackentasche fand. Es war nicht abgeschaltet und so schaute er sich den Speicher an, um sich einen ersten Überblick zu verschaffen. In diesem Augenblick näherte sich Nina mit dem Dienstwagen.

Als Erstes trassierten die Kommissare den Ort um die Fahrzeuge und den Toten mit Polizeiband ab, damit für die Spusi keine Spuren verloren gingen. Dann luden sie Berts Einkauf in den Kofferraum des Dienstwagens um. Kaum waren sie damit fertig, näherte sich ein ziviles Fahrzeug. Bert hatte seine Waffe hinten in den Hosenbund gesteckt und hielt den Knauf einsatzbereit mit seiner rechten Hand. Mit der Linken gab er Zeichen anzuhalten. Nina hatte inzwischen den Erschossenen mit der Decke abgedeckt. Im Auto saß eine junge Frau mit Kind auf dem Rücksitz. Es war also wohl kaum die Komplizin des Toten.

Bert trat seitlich an den Wagen. Die Frau hatte inzwischen die Scheibe heruntergelassen. »Kriminalpolizei. Tut mir leid«, sagte er und hielt seinen Ausweis hoch. »Sie müssen leider zurückfahren und einen anderen Weg wählen, hier findet eine polizeiliche Ermittlung statt.«

»Was ist denn passiert?«, wollte sie wissen. Den Toten hinter Ninas Auto konnte sie nicht sehen.

»Das darf ich Ihnen leider nicht sagen. Bitte …«, sagte Bert und machte eine eindeutige Handbewegung.

»Ich frage mich, wie er sich auf dem Parkplatz Zugang zu meinem Auto verschaffen konnte«, wunderte sich Bert.

Nina hatte sich im Fond von Berts Wagen umgesehen. Sie hielt ein kleines elektronisches Gerät hoch. »Der hat deinen Fernbedienungscode gehackt. Das ist heutzutage kein Problem mehr.«

»Aber so viele Zufälle gibt es doch gar nicht, dass der genau da war, wo ich gerade einkaufen wollte.« Bert konnte es nicht fassen. »Oder ist der Hellseher?«

»Glaube ich nicht. Ich bin sicher, wir werden eine ganz logische Erklärung finden.«

»Und wie soll die deiner Meinung nach aussehen?«

Bevor Nina antworten konnte, tauchten bei den letzten Häusern von Carolinensiel die ersten Dienstfahrzeuge der Wittmunder Polizei mit Blaulicht und Sirenen auf. Kurz darauf war Sören mit seinen Leuten da und übernahm.

»Dr. Rabe ist unterwegs. Einen Notarzt brauchen wir nicht mehr, wie du sagtest. Hauptsache, dir ist nichts passiert«, begrüßte er Bert, der ihm am nächsten stand. Nina wies derweil die Kollegen ein.

»Nur eine Rippenprellung«, antwortete Bert und übergab seinem Freund die Sicherheitsweste mit dem Projektil sowie seine benutzte Dienstwaffe. Dann berichtete er kurz den Ablauf der Aktion.

»Das erinnert mich an den Wildwestklassiker ›Zwölf Uhr mittags‹. Trotzdem wirst du dich rechtfertigen müssen, warum du ohne Vorwarnung geschossen hast.«

»Die Antwort ist simpel: Der hatte bereits die ganze Zeit seine Waffe schussbereit auf mich gerichtet, mit der Absicht, mich aus Rachemotiven zu erschießen. Das Projektil in meiner Weste spricht für sich. Hätte ich mit Vorwarnung versucht zu schießen, läge ich jetzt dort, weil ich gar nicht mehr zum Schuss gekommen wäre. Außerdem hatte ich aufgrund der dokumentierten Gefährdungslage eine schussbereite Pistole in meinem Auto und zusätzlich noch eine im Fußholster. Was sich jetzt für mich lebensrettend ausgewirkt hat.«

»Diese Antwort solltest du dir für die interne Untersuchung gut merken, denn die Dienstwaffe, mit der du geschossen hast, müssen wir als Beweismittel konfiszieren. Schade, wir hätten noch viele Fragen an dieses sadistische A…loch gehabt. Aber besser so als anders. Du hattest keine Wahl. Für dich ging es wirklich um Leben oder Tod.«

»Es ist aber noch nicht vorbei, Sören. Seine Komplizin, dieses Chamäleon, ist immer noch irgendwo unterwegs. Ich habe ihm sein Handy aus der Hosentasche gezogen. Es ist aktiv. Er hat wohl nicht damit gerechnet, dass uns das in die Hände fallen könnte. Es sollte so schnell wie möglich ausgelesen werden, um zu sehen, wo er sich aufgehalten hat. Vielleicht finden wir die Gesuchte ja dort. Irgendwo in der Nähe vom EDEKA-Parkplatz muss ja sein Wagen stehen. Es sei denn, sie hätte ihn dahingefahren. In dem Fall könnte es sogar sein, dass sie uns von einem der Häuser an der Bahnhofstraße dahinten über den Acker mit einem Fernglas beobachtet.«

Sören ging an seinen Wagen und kam gleich darauf mit einem großen Fernglas zurück. Er stützte sich auf das Dach von Berts Dienstwagen und suchte den Horizont ab. »Die SCORE-Tankstelle ist Luftlinie etwa zwei-, dreihundert Meter entfernt, da sind partiell nur ein paar Büsche am Feldrand dazwischen. Wäre durchaus im Bereich des Möglichen, was du sagst. Dann wüsste sie aber auf jeden Fall, was nach unserem Aufmarsch hier die Glocke für sie geschlagen hat.« Dann rief er einen seiner Leute zu sich ran und übergab ihm das Handy des Toten in einem Plastikbeutel. »Damit sofort ins Labor und Bewegungsprofil einholen! Alarmstufe rot! Mit Blaulicht und Musik! Okay?«

»Okay, Chef. Bin schon unterwegs.«

Inzwischen war auch Nina hinzugetreten und Sören gratulierte ihr herzlich mit einem freundschaftlichen Wangenkuss zum Geburtstag. »So geht es in unserem Job, wenn der Sensenmann die Regie übernimmt. Dann spielen auch Jubeltage keine Rolle. Trotzdem freuen sich Lene und ich auf morgen. Vielen Dank für eure Einladung. Wollen wir hoffen, dass nicht wieder etwas dazwischenkommt.«

Nina bedankte sich. Im Moment war ihr aber etwas wichtiger als ihr Geburtstag: »Wir stellen uns die Frage, wie konnte der Tote wissen, dass Bert heute Morgen beim Supermarkt einkaufen würde? Andernfalls müsste man von einem absoluten Lottogewinn für ihn sprechen, wenn er selbst gerade hier beim Einkauf gewesen sein sollte und Bert zufällig erkannt hätte. An so einen Zufall glaube ich nicht. Das sieht alles viel mehr nach einer gezielten Aktion aus. Oder wie soll man es sich erklären, dass er sich mit einem speziellen Gerät in den Schlüsselcode von Berts Privatwagen eingehackt hat, um ihm dann im Auto aufzulauern?«

»Ganz schön abgebrüht. Nach Zufall sieht das wirklich nicht aus. Außerdem sind bisher alle Aktionen von dem Typen sehr gezielt und geplant durchgeführt worden. Nur, dass Bernd in diesem Zusammenhang ein Kollateralschaden für ihn war. Sorry, Bert, aber ist doch so.«

»Was wahr ist, ist wahr. Eigentlich hätte ich statt Bernd in dem Auto sitzen sollen. Meiner Nina zuliebe verzichte ich an dieser Stelle, es weiter zu kommentieren, wie ich mich dabei als sein Dienstvorgesetzter fühle.«

»Ich kann es nachempfinden«, sagte Sören. »Aber ich habe da einen Verdacht. Sobald wir hier fertig sind, komme ich mit einem meiner Spezialisten zu euch ins Haus. Mir fällt nämlich gerade etwas ein. Auf Bernds Video von eurer Hauseinweihung sind mir bei seinem Flug von der Vorderseite des Hauses zur Rückseite ein paar Störfrequenzen im Bild aufgefallen. Dem habe ich aber keine besondere Bedeutung zugemessen. Das ist eigentlich nichts Ungewöhnliches, denn unser Äther ist ja voll von Funksignalen. Aber es könnte auch eine andere Erklärung dafür geben. Wenn ihr gleich nach Hause kommt, sprecht mal nicht über dienstliche Angelegenheiten, bis wir da sind. Oder könnt ihr euch so lange woanders aufhalten?«

»Du sprichst von Wanzen? Das wäre in der Tat eine Erklärung. Wir könnten zu Gerda Hinrichs, unserer Vermieterin, gehen. Dann sollten wir sie gleich mal fragen, ob sie mitbekommen hat, dass jemand in unserer Abwesenheit bei uns im Haus gewesen ist. Aber das hätte sie uns doch bestimmt schon gesagt. Sollten wir dort nicht bleiben können, bis du kommst, melden wir uns bei dir über Handy. Uns brauchst du jetzt ja sicher nicht mehr hier«, antwortete Bert und stieg zu Nina ins Auto.

Als sie bei Gerda Hinrichs ankamen, war diese gerade dabei, den Zuweg zu ihrem Hauseingang zu fegen. Die Einheimischen legten großen Wert darauf, dass ihre Grundstücke zum Sonntag sauber und ordentlich aussahen. »Ich bin gleich fertig«, sagte sie zu den beiden Kommissaren, nachdem die aus ihrem Auto ausgestiegen waren. »Herzlichen Glückwunsch zum Geburtstag, liebe Nina. Gleich habe ich Zeit für euch. Nur einen kleinen Moment. Habt ihr Lust auf eine schöne Tasse Ostfriesentee mit Kluntjes und Sahne? Ich habe gerade mein Teegebäck nach dem Rezept meiner Großmutter im Ofen. Müsste gleich fertig sein. Und ich freue mich schon auf morgen. Silke hat mich schon über die Verschiebung informiert. Jedenfalls vielen Dank für die Einladung.«

»Ein Ostfriesentee mit deinem Gebäck ist die beste Geburtstagstorte, liebe Gerda. Vielen Dank für deine Glückwünsche«, antwortete Nina.

Bert hatte sich die Schaufel geschnappt und Gerda schob den letzten Haufen Dreck darauf. Im Nu war alles im Eimer und auf dem Kompost neben dem Haus gelandet. »Fertig«, sagte sie. »Omas Plätzchen müssten auch so weit sein. Kommt rein.«

Die beiden Nichtostfriesen, die Hannoveranerin Nina und der gebürtige Rheinländer Bert, hatten inzwischen die ostfriesische Teezeremonie lieben gelernt. Wenn der heiße Tee den Kandis in der Tasse zum Knacken brachte und die mit dem speziellen Löffelchen in den Tee gehobene Sahne kleine Wölkchen in dem goldbraunen Tee bildete, dann war Zeit zum Entspannen. Nachdem sie sich auch an Omas Plätzchen gütlich getan hatten, fragte Nina: »Sag mal, Gerda, könnte es sein, dass in der letzten Zeit jemand Fremdes in unserem Haus gewesen ist?«

»Seit ihr drinnen wohnt?«, wollte die Vermieterin wissen.

»Ja. Aber warum grenzt du die Frage zeitlich ein?«, hakte Nina nach.

»Seit ihr eingezogen seid, ist mir niemand bei euch am Haus aufgefallen. Aber ich beobachte euer Haus ja auch nicht ständig. Allerdings, kurz vor eurem Einzug war eine Frau vom Gas- und Stromwerk da, um die Zähler abzulesen. Da das Haus ja noch leer stand, habe ich ihr die Schlüssel mitgegeben.«

»Du sagtest die Schlüssel? Wie meinst du das?«, wurde Bert hellhörig.

»So, wie ich es gesagt habe. Wir haben doch die Schlüssel und was sonst so dazugehört für unsere Ferienobjekte in einer kleinen Tasche, die die Feriengäste beim Bezug der Wohnung oder des Hauses bekommen und danach wieder bei mir abgeben. Die Tasche habe ich euch doch zum Einzug geschenkt.«

»Das heißt, du hast ihr die ganze Tasche mitgegeben?«, fragte Nina noch mal nach.

»Na ja, warum denn nicht? Euer Haus stand doch leer. Aber warum fragst du?«

»Ach, eigentlich mehr nur so als Vorsichtsmaßnahme. Du weißt doch, was bei uns im Kommissariat passiert ist«, antwortete Bert ausweichend.

»Oh, mein Gott. Darüber darf ich gar nicht nachdenken. Bei eurem Einzug hat Bernd noch mit seiner Drohne tolle Bilder gemacht und jetzt ist er tot.« Gerda wischte sich mit dem Handrücken über die Augen.

»Ist die Frau von dem Energieversorger hier dabei?« Nina zeigte ihr die modifizierten Fahndungsfotos der mutmaßlichen Komplizin des von Bert erschossenen Verbrechers auf ihrem Smartphone.

Gerda schaute sich die Bilder aufmerksam an. »Die kamen schon in den Nachrichten, oder? Das sind doch die Bilder von der hier bei uns gesuchten Frau. Sogar eure Leute waren mit einem Phantombild schon bei mir. Die Frau auf der Zeichnung hatte ich noch nie gesehen. Aber das eine hier, das sieht ihr zumindest sehr ähnlich. Die könnte es gewesen sein, die bei euch die Zähler ablesen wollte.«

»Der Energieversorger hat schon schriftlich mit uns Kontakt aufgenommen und wir haben den Zählerstand vom Einzug in einen Kartenvordruck eingetragen und hingeschickt«, informierte Bert die Vermieterin.

»Dann war die Frau ja gar nicht von dort. Das ist mir jetzt aber unangenehm. Was kann die denn in dem leeren Haus gesucht oder gewollt haben? Meint ihr vielleicht, die wollte das Haus in die Luft sprengen? Bei Bernd hat es doch eine Explosion gegeben. Oh, wie dumm von mir. Ich hätte mir den Ausweis zeigen lassen müssen. Aber hier in Ostfriesland vertraut man einander. Es sei denn, man hat mit jemand persönlich Streit oder andere Gründe, misstrauisch zu sein. Habt ihr den Mann und die Frau inzwischen gefunden?«

»Wir sind noch dabei«, antwortete Bert erneut ausweichend. »Aber eigentlich haben wir noch eine andere Frage«, fuhr er dann fort, um das Thema zu wechseln. »Bisher wurde ja unser Garten während der Vermietung an Feriengäste von dir und deinem Gärtner betreut. Nina und ich würden das auch liebend gern selbst machen. Denn Gartenarbeit ist doch etwas Schönes und wir lieben beide die Natur … Wenn man im Frühjahr die Pflanzen keimen und wachsen sieht, bis dann alles in voller Blüte steht. Aber du siehst ja, wie es bei uns ist. Selbst der Geburtstag von Nina ist nicht heilig. Der Dienst geht vor. Daher wollten wir dich fragen, ob uns dein Gärtner nicht weiterhin bei unserem Garten unterstützen könnte? Natürlich bezahlen wir ihm mindestens den gleichen Lohn, wie er ihn auch bei dir erhält.«

»Da könnt ihr ihn morgen selbst fragen«, antwortete Gerda lachend, »denn er ist mein Lebensgefährte. Tagsüber ist er meistens in den von ihm betreuten Gärten unterwegs. Deswegen seid ihr ihm hier bei mir auch noch nicht begegnet, obwohl wir zusammenleben. Bei eurem Einzug war er bei einem seiner Kinder. Daher habt ihr ihn bislang nur bei euch im Garten gesehen. Er ist sehr bescheiden und geht nicht gerade damit hausieren, dass er mit eurer Vermieterin zusammen ist. Feriengäste interessiert das ohnehin nicht. Hauptsache, es ist alles sauber und ordentlich.«

18. Kapitel

Es dauerte nicht lange, dann meldete sich Sören über Handy, dass er auf dem Weg zum Haus von Nina und Bert war. Die beiden verabschiedeten und bedankten sich bei Gerda, um die paar Meter nach Hause zu fahren. Bert wollte schon die Autotür öffnen, da mahnte ihn Nina: »Und was ist mit dem Spiegel, Herr Kommissar?!« Sie holte ihren aus der Handtasche und spiegelte den Unterboden des Dienstwagens. »Sicherheit! Du bist ganz schön leichtsinnig geworden, mein Lieber!«, sagte sie dann und stieg auf der Beifahrerseite ins Auto.

Sie kamen fast gleichzeitig mit Sören zu Hause an. Nur kam er von der anderen Seite. »Lassen wir erst einmal meinen Spezialisten alleine rein und warten hier vor der Garage«, sagte er, als Bert die Haustür aufschloss.

Der spezialisierte Kollege ging mit seinen Messgeräten rein. Es dauerte etwa eine halbe Stunde, dann kam er wieder heraus. »In der Küche hinter den Einbauschränken, im Bad unter dem Waschbecken in einer Keramikspalte und im Flur hinter der Abdeckung für die Steuerung der Fußbodenheizung. Kleine Mikrofone mit sehr leistungsstarken Sendern. Und auf der Gastherme im Heizungsraum war der Verstärker mit Stromanschluss platziert. Als Laie konnte man denken, dass der zur Heizungsanlage gehört. Ich habe alles noch nicht deaktiviert, weil ich die oder den Empfänger nicht warnen will, dass er enttarnt ist. Diese Entscheidung wollte ich Ihnen überlassen.«

»Danke, das ist okay«, bestätigte Sören. »Das erklärt, was die angebliche Strom- und Gasableserin vor eurem Einzug bei euch im Haus tatsächlich gewollt hat. Das wirft aber die nächste Frage auf. Woher wussten die, dass ihr da einziehen werdet?«

»Ich vermute, dass das Chamäleon uns schon eine Weile beobachtet hat, was uns natürlich nicht aufgefallen ist. Und wir waren einige Male vor dem Umzug bei Gerda und auch im leeren Haus. Wir hatten zwar den Grundriss, aber da galt es doch zu überlegen, welche Möbel aus unseren zwei Haushalten sollen nachher wohin. Und das kann man sich im Objekt natürlich besser vorstellen als nur auf einem Plan«, sagte Bert.

In diesem Moment bekam Sören einen Anruf auf sein Handy.

»Wir haben das Bewegungsprofil von Meyer. Vielleicht führt uns das zu seiner Komplizin«, teilte Sören den Wartenden mit. »Ich würde vorschlagen, wir lassen die Wanzen noch da, wo sie sind, in Betrieb und ihr macht euch mit eurer Bereitschaft auf die Suche nach Meyers Komplizin.«

»Sören, danke an dich und deine Leute. Wir folgen deinem Vorschlag. Das heißt, zunächst fahren Nina und ich ins Kommissariat und holen uns das Profil. Ich will den Fall möglichst heute noch zum Abschluss bringen.«

»Bert, könnte ich dich gerade mal unter vier Augen sprechen … Du hast vorhin in Notwehr einen Todesschuss abgegeben. Meinst du, dass du physisch und vor allem psychisch in der Lage bist, den Einsatz zu leiten? Ich bin nicht dein Vorgesetzter. Ich frage dich als dein Freund und Kollege.«

»Mach dir keine Sorgen, Sören. Es ist für mich leider nicht das erste Mal, und es ist wirklich nicht einfach, mit dem Wissen klarzukommen, für den Tod eines Menschen verantwortlich zu sein. Selbst wenn es ein Verbrecher war. Ich weiß also ganz genau, wovon du sprichst. Aber ich gestehe dir als Freund, in diesem Fall erfüllt es mich mit einer großen Befriedigung und belastet mich weder physisch noch psychisch. Im Gegenteil, es scheint meine Sinne zu schärfen und wirkt wie ein Motivationsschub, auch noch die Komplizin dingfest zu machen. So makaber und unmenschlich das jetzt auch klingen mag.«

»Das entspricht auch dem Eindruck, den ich von dir hatte, als ich dich vorhin bei dem Toten angetroffen habe. Absolut klar, konzentriert und koordiniert. Ich wollte nur sichergehen und werde das auch bestätigen, falls dies bei einer internen Anhörung zur Sprache kommen sollte. Denn ich glaube, dass im Moment keiner besser geeignet ist, die Verbrecherin möglichst schnell hinter Schloss und Riegel zu bringen, als du.«

Nina hatte inzwischen die Fleisch- und Wurstwaren in den Kühlschrank gebracht. Sören half Bert noch schnell, die Flaschen und den sonstigen unverderblichen Einkauf in die Garage zu stellen. Danach ließ Bert mit der Fernbedienung das große Doppeltor wieder runterfahren.

»Mir fällt gerade auf, euer Tor ist ja verdammt leise. Hört man das eigentlich im Haus?«, wunderte sich Sören.

»Im Wirtschaftsraum, der direkt an die Garage angrenzt, vielleicht schon. Dann ist zu den Wohn- und Schlafräumen hin noch der Heizungsraum, das Bad und zur Haustür und zum Flur hin noch das Gästebad dazwischen. Also da höre ich zum Beispiel nicht, wenn Nina mit ihrem Auto in die Garage fährt. Aber warum fragst du?«

»Wir stellen uns doch die Frage, wo man den Sprengsatz unter deinen Dienstwagen heften konnte.«

»Mensch, Sören! Jetzt wird mir einiges klar«, sagte Nina, die gerade dazugekommen war. »Gerda hat die Schlüsseltasche rausgegeben, da waren ja auch die Fernbedienungen für die Garage drin. Jetzt verstehe ich, was der Grund war, als sie uns bei der Hausübergabe fragte, ob uns zwei Fernbedienungen reichen würden. Sie meinte nämlich, dass die dritte wahrscheinlich der letzte Feriengast vergessen hätte abzugeben.«

»Na klar!« Bert schlug sich mit der flachen Hand gegen die Stirn. »Die haben in der Nacht das Tor ein Stück hochgefahren, kurz rein, Sprengsatz platziert und wieder raus; keine Minute und schon waren die wieder weg. Und wir haben im Schlafzimmer natürlich nichts davon mitbekommen.«

»Dann hat jemand mit der Fernsteuerung des Zünders in der Nähe des Kommissariats nur darauf gewartet, dass du zu einem nächsten Einsatz mit deinem Dienstwagen vom Parkplatz runterfährst und bumm. Dabei wird der so weit weg gewesen sein, dass er nicht erkennen konnte, dass nicht du der Fahrer warst«, ergänzte Sören.

»Es wird Zeit, dass wir auch noch dieses Miststück erwischen«, ließ Bert seinem Zorn für einen Moment freien Lauf, bevor er in den Wagen stieg, um mit Nina nach Wittmund zu fahren. Von unterwegs mobilisierte Nina die Bereitschaft und die Teams.

Rita hatte schon das Bewegungsprofil aus dem Handy des toten Verbrechers vorliegen und auf der Karte mit Fähnchen abgesteckt. »Die schnelle Rita, nicht nur auf der Sprintstrecke«, lobte Bert seine Mitarbeiterin. Silke hatte bereits für Kaffee gesorgt, und so nach und nach trafen die Teams ein. Es hatte nur für einen kurzen Glückwunsch an die Jubilarin gereicht, dann saßen Bert, Nina und Rita bei der Erstellung eines Operationsplanes.

»Bis einen Tag, bevor wir auf den Freese-Hof aufmerksam geworden sind, hat er sich seit längerer Zeit überwiegend dort aufgehalten«, trug Rita die Ergebnisse der Auswertung vor und zeigte auf ein etwas größeres rotes Fähnchen auf der Wandkarte. »Nach dem Profil war er öfter unterwegs, an unterschiedlichen Orten. Er ist aber immer wieder an ein und denselben Punkt, unmittelbar neben der B 461, zwischen Wittmund und Carolinensiel, zurückgekehrt und hat sich dort die überwiegende Zeit aufgehalten.«

Nina hatte über Google Earth auf ihrem Notebook den Punkt gefunden. »Da liegt ein kleines Gehöft, so wie es aussieht, von Vegetation umgeben, unmittelbar neben der Bundesstraße. Aber dadurch wahrscheinlich von der Straße kaum wahrnehmbar. Wir sind alle in der letzten Zeit schon zigmal daran vorbeigefahren. Silke, sieh mal zu, dass du jemand vom hiesigen Katasteramt auftreiben kannst, damit wir klären können, wem es gehört. Denn ich könnte mir vorstellen, dass es unbewohnt ist. Ich weiß, es ist Samstag und das wird nicht einfach sein. Aber vielleicht hast du Glück. Dann entsprechende Meldung an mich. Du übernimmst auch die Einsatzzentrale hier im Kommissariat, während wir dorthin ausrücken.«

»Und schicke uns einen Hundeführer hinterher. Ich habe so ein Bauchgefühl, dass wir den brauchen könnten«, ergänzte Bert. »So, dann in die Fahrzeuge, aber ohne Blaulicht und Sirene. Wir müssen unsere Ankunft ja nicht schon meilenweit ankündigen.«

Schon kurz nachdem die Kolonne Wittmund in Richtung Carolinensiel verlassen hatte, meldete sich Silke bei Nina auf dem Handy. »Du hast mit deiner Vermutung recht. Das Objekt ist zurzeit unbewohnt. Die Eigentümerin, eine ältere Frau, befindet sich seit einem Jahr in einer Pflegeeinrichtung. Der Sohn soll irgendwo in Deutschland wegen eines Raubüberfalls mit Todesfolge im Knast sitzen. Weitere Anverwandte sind dem Katasteramt nicht bekannt, da weder die alte Frau noch ihr verstorbener Mann aus der Region stammten. Sie hatten das Gehöft irgendwann als Zugezogene erworben.«

»Wow, Silke, seit wann kannst du zaubern? Wie hast du das denn an einem Samstag so schnell rausbekommen?«, war Nina verblüfft.

»Ganz einfach, mir ist eingefallen, dass einer meiner Kollegen von der Polizeischule, der aber aus gesundheitlichen Gründen bei uns aufhören musste, beim Katasteramt gelandet ist. Ich hatte damals was mit dem. Den habe ich zu Hause angerufen. Der brauchte gar nicht nachschauen, der wusste das so. Es hatte sich Anfang des Jahres ein Nachbar der alten Frau gemeldet, dessen Hof einige Kilometer weiter liegt, und sich über den verwahrlosten Schandfleck beschwert. Deshalb musste mein Freund von damals offiziell der Sache nachgehen.«

»Und was ist dabei herausgekommen?«, hakte Nina nach.

»Gegen die Zustimmung des Eigentümers ist wohl nur etwas mit einem richterlichen Beschluss zu machen.«

»Hat denn niemand mit der alten Frau oder ihrem Sohn gesprochen?«

»Doch, mein damaliger Freund ist sogar selbst bei ihr im Altenpflegeheim gewesen. Mit dem Sohn brauchte er nicht zu sprechen, weil der nicht im Grundbuch eingetragen ist. Aber es ist sehr tragisch, wie er meinte. Die Frau ist eigentlich trotz ihrer fast neunzig Jahre noch recht klar im Kopf, aber nicht mehr imstande, sich selbst alleine zu versorgen. Trotzdem hofft sie immer noch, dass ihr Sohn vorzeitig aus dem Strafvollzug nach Hause kommt und sie wieder mit ihm zusammen dort leben kann. An diesen Gedanken klammert sie sich. Es ist wohl inzwischen ihr ganzer Lebensinhalt. Deswegen stimmt sie auch keinem Verkauf zu. Wo ihr Sohn im Gefängnis sitzt, wusste sie nicht mehr.«

»Und was hat das Amt unternommen?« Eigentlich mehr eine rhetorische Frage, weil Nina die Antwort schon zu kennen glaubte.

»Im Zusammenhang mit der Frage nach einem richterlichen Beschluss stellte sich natürlich auch die Frage, wer die Kosten für die Räumung übernimmt. Und da sei wohl jede Motivation im Amt erloschen.«

»Danke, Silke. Sehr gute Arbeit! Wir sind gleich da, ich bin gespannt, was uns dort erwartet.«

Als die Kolonne der Polizeiwagen auf den Hof fuhr, lag alles wie verlassen da. Es machte tatsächlich einen ziemlich verwahrlosten und ungepflegten Eindruck. Selbst die Wege zwischen den Gebäuden waren von Unkraut überwuchert, aber an einigen Stellen heruntergetreten, was belegte, dass sich jemand in der letzten Zeit auf dem Gehöft aufgehalten haben musste. Die Gebäude setzten sich aus einem kleinen Gulfhof und einer dahinter separat liegenden Scheune mit Stallung zusammen. Alles war zur Straße hin durch üppige Vegetation vor Einblicken geschützt, wie Nina schon im Internet herausgefunden hatte.

Vorsichtig verteilten sich die Uniformierten und drangen in das Hauptgebäude und die Scheune mit Stallung ein. Die Scheune diente als Garage, in der zwei Autos standen. Eins davon war der PKW der Freese-Tochter mit dem Hänger, auf dem der Behälter mit dem Diesel stand. Der andere Wagen war ein großer Mercedes. Es war noch Platz für weitere Autos. Eins davon war mit Sicherheit das Fahrzeug, mit dem Meyer zu dem Supermarkt gefahren war und das er dort irgendwo abgestellt hatte oder mit dem seine Komplizin unterwegs war.

Wo aber war die gesuchte Frau? Im Haus fanden sie Bekleidung, Schminkutensilien sowie Funkgeräte, mit denen auch der Polizeifunk abgehört werden konnte. Bert war sich sicher, dass die Frau den Funkverkehr abgehört hatte, dadurch gewarnt war und sich zu Fuß oder mit dem dritten Auto auf der Flucht befand. Es dauerte nicht lange und dann traf der Hundeführer mit seinem Spürhund ein. Dieser nahm Witterung an der Kleidung der Gesuchten auf und folgte zielstrebig einer Spur ins Feld. Unweit des Hauses verlief ein ziemlich tiefer Schloot mit einer schrägen Böschung. Der Hund zog zielstrebig auf einen Busch zu, der aus der Böschung wuchs. Dahinter saß zusammengekauert eine unscheinbare, ziemlich harmlos wirkende dunkelblonde Frau mittleren Alters. Sie ließ sich wortlos abführen.

Als sie Bert und Nina vorgeführt wurde, fragte sie der Kommissar: »Wie heißen Sie?«

Sie zuckte nur die Schultern.

»Können Sie nicht sprechen?«, wollte Nina wissen und machte die üblichen Belehrungen.

Wieder zuckte die Frau nur mit den Schultern.

»Ich frage Sie noch mal: Wie heißen Sie und was machen Sie hier auf dem Hof?«, wurde Bert langsam ärgerlich.

Erneutes Schulterzucken.

»Abführen!«, ordnete er daraufhin an.

»Anwalt«, sagte die Frau, bevor eine Uniformierte sie abführte.

»Soll das heißen, dass Sie einen Anwalt wollen?« Bert begann die Geduld zu verlieren.

Sie nickte mit dem Kopf.

»Dann sagen Sie laut und vernehmlich Ja, denn Sie können doch sprechen«, forderte Nina sie energisch auf.

»Ja, einen Anwalt«, presste die vorläufig Festgenommene heraus.

»Hier können sich die geplagten Leute von Sören austoben. Die kommen nicht zur Ruhe. Aber ich glaube, wir haben den Fall gelöst und müssen jetzt nur noch die forensischen Ergebnisse gerichtsfest machen. Das war's«, zeigte sich Bert zufrieden und optimistisch. Nachdem die Spurensicherung übernommen hatte, war für Berts Verstärkungs- und Außenteams Abmarsch ins Wochenende. Den Rest würde er mit seinem Stammteam erledigen.

***

»Bevor wir jetzt ins Kommissariat fahren, sollten wir uns mal mit dem Hofbesitzer dahinten unterhalten. Da kommen wir ja sowie gleich vorbei. Es würde mich nicht wundern, wenn er derjenige war, der beim Katasteramt vorstellig geworden ist«, schlug Nina vor.

Als sie sich der sehr gepflegten Hofanlage, die ebenfalls unmittelbar neben der Bundesstraße lag, näherten, sahen sie den Mann, der auf der kurzen Zufahrt zu seinem Haus stand und in die Richtung schaute, aus der die Beamten mit ihrem Auto kamen. Bert bog in die Zufahrt ein, fuhr die Scheibe runter und stellte sich vor.

Bevor er aber eine Frage stellen konnte, sprudelte es aus dem Hofbesitzer heraus: »Na endlich! Wird ja mal Zeit, dass da etwas passiert. Ein Schandfleck für die ganze Gegend. Dabei gibt es durchaus Kaufinteressenten für das Objekt. Unter anderem mich. Aber kommen Sie erst einmal rein. Meine Frau hat sicher einen Tee für Sie. Sie kennen doch die ostfriesische Teeregel der drei Tassen für willkommene Gäste. Und Sie sind uns so was von willkommen.«

Erst als die Kommissare mit dem älteren Ehepaar am Küchentisch auf dem Ostfriesensofa Platz genommen und den ersten Schluck Tee getrunken hatten, merkten sie, wie gut ihnen das in diesem Moment tat. Der Fall schien aufgeklärt. Der ganze Druck und auch eine nicht zu verleugnende Angst wichen einer lange nicht gekannten Entspannung und Zufriedenheit. Beide hatten das Gefühl, in dieser gemütlichen Küche auch noch den Rest des Nachmittags und Abends verbringen zu können.

»Vielen Dank für den freundlichen Empfang und den leckeren Tee«, begann Nina das Gespräch. »Mit so etwas hatten wir jetzt gar nicht gerechnet. Wir haben nämlich eigentlich nur ein paar Fragen. Aber da geht es tatsächlich um das Anwesen Ihrer Nachbarin, die sich in einer Altenpflegeeinrichtung befindet.«

»Anwesen ist geschmeichelt ausgedrückt«, protestierte die Gastgeberin. »Wir kennen die Geschichte und die alte Frau tut uns sogar leid. Aber warum sagt ihr denn niemand, dass ihr Sohn ein Schwerverbrecher ist, der lebenslänglich hinter Gittern sitzt. Raubmord! Uns hat der schon immer Angst gemacht, als der noch bei seiner Mutter gewohnt hat. Ein skrupelloser und rüpelhafter Typ. Hat meinem Mann, weil der ihn wegen irgendeiner Sache zur Rede stellen wollte, mit einem Faustschlag die Nase gebrochen. Und was war das Ergebnis unserer Anzeige bei der Polizei? Am gleichen Abend stand er bei uns auf dem Hof und drohte meinem Mann: ›Das nächste Mal breche ich dir nicht nur die Nase, Alter. Wenn noch mal die Polizei bei mir auftaucht, dann überlebt ihr das nicht!‹«

»Und was haben Sie dann gemacht?«, fragte Nina.

»Die Anzeige zurückgezogen. Ich wollte das eigentlich nicht, aber meine Frau hatte einfach Angst, dass der uns nachts das Haus über dem Kopf anzündet.«

»Und das haben unsere Kollegen einfach so akzeptiert? Der Typ war denen doch mit Sicherheit schon bekannt.« Bert konnte es nicht fassen.

»Richtig, aber meine Frau und ich haben Ihren Kollegen dann vor lauter Angst eine kleine Lügengeschichte erzählt … Und danach sind wir dem dann einfach aus dem Weg gegangen und waren froh, als wir hörten, dass man ihn verurteilt hat.«

»Na gut«, sagte Bert, »ist Geschichte. Haben Sie eine Ahnung, wo er im Gefängnis sitzt?«, wollte er dann noch wissen.

»Irgendwo im Rheinland, in der Nähe von Bonn. Wie der Ort genau heißt, habe ich vergessen«, antwortete der Hofbesitzer.

»Rheinbach?« Nina hatte so eine Ahnung.

»Ja, ich glaube, so hieß der Ort.«

Nina und Bert wechselten bezeichnende Blicke. Für sie stand fest, dass es da einen Zusammenhang geben musste. Und dem würden sie schon noch auf die Spur kommen.

»Was passiert denn jetzt mit dem Hof? Das war ja ein Riesenaufmarsch, wie wir von hier aus beobachtet haben. Und das an einem Samstagnachmittag. Was war denn da los?«, konnte der Gastgeber seine Neugier nicht mehr zurückhalten.

»Sie kennen das ja sicher aus dem Fernsehen. Die berühmten ermittlungstaktischen Gründe«, antwortete Nina lachend.

»Bloß, weil da vielleicht jemand was vom Hof geklaut hat? Was gibt es denn da schon zu holen?«, wunderte sich der Mann.

»Wie kommen Sie darauf, dass da etwas geklaut wurde?«, hakte Bert ein.

»Na ja, das war an dem Abend, als die Tankstelle in Esens gebrannt hat. Ich kam von der Jahresversammlung der freiwilligen Feuerwehr in Carolinensiel. Zu dem Zeitpunkt wussten die Kameraden noch nichts davon, dass sie gleich nach der Versammlung in den Einsatz mussten. Heute bin ich ja nicht mehr aktiv wie früher, aber immer noch passives Mitglied.«

»Und was haben Sie beobachtet?« Der Kriminalist in Bert hatte Witterung aufgenommen.

»Da fuhr so zwischen elf und halb zwölf ein PKW mit einem Anhänger von dem Grundstück kommend direkt vor mir auf die Bundesstraße in Richtung Wittmund. Das Auto kannte ich nicht, aber den vergammelten Anhänger, der hatte nur ein neueres Kennzeichen. Mit dem hatte der Sohn der alten Frau manchmal Gülle von Bauern geholt, um den Garten seiner Mutter zu düngen. Wie ich beim Rausfahren vom Grundstück erkennen konnte, hatte der PKW auch ein Wittmunder Kennzeichen, das ich mir aber nicht gemerkt habe. Ich ging davon aus, dass jemand den Anhänger vom Hof hatte mitgehen lassen. Erst wollte ich das noch anzeigen, aber mein Bedarf an Anzeigen ist eigentlich gedeckt. Gibt nur Spott und Ärger. Und was interessiert mich schon, wenn sich da irgendwer bei dieser verlotterten Ruine bedient? Braucht ja sowieso keiner mehr die Sachen. Das alte, verrottete Zeug.«

Damit stand für die Kommissare fest: Die als Mann verkleidete Inhaftierte war von dem alten Gehöft gekommen, um in Esens kurz vor dem Schließen der Servicestation zu tanken. Wohl in der Hoffnung, dass so spät kaum noch ein Kunde dort wäre. Was ja, wie die Kameraaufzeichnung gezeigt hatte, zutraf. Dabei lag in dieser Erkenntnis ein ganz bitterer Beigeschmack. Wahrscheinlich würde der junge Mann noch leben, wenn er nicht den Notruf darüber informiert hätte, dass ihm bei dem Tankvorgang etwas nicht ganz koscher vorgekommen war.

»Wir sind nicht nur wegen Diebstahl da, so viel kann ich Ihnen sagen. Mehr aber im Moment leider noch nicht. Wir bedanken uns für den leckeren Tee und Ihre Informationen«, schloss Bert das Gespräch.

»Und für den Fall, dass Sie noch mal was anzuzeigen haben, gebe ich Ihnen meine Karte. Sie wissen doch, Beziehungen schaden nur dem, der keine hat«, sagte Nina lachend, als sie mit Bert das Haus verließ.

Im Auto fasste Bert noch mal zusammen: »Man braucht nicht viel Fantasie, um sich vorzustellen, wie Bonnie und Clyde an dieses leer stehende Gehöft gekommen sind. Meyer und der Sohn der Hofeigentümerin in einer Haftanstalt. Mir stellt sich nur die Frage: Wieso sind die nicht von Anfang an da eingezogen?«

»Vielleicht ist sie das ja und hat da am Anfang alleine gehaust, als Meyer noch in der JVA war. Das würde auch erklären, warum sie zum Beispiel in keinem Hotel oder so aufgetaucht ist. Dann ist sie im Internet auf das Ferienwohnungsangebot der Freese-Tochter gestoßen. Vielleicht kannte sie Antje aber auch tatsächlich schon vorher aus der Drogenszene. Holland ist nicht so weit von Essen entfernt. Petra hat mir erzählt, dass manche jungen Leute vom Ruhrgebiet aus mal schnell über die A 40 nach Holland fahren, weil man da leichter an Hasch und so was kommt. Na, und dann hat sie bei Antje das hiesige Umfeld gecheckt, für geeignet befunden, sich dort eingemietet und auch gleich für vier Wochen im Voraus bezahlt.«

»Alles denkbar. Wo ist die Pointe?«

»So eine Frage kann auch nur ein Mann stellen. Mensch, Bert. Diese Domina ist bi. Das heißt, sie steht auf Männer und auf Frauen. Die hat sich Antjes Labilität zunutze gemacht und mit ihr angebandelt. Wie Hannah Freese sagte, war ihre Tochter in den Niederlanden schon mit Drogen in Berührung gekommen. Also leichtes Spiel für sie. Und als Meyer dann noch dazukam, hatten beide ihren sadistischen Spaß mit ihr. Was dann ablief, hatte mit SM auch nicht mehr das Geringste zu tun. Da wurden nur noch Gewaltfantasien von kranken Gehirnen ausgelebt, die auch vor dem Tod eines Menschen nicht haltmachen. Er hatte nach so viel Jahren Knast sicher eine Menge Testosteronüberschuss. Zudem war der Komfort in der Ferienanlage des Freese-Hofes ja nicht zu vergleichen mit den primitiven Gegebenheiten des unbewohnten Gehöfts.«

»Der Rest ergibt sich von selbst. Du hast recht, Nina. Wahrscheinlich ist denen der Boden unter den Füßen zu heiß geworden, nachdem zwei Polizisten dort aufgetaucht sind und von ihnen überwältigt wurden. Die konnten sich doch denken, dass wir mit allen Mitteln nach unseren Kollegen suchen werden. Zeit für die beiden also, von dort zu verschwinden.«

»Na klar, die konnten ja nicht wissen, dass unsere beiden jungen Kollegen in diesem Moment nur zur falschen Zeit am falschen Ort waren.«

»Nina, darüber will ich nicht mehr nachdenken. Ich sagte es ja schon, fällt für mich in den Bereich ›hätte, wäre, wenn‹. Aber das erklärt die Abläufe. Mal sehen, ob wir aus der Schweigsamen in unserem Gewahrsam noch etwas herausbekommen.«

Als Bert und Nina auf den Hof des Kommissariats fuhren, stand der Wagen des Leiters der Spurensicherung bereits auf seinem Standplatz.

»Bin gespannt, ob Sören schon etwas mehr weiß«, sagte Bert, als sie das Gebäude betraten.

19. Kapitel

Die Kommissare wurden schon von Rita und Silke erwartet. Die Kolleginnen und Kollegen der Verstärkungsteams waren bereits gemäß Berts Weisung ins wohlverdiente Wochenende gegangen. Ihr Job war getan. Jetzt war Feinarbeit gefragt, um mit Unterstützung der Forensik und der Rechtsmedizin die Ermittlungsergebnisse rechtssicher zu machen. Denn gerade in dem Meyer-Fall vor zwanzig Jahren hatte sich gezeigt: Recht hat nicht der, der recht hat, sondern der, der recht behält.

»Ist unsere vorläufig Festgenommene inzwischen erkennungsdienstlich erfasst?«, wollte Bert wissen.

»Mit einigen Hindernissen«, berichtete Silke und setzte ihre gewichtige Miene auf. Die Kommissare wussten, das machte sie immer, wenn sie einiges in petto hatte. Sie waren gespannt auf das, was jetzt kam. »Eine unserer Kolleginnen musste mit gebrochener Nase in ärztliche Behandlung. Einer anderen wurden fünfzigtausend Euro von ihr angeboten, wenn sie die Hintertür des Zellentraktes zum Hof und die Zellentür zufällig auflassen würde. Inzwischen ist die Schauspielerin in Hand- und Fußfesseln und da sollte sie besser auch bei einer Vernehmung bleiben. Die Kollegin mit der Nase sagte: ›Die lächelt dich freundlich wie ein Engel an und dann sticht sie dir ein Messer zwischen die Rippen oder bricht dir das Nasenbein. ‹ Einen Abstrich für eine DNA-Analyse hat sie genauso abgelehnt wie eine Blutentnahme zur Feststellung, ob sie unter Drogeneinfluss steht. Dazu hat sie sich auf die nach dem Grundgesetz garantierte körperliche Unversehrtheit berufen. Außerdem scheint sie sportlich sehr gut trainiert zu sein und verfügt für eine Frau über erstaunliche Kräfte.«

»Da hat sie etwas mit ihrem kriminellen Partner gemeinsam«, sagte Nina. »Und wie habt ihr das mit der Speichel- und Blutprobe hinbekommen?«

»Wir haben ihr die Änderung des Paragrafen 81 a der Strafprozessordnung von 2017 vorgelegt, wonach wir als Polizeibeamte zur Anordnung der Entnahme einer Blutprobe berechtigt sind. Die hat dann ein Arzt durchgeführt. Dabei mussten allerdings zwei starke Kollegen sie festhalten, denn sie hat sich trotz Fesseln mit Händen und Füßen gewehrt. Da wir die Blutprobe hatten, konnten wir auf eine Speichelprobe verzichten.«

»Bin schon auf die Vernehmung gespannt. Ob sie sich dann immer noch wie eine Furie aufführt? War sonst noch was?«, wollte Nina dann wissen.

»Nur der Vollständigkeit halber«, fügte Silke hinzu. »Berts Privatwagen steht bei Sörens Leuten in der Halle und Meyers sterbliche Hülle wurde zur Rechtsmedizin nach Oldenburg gebracht. Berts Schuss hat auf der Stelle tödlich gewirkt, wie Dr. Rabe mitgeteilt hat. Genaueres wie üblich nach der Obduktion. Dann soll Bert sich zur Anhörung am Montag bei der Polizeiinspektion in Aurich einfinden. Die Einladung, wohl besser gesagt Vorladung, kommt per E-Mail.«

Bert war nicht überrascht und kommentierte das Letztere daher nicht. »Ist der Anwalt verständigt?«

»Ach, 'Tschuldigung. Das Wichtigste hätte ich fast vergessen«, ergänzte Silke mit einem hochroten Kopf, wodurch ihre hellblonden Haare noch deutlicher hervortraten. »Sie hat sofort, als sie hierhergebracht wurde, einen Anwalt in Düsseldorf angerufen, und der ist nach ihrer Aussage bereits auf dem Weg hierher.«

»Also brauchen wir uns diese Chimäre vorher gar nicht in den Verhörraum bringen lassen«, stellte Bert fest. »Aber ich fürchte, es wird für uns ein langer Abend. Daher schlage ich vor, Silke, du lässt eine Runde Pizza für uns vier kommen. Ich übernehme das. Eigentlich hätte der Abend heute ja nicht italienisch, sondern eher ›grillisch‹ deutsch in unserem Häuschen sein sollen. Aber das holen wir morgen nach. Und dann können wir das wahrscheinlich sogar mit richtigem Bier tun. Ich habe noch zwei kleine Fässchen im Getränkekühlschrank in der Garage.«

Die vier waren gerade mit ihrer Pizza fertig, als Sören kam. »War für den Italiener heute eine Großlieferung. Wir haben das Gleiche bestellt, denn für einige meiner Leute heißt es mal wieder Nachtschicht, wenn wir innerhalb von achtundvierzig Stunden einen Haftrichter überzeugen wollen. Durch die Blutprobe wissen wir inzwischen: Sie putscht sich mit Kokain auf. Aber sie spritzt sich das wohl nicht, denn sonst hätte der Arzt sicher dazu einen Vermerk beigefügt. Für die Durchführung der DNA-Analyse aus der Blutprobe haben wir uns einen richterlichen Beschluss geholt. Insbesondere, weil die vorläufig Festgenommene bei der Blutentnahme gegen ihren Willen ihre körperliche Unversehrtheit gemäß Grundgesetz reklamiert hat. Die Analyse läuft noch. Zudem haben wir in dem Gehöft jede Menge DNA-Spuren von ihr einsammeln können, um allein damit schon einen Haftbefehl durchzubekommen.«

»Das klingt ja beruhigend«, zeigte sich Bert zuversichtlich. »Was habt ihr denn sonst noch herausgefunden?«

»Im ganzen Haus bislang keine Fingerabdrücke, die wir Bonnie und Clyde zuordnen könnten. Genauso wie auf dem Freese-Hof teilweise auch verwischte Spuren.«

»Wo du es sagst, jetzt weiß ich, was mir bei beiden irgendwie komisch vorkam«, unterbrach Bert. »Ich habe bei Meyer ja die Taschen abgetastet, um nach einem Handy zu suchen. Dabei hatte ich selbst natürlich Handschuhe an. Er aber auch. Und jetzt, wo du das mit den Fingerabdrücken ansprichst, sie hatte auch bei ihrer Festnahme Gummihandschuhe an.«

»Wenn die geglaubt haben, dass wir damit über kein Beweismaterial verfügen, haben sie sich aber geschnitten und die Rechnung ohne die moderne Forensik gemacht«, stellte Sören fest. »Aber davon unabhängig, wir können froh sein, dass wir die beiden erwischt haben, denn da wäre sonst noch so einiges auf uns zugekommen.«

»Die scheinen Bonnie und Clyde wirklich alle Ehre zu machen, zumindest in ihren kriminellen Aktivitäten, nur dass im Filmklassiker am Ende beide erschossen wurden«, warf Nina ein.

»Wie wahr«, bestätigte Sören. »Jedenfalls haben wir noch drei solcher Haftminen mit Fernsteuerung gefunden. Ferner etwa einhunderttausend Euro Bargeld. Daneben verfügen beide auf ihren i-Phones über Wallets, die wir aber noch nicht knacken konnten. Und an die wir auch nur schwer herankommen werden, wenn wir nicht durch einen Zufall die Passwörter finden.

»Was ist denn ein Wallet? Habe ich noch nie gehört«, wollte Silke wissen.

»Wallet ist ein digitales Konto im Internet, auf dem man kryptische Währungen wie Bitcoins speichern kann«, erläuterte Nina.

»Ah, Bitcoin habe ich schon öfter gehört. Aber was will das Gangsterpärchen damit?«, suchte Silke nach einer Erklärung.

»Okay, Silke«, ging Sören auf ihre Frage ein. »Jetzt wird es aber kompliziert. Über eine sogenannte Blockchain-Technologie ist es möglich, ohne Beteiligung von Banken Geldflüsse in Kryptowährungen, zum Beispiel mit Bitcoins, über alle Ländergrenzen hinweg durchzuführen. Damit unterläuft man die für Banken geltende Meldepflicht von Geldtransaktionen im Rahmen des Geldwäschegesetzes.«

»Aber was machen die dann mit den Bitcoins?« Für Silke war das alles nicht durchschaubar.

»Bitcoins kann man inzwischen wie ein übliches Zahlungsmittel wie beispielsweise Euro oder Dollar verwenden. Viele Internethändler akzeptieren inzwischen Kryptowährungen. Außerdem kann man Bitcoins und Co. auch wieder in alle gängigen Währungen zurücktauschen. Und in Europa gibt es bereits öffentliche Automaten, nicht in Deutschland, aber zum Beispiel in Österreich und der Schweiz. Da kann man mit dem QR-Code des Handys aus seinem Wallet Bargeld in Euro oder Schweizer Franken abheben.«

»Dann müsste man doch diese Blockchain-Technologie verbieten, die öffnet doch gerade der organisierten Kriminalität Tür und Tor«, zeigte sich Bert besorgt.

»Kryptowährungen nutzen diese Technologie nur, die aber auch für ganz viele andere Bereiche unseres Lebens inzwischen hohe Bedeutung hat. Die Blockchain-Technologie ist eine nicht mehr aufzuhaltende Entwicklung in der Digitalisierung unserer Welt.«

»Puh, und ich war schon in der Schule im Einmaleins nicht die Beste«, meldete sich Silke noch mal zu Wort, womit sie zur Erheiterung der Runde beitrug.

»Interessant war für uns der Theaterfundus an Requisiten, Masken und Schminkutensilien«, fuhr Sören fort. »Die hatten sich sogar noch Dinge aus dem Ausland auf den Freese-Hof, adressiert an Antje, schicken lassen. Jedenfalls haben sie mit ihrem Schweiß und Speichel jede Menge DNA-Spuren hinterlassen, worüber sich vermutlich beide nicht im Klaren waren. Da brauchen wir auch keine Fingerabdrücke.«

»Der Theaterfundus erklärt unser Chamäleon und warum wir so wenig Hinweise aus der Bevölkerung bekommen haben«, stellte Nina fest.

»Man könnte wirklich meinen, die kämen als Schauspieler vom Theater«, bestätigte Sören. »Kommen wir zu dem Mercedes in der Scheune. Das Essener Kennzeichen ist echt und der Wagen ist auf Olivia Jacobs, geboren in Belgien, in der Nähe der deutschen Grenze zur Eifel, zugelassen. Daher scheint das ihre wahre Identität zu sein und es könnte auch eine Erklärung sein, warum sie akzentfreies Deutsch spricht. In Grenznähe gibt es ja immer Menschen, die quasi zweisprachig aufwachsen. Zudem lebt sie ja wohl schon über zwanzig Jahre in Deutschland. Ferner ist noch ein Toyota auf sie zugelassen, den hat eine unserer Streifenwagenbesatzungen inzwischen auf dem Supermarktparkplatz in Carolinensiel gefunden. Er wird gerade hierher transportiert.«

»Dann wüsste ich noch gern, wann kann ich mein Auto wiederhaben?«, fragte Bert.

»Ich denke, wir können es Montag freigeben. In dem Zusammenhang habe ich noch eine interessante Information für euch: Wir haben eine Fernbedienung für ein Garagentor gefunden, welche eurer verdammt ähnlich sieht. Im Moment gehört die noch zu den Beweismitteln.«

»Dann war unsere Vermutung richtig, dass sie den Sprengsatz wahrscheinlich in unserer Garage unter den Wagen gehängt haben«, stellte Bert fest.

»Zum Abschluss noch eine ganz wichtige Information für euch, für das Gespräch mit Olivia Jacobs und ihrem Anwalt«, schloss Sören seinen Bericht. »Wir haben unsere Ergebnisse bereits an die Staatsanwaltschaft weitergeleitet, mit der Bitte, noch heute Nacht einen Haftbefehl zu erwirken. Bis dahin werden wir sicher auch die DNA-Analyse vorliegen und nachgereicht haben.«

***

Kaum war Sören wieder in seine Abteilung zurückgegangen, meldete der Empfang die Ankunft des Düsseldorfer Anwalts, Heribert Kuhn. Nina ging, um ihn abzuholen und zum Verhörraum zu bringen, weil sie davon ausging, dass er als Erstes zu seiner Klientin wollte. Er verlangte aber vorher ein Gespräch mit dem leitenden Ermittler und Einsicht in die Ermittlungsakten. Er habe bereits in Wittmund in einem Hotel eingecheckt und viel Zeit mitgebracht, was wohl wie eine Drohung klingen sollte.

Nina brachte ihn zu Bert. Nach dem Austausch einiger Höflichkeitsfloskeln kam der Anwalt gleich auf den Punkt. »So wie mir meine Klientin es am Telefon schilderte, wird sie widerrechtlich festgehalten. Daher möchte ich zunächst Einsicht in die Ermittlungsakten nehmen.«

Bert schob ihm wortlos die Akte rüber, wohl wissend, dass die vorhin von Sören mündlich mitgeteilten Ergebnisse noch nicht Bestandteil der Akte waren. Es dauerte auch nicht lange, dann schob er die Akte zu Bert zurück. »Und mit welcher Begründung halten Sie meine Mandantin hier überhaupt noch fest? Ich verlange ihre sofortige Freilassung! Andernfalls werde ich Strafanzeige gegen Sie persönlich erstatten, wegen Freiheitsberaubung. Alles, was ich Ihren Aufzeichnungen entnehmen kann, sind unbewiesene Behauptungen und Mutmaßungen!«

»Wir brauchen nur eine Speichelprobe Ihrer Klientin«, warf Nina ein, »dann haben wir den unwiderlegbaren Beweis, dass sie vor zwanzig Jahren an einem bestialischen Sexualmord beteiligt war. Von den hier unter verschiedenen Identitäten wie Olivia Jacobs, Olga Petrow oder Jenny Kleinmann begangenen Straftaten mal abgesehen, zum Beispiel Totschlag eines Polizisten, schwere Körperverletzung einer Frau und eines weiteren Kollegen von uns, tödlicher Sprengstoffanschlag auf einen Tankwart.«

»Genau davon sprach ich mit den unbewiesenen Behauptungen. Und bezüglich einer Speichel- und Blutprobe, die man ihr auch abnehmen wollte, hat sie zu Recht auf ihre im Grundgesetz garantierte körperliche Unversehrtheit verwiesen. Ich hatte ihr am Telefon geraten, sich darauf zu berufen.«

»Wollen Sie uns verschaukeln? Sie wissen doch genau, dass wir seit 2017 als Polizeibeamte befugt sind, Blutentnahmen anzuordnen. Und was ist übrigens mit der körperlichen Unversehrtheit der Opfer?«, warf Bert ein.

»Was hat meine Klientin damit zu tun? Sie haben keine Beweise gegen sie in der Hand. Das heißt, es gilt die Unschuldsvermutung. Also nochmals: Ich verlange die sofortige Freilassung meiner Klientin.«

Es wurde an die Tür von Berts Dienstzimmer geklopft. Nina ging, um zu öffnen. Vor der Tür stand Silke mit einem geöffneten Umschlag. »Haftbefehl gegen Olivia Jacobs«, flüsterte sie Nina mit einem breiten Grinsen zu.

Nina gab den Umschlag wortlos an Bert, der sich den Inhalt des Papiers durchlas und es dann dem Anwalt zuschob. »Den Haftbefehl können wir dann gleich in Ihrer Gegenwart Ihrer Klientin bekanntgeben.«

Kuhn wechselte die Farbe von Weiß zu Hochrot. Er rang um seine Beherrschung. »Sie haben es also wirklich gewagt, meiner Klientin eine DNA-Probe gegen ihren Willen abzunehmen. Das wird Sie teuer zu stehen kommen!«

»Herr Kuhn, ich wiederhole mich. Wir haben uns streng an die Strafprozessordnung gehalten. Dass Ihre Klientin damit nicht einverstanden war, ist rechtlich ohne Belang«, blieb Bert cool.

»Dass dem Richter bereits ein DNA-Abgleich meiner Klientin, gegen ihren Willen, vorgelegt wurde, konnte ich Ihrer Akte vorhin nicht entnehmen. Das haben Sie mir bewusst vorenthalten.«

»Ich habe Ihnen gar nichts vorenthalten«, korrigierte Bert. »Sie wollten Einblick in meine Akte und den Stand meiner Ermittlungen. Diese habe ich Ihnen gegeben. Wenn die Forensik ihre Erkenntnisse direkt der Staatsanwaltschaft und dem Haftrichter vorlegt, bevor ich sie erhalte, habe ich darauf keinen Einfluss.«

»Dann will ich sofort mit dem zuständigen Staatsanwalt sprechen!« Der Anwalt war außer sich, wie man seiner Stimmlage anmerkte.

»Bitte«, reagierte Bert gelassen, »das wird, wie Sie sicher aus Erfahrung wissen, allerdings etwas dauern. Sie können ja in Ihrem Hotel so lange warten, bis der Staatsanwalt hier eintrifft. Man wird Sie informieren. Wir werden dann inzwischen Ihrer Klientin den Haftbefehl ohne Ihr Beisein verlesen.«

»Sie sorgen dafür, dass sofort der Staatsanwalt herkommt. Ich bleibe so lange hier, und der Haftbefehl wird nicht verlesen, bevor ich nicht mit dem Staatsanwalt geredet habe.« Die Stimme des Anwalts überschlug sich fast.

»Ich habe einen richterlichen Beschluss, den ich sofort umzusetzen habe. Damit sollten Sie sich als Jurist auskennen. Und Befehle erteilen Sie in diesem Hause gar keine, damit wir uns ganz klar verstehen, Herr Kuhn! Aber ich werde Ihnen entgegenkommen. Ihre Klientin würde normalerweise sofort nach der Bekanntgabe zur Inhaftierung an die zuständige JVA überstellt. Hier warte ich die Entscheidung der Staatsanwaltschaft ab. Eine meiner Mitarbeiterinnen wird sich um die Verständigung des Staatsanwaltes kümmern, während meine Kollegin und ich jetzt Ihre Klientin zum Verhörraum bringen lassen. Sie können hier in einem unserer Ersatzbüros auf den Staatsanwalt warten oder sich um Ihre Klientin kümmern. Es ist Ihre Entscheidung.«

Als Kuhn merkte, dass Bert sich nicht einschüchtern ließ, verlangte er, sofort mit seiner Mandantin zu sprechen. Bert gab Rita den Auftrag, sich um den Staatsanwalt zu kümmern, und Silke die Anweisung, die vorläufig Festgenommene in den Verhörraum zu holen. »Sie bleibt, bis ich etwas anderes anordne, in Fuß- und Handfesseln. Eine verletzte Kollegin reicht mir.«

»Die Berichte der Kolleginnen, die dabei gewesen sind, habe ich schon bei mir auf dem Schreibtisch liegen. Ich bringe sie sofort, dann hole ich Olivia Jacobs«, meldete Silke und verschwand. Gleich darauf war sie zurück und übergab Bert die Meldungen, die dieser, nachdem er sie gelesen hatte, dem Anwalt überreichte.

»Das riecht ja förmlich nach Absprache. Eine Krähe hackt bekanntlich keiner anderen ein Auge aus«, sagte er, als er sie Bert zurückgab. »Ich wette, dass Olivia sich nur verteidigt hat. Dann ist eine Anzeige wegen Körperverletzung gegen Ihre Beamten fällig! Darauf können Sie sich verlassen!«

Als Bert, Nina und der Anwalt beim Verhörraum ankamen, war die Festgenommene schon da. Sie tobte und randalierte, sodass sie von der Beamtin und ihrem Kollegen trotz der Fesseln kaum gebändigt werden konnte, wie durch die Scheibe zu sehen war.

»Die hat Kampfsporterfahrung«, stellte Nina als versierte Karatekämpferin fest. In diesem Moment bekam die Frau einen Stuhl zu fassen und schlug damit unversehens auf den Kollegen ein, der daraufhin am Kopf blutete. Bert und Nina eilten den Kollegen sofort zur Hilfe. Wenige Griffe und die Angreiferin lag bäuchlings auf dem Boden und hatte das Knie und das ganze Gewicht von Bert im Rücken.

»Frau Jacobs, wenn Sie keine Ruhe geben, lasse ich Sie in eine Zwangsjacke stecken! Haben Sie mich verstanden?!«, herrschte Bert sie an.

»Okay«, kam es gequält aus ihrem Mund, da sie kaum Luft bekam.

Kurz darauf saß sie trotz Protestes ihres Anwalts mit Handfessel auf dem Rücken zur Vernehmung auf dem Stuhl. Dann ließen die Beamten den Anwalt mit seiner Klientin allein im Verhörraum, beobachteten die beiden aber durch das Spiegelglas.

»Fällt dir etwas auf?«, fragte Nina nach einer Weile.

»Ja, da spricht nicht der Anwalt mit seiner Klientin. Da spricht die Herrin mit ihrem Sklaven. Wenn es das ist, was du meinst?«

»Genau das meine ich. Ich bin überzeugt: Wenn unsere Kollegen in Essen einen Durchsuchungsbeschluss für die Hostessenagentur bekämen und die wirklich so ordentlich Buch führen, wie sie mir gegenüber behaupteten, dann würden wir Herrn Kuhn bestimmt auf der Kundenliste von Olivia finden.«

»Und zu Herrn Kuhn als Anwalt, da hatten wir hier schon andere Kaliber sitzen. Die ließen sich jedenfalls nicht aus der Reserve locken und blieben einfach nur juristisch cool«, ergänzte Bert. In diesem Moment winkte sie der Jurist rein.

»Meine Klientin ist von Ihren Leuten angegriffen worden, obwohl sie durch ihre Hand- und Fußfesseln eingeschränkt war. Nehmen Sie ihr die Fesseln sofort wieder ab!«

»Ich sagte Ihnen schon einmal, Herr Kuhn, Sie geben hier weder Anweisung noch Befehle! Und was den Angriff unserer Leute angeht, da haben wir selbst gesehen, wer hier wen angegriffen hat. Also, ich sagte es schon einmal, versuchen Sie uns nicht für dumm zu verkaufen! Das ist nicht das Niveau eines seriösen Anwalts«, konnte sich Bert den Nachsatz nicht verkneifen. Dann verlas er den richterlichen Haftbefehl.

Hasserfüllte Blicke der Verhafteten auf die Kommissare waren die Reaktion darauf.

»Ich werde nachher gleich mit dem Staatsanwalt für eine sofortige Aufhebung des Haftbefehls sorgen, der unter rechtswidrigen Umständen zustande gekommen ist. Meine Mandantin macht jedenfalls von ihrem Aussageverweigerungsrecht Gebrauch. Es handelt sich hier nicht um die Vorbereitung eines Justizirrtums, sondern eines ausgeklügelten Justizbetruges! In diesem Kommissariat wird gegen meine Mandantin mit Foltermethoden ein Komplott geschmiedet. Dem werde ich Einhalt gebieten.«

»Lass gut sein, Heribert«, mischte sich die Inhaftierte ein. »Kommt alles auf die Liste. Die wissen noch nicht, wen sie vor sich haben. Morgen bin ich draußen, verlass dich drauf.«

Bert ließ Olivia Jacobs abführen und ordnete Verstärkung des Wachpersonals im Zellentrakt an. »Mindestens zwei Beamte gehen zu ihr rein. Einer steht zur Sicherheit und Alarmierung vor der Tür«, ordnete er an.

Dann gingen Nina und er mit dem Anwalt zu seinem Dienstzimmer. Auf dem Weg kam ihnen Rita entgegen. »Wir haben den Staatsanwalt auf der Notrufnummer erreicht. Er ist morgen um acht Uhr hier im Kommissariat für Herrn Kuhn erreichbar.«

»Also, Herr Kuhn, wenn Sie nicht hier übernachten wollen, dann begeben Sie sich am besten bis morgen früh in Ihr Hotel«, schlug Bert innerlich grinsend vor.

Nachdem der Anwalt gegangen war, alarmierte Bert die Bereitschaft, zur Verwunderung von Nina. »Nimmst du die Drohung der Inhaftierten etwa ernst? So eine Ängstlichkeit und Vorsicht kenne ich ja gar nicht bei dir.«

»Nina, ein Untergebener, der für mich gestorben ist, reicht mir. Ich gehe zwar eigentlich davon aus, dass die Jacobs noch gar nicht mitbekommen hat, dass ihr Komplize tot ist, und deshalb annimmt, dass er sie hier rausholen wird. Es könnte aber auch sein, gerade weil sie im Besitz von so viel Bargeld waren, dass sie irgendwelche Killer angeheuert haben. Wer sagt uns, dass Meyer oder Jacobs selbst die Haftmine unter mein Auto platziert und gezündet haben? Du hast doch auch schon mal an beauftragte Killer gedacht. Es sind immer noch nicht alle forensischen Daten vollständig ausgewertet. Deshalb, Vorsicht ist besser als Nachsicht. Vielleicht hätte ich doch auf dich in Bezug auf Personenschutz hören sollen. Wahrscheinlich würde Bernd noch leben. Aber damit muss ich selber klarkommen.« So kannte Nina ihren Bert noch gar nicht. Aber auch, wenn sie in diesem Fall seine Maßnahmen für übertrieben hielt, konnte es durchaus sein, dass er recht hatte.

Als der Bereitschaftsführer sich bei ihm meldete, sagte Bert: »Sie wissen, was unserem Kollegen Bernd Guben passiert ist. Wir haben eine dubiose Drohung erhalten. Es könnte ein Anschlag auf unser Kommissariat erfolgen. Es kann auch alles blinder Alarm sein, aber sicher ist sicher.«

»Wir werden das Gebäude sichern, Herr Kommissar. Zwei tote Kollegen im Dienst und eine tote Kollegin im Ruhestand, so was darf nicht noch mal passieren!«

20. Kapitel

Eine Stunde bevor der Staatsanwalt und der Anwalt der Inhaftierten da sein würden, waren Bert und Nina schon im Dienst. Ihr erster Gang führte sie in den Zellentrakt, um nach dem Rechten zu sehen. Der Wachhabende meldete ihnen, dass er erst vor einer Stunde übernommen hätte, aber die Berichte von der Nachtschicht vorlägen. Dazu würde er Bert gleich noch privat ein Bild über WhatsApp schicken, welches unter der Belegschaft schon gestern Abend die Runde gemacht hatte. Es war einiges in der Nacht losgewesen. Die Verbrecherin schlief noch in ihrer Zelle. Ein Notarzt hatte ihr in der Nacht eine Beruhigungsspritze gegeben.

Bevor die beiden Kommissare sich in Berts Büro zusammensetzten, holten sie noch den Bericht des Bereitschaftsführers ein. Der meldete, dass in der Nacht alles ruhig gewesen wäre, abgesehen von der Aufregung im Zellentrakt.

Nachdem Bert und Nina sich die Berichte durchgelesen hatten, sagte Bert: »Mit manchem hätte ich bei dieser Chimäre gerechnet, aber nicht mit so einem Zusammenbruch, dass sogar der Notarzt geholt werden musste.«

»Ich eigentlich auch nicht, das sah gestern Abend im Verhörraum noch ganz anders aus. Aber wie der Arzt unseren Kollegen sagte, kann auch Kokainentzug dazu beigetragen haben. Ich versuche mich gerade in die Situation der beiden jungen Polizistinnen zu versetzen. Was ist in denen vorgegangen, als die Jacobs ihnen ernsthaft damit gedroht hat, dass sie sich entscheiden müssen, ob sie auf die Todesliste kommen wie ihre toten Kollegen oder jede fünfzigtausend in bar haben wollen.«

»Aber was für eine Reaktion von den beiden. Da fragen sie die Inhaftierte, ob sie wohl glauben würde, dass der Rächer noch am Leben wäre. Dann zeigen sie ihr das Foto von dem toten Meyer. Dienstlich will ich das jetzt gar nicht bewerten, aber den Zweck hat es erfüllt«, sagte Bert und öffnete seinen privaten WhatsApp-Account. »Das Bild muss einer unserer Beamten vor Ort gemacht haben, als wir schon weg waren und noch bevor Dr. Rabe kam. Sören hat das sicher nicht mitbekommen, dass da einer seiner

Leute die Abdeckung vom Kopf des Toten hochgenommen und ein Foto mit der Handykamera geschossen hat. Ich frage mich, wieso der so was macht.«

»Mensch, Bert, versetz dich mal in die Situation deiner Leute. Ein Kollege in die Luft gesprengt, ein anderer mit einem Schlag auf den Kopf tödlich verletzt und der Täter mit einem Kopfschuss auf dem Asphalt. Das ist doch Labsal für die Seele, oder? Du sagst doch selbst manchmal, auch Polizisten sind Menschen.«

»Du hast recht, Nina. Ich habe es schon zu Sören gesagt. In diesem Fall kann ich nicht verhehlen, dass der Todesschuss auf diesen sadistischen Psychopathen in mir eine innere Befriedigung ausgelöst hat. Und wahrscheinlich empfinden das unsere jungen Kollegen ganz genauso. Auf jeden Fall ist die Welt der Jacobs wie ein Kartenhaus zusammengefallen. Aber ich schließe daraus auch, dass es von Bonnie und Clyde wohl doch keinen Plan B, zum Beispiel den Einsatz von Profikillern, gab. Aber diesbezüglich warten wir mal, was der Abschlussbericht von Sören sagt.«

Kurz darauf trafen der Staatsanwalt und der Anwalt ein und setzten sich mit den beiden Kommissaren an Berts Besprechungstisch. Nachdem sie die Berichte der Nacht gelesen und Bert ihnen das Foto gezeigt hatte, welches unter den Polizeibeamten gerade die Runde machte, schien es dem Anwalt die Sprache verschlagen zu haben. Für ihn war die Information neu, dass Meyer tot war. Es war aber auch für Normalsterbliche ein brutales Bild, welches in Nahaufnahme nur den Kopf des Toten mit dem blutigen Loch in der Stirn und den ins Leere starrenden Blick seiner Augen zeigte. Bert und Nina war aber auch nicht die gerunzelte Stirn des Staatsanwaltes entgangen, als er das Bild auf Berts Handy sah. Da würde nachher sicher noch Klärungsbedarf bestehen und Bert ärgerte sich fast ein wenig, das Bild überhaupt gezeigt zu haben. Allerdings war es im Bericht der einen Polizistin erwähnt worden, weshalb er es letztlich sowieso hätte zeigen müssen.

»Herr Kuhn, Sie haben Einspruch gegen die Eröffnung des richterlichen Haftbefehles erhoben und stattdessen die sofortige Freilassung Ihrer Klientin verlangt«, eröffnete der Staatsanwalt das Gespräch. »Nach gegenwärtiger Aktenlage und den forensischen Beweisen, insbesondere der DNA-Vergleiche, wird sich Olivia Jacobs für mehrere Straftaten verantworten müssen, die sie seit zwanzig Jahren, zum Teil zusammen mit dem seinerzeit verurteilten Heinz Dieter Meyer, begangen hat. Angesichts der erdrückenden Beweislage sollten Sie Ihrer Mandantin besser dazu raten, ein umfassendes Geständnis abzulegen. Die Gründe dafür dürften Ihnen als Jurist bekannt sein, Herr Kollege.«

Man sah, wie es hinter der Stirn des Angesprochenen arbeitete. Auch ihn schien Meyers Tod völlig aus dem Konzept gebracht zu haben. Bert und Nina warfen sich wissende Blicke zu. Sie dachten im Moment wahrscheinlich beide das Gleiche. Kuhn hatte, genau wie seine Klientin, darauf gesetzt, dass Meyer sie rausholen würde, egal wie. Auf eine Situation wie diese war er offenbar nicht vorbereitet.

Der Staatsanwalt schien langsam die Geduld zu verlieren. »Herr Kuhn, hat Ihnen irgendetwas die Sprache verschlagen? Meine Zeit ist begrenzt, ich habe heute Vormittag noch weitere Termine. Sonst gehe ich davon aus, dass Sie mich hier nicht mehr brauchen.«

»Ich will mit meiner Klientin sprechen«, war die einzige Antwort des Anwalts.

»Okay«, sagte der Staatsanwalt, »dann war es das für mich. Meine Einschätzung der Situation habe ich kundgetan. Wenn Sie, Herr Linnig, mich noch kurz nach unten begleiten. Frau Jürgens kann sich ja darum kümmern, dass Herr Kuhn ungestört mit Frau Jacobs sprechen kann.«

Auf dem Weg zum Ausgang sagte er zu Bert: »Veranlassen Sie, dass das Bild von Ihren Beamten gelöscht wird und auf keinen Fall nach außen dringt! Von dem Bild auf Ihrem Handy machen Sie für die Akten einen Printscreen. Ich verzichte angesichts der Besonderheit dieses Falles darauf, den Fotografen ermitteln zu lassen. Voraussetzung ist aber, dass es nicht nach außen dringt!«

Bert nickte nur, als er dem Staatsanwalt zum Abschied die Hand gab. Dann ging er direkt zum Verhörraum, wo gerade die Inhaftierte hingebracht wurde. Sie schien noch etwas schlaftrunken. Von ihrer gestrigen Aggression war nichts mehr zu spüren. Bert ließ ihr daher die Handfesseln von vorne anlegen. Dann überließ er sie ihrem Anwalt und ging zu Nina, um mit ihr das Gespräch, zumindest visuell, zu überwachen. Für ein Anwalt-Klienten-Gespräch war das Bild, das sich den Kommissaren bot, mehr als ungewöhnlich.

Olivia Jacobs, die zierliche Person, stand vor ihrem Anwalt in mittlerer Größe und hatte ihre gefesselten Hände über seinen Kopf gehoben und ihn wie mit einer Schlinge zu sich herangezogen. Es sah aus, als wenn ihr Körper von Weinkrämpfen geschüttelt wurde. So standen die beiden eine ganze Weile. Dann setzten sie sich und er gab ihr ein Taschentuch, mit dem sie sich die Augen wischte und schnäuzte.

»Die scheint ja sogar so was wie Gefühle zu haben«, wunderte sich Bert.

»Aber glaub mir, nur in dem Sinne wie bei einem Kind, dem man sein liebstes Spielzeug weggenommen hat. Reines Selbstmitleid. Denk ja nicht, dass die für jemand anders weint. Zudem dürfte ihr langsam bewusst werden, dass die Lage für sie ernst ist. Bin mal gespannt, ob sie ein umfassendes Geständnis ablegen wird oder darauf setzt, dass wir ihr jede einzelne Straftat nachweisen müssen.«

»Na, da glaubt sie wohl, von den Erfahrungen ihres kriminellen Meisters profitieren zu können. Sie hat sich ja wahrscheinlich damals darüber kaputtgelacht, dass wir vergeblich versucht haben, Meyer auch den Raubmord nachzuweisen, und sie dabei als Mittäterin noch nicht einmal im Visier hatten. Aber da sollte sie mal nicht die Rechnung ohne unsere heutige Forensik machen.«

»Ich will ja nicht den Teufel an die Wand malen, Bert, aber ich habe im Moment noch keine Vorstellung, wie wir ihr nachweisen wollen, dass sie es war, die die Bombe unter dein Auto geheftet und gezündet hat. Im Zweifel wird sie versuchen, das alles auf Meyer zu schieben.«

Im Verlauf des Gesprächs bekam Kuhn wieder eine zunehmend devote Körperhaltung.

»Ich glaube nicht, dass es was mit einem umfassenden Geständnis wird. Da spricht wieder die Herrin mit ihrem

Untergebenen«, kommentierte Nina diese Beobachtung. Schließlich gab der Anwalt Zeichen, dass sie fertig waren.

»Könnten wir etwas zu trinken bekommen?«, war das Erste, was er sagte.

Nina veranlasste das Entsprechende und Bert begann die formelle Eröffnung des Verhörs. Dann verlas er in chronologischer Reihenfolge die der Beschuldigten zur Last gelegten Straftaten.

»Frau Jacobs wird keine Aussagen machen, denn sie hat sich nichts zuschulden kommen lassen«, sagte der Anwalt.

»Wir klären zunächst die Identität Ihrer Mandantin, weil es in diesem Zusammenhang einige Ungereimtheiten gibt«, setzte Bert unbeirrt fort. »Also, Name, Vorname, Geburtsdatum, Geburtsort und aktuelle Meldeadresse?«

»Ich sagte doch schon, Frau Jacobs macht von ihrem Recht auf Aussageverweigerung Gebrauch.«

»Dieses Recht bezieht sich ausschließlich auf Aussagen zu den ihr zur Last gelegten Straftaten. Das dürfte Ihnen als Anwalt doch bekannt sein, Herr Kuhn. Also bitte!«

»Sie wird nichts sagen, deshalb werde ich diese Angaben machen.«

»Okay«, antwortete Bert, »wenn Sie für die Richtigkeit garantieren.«

»Werd's versuchen.« Dann bestätigte Kuhn den Namen Olivia Jacobs als Geburtsnamen und nannte dazu die gewünschten Details, auch dass sie in Belgien geboren war, aber eine deutsche Mutter hatte.

»Und was ist mit den Namen Olga Petrow und Jenny Kleinwald, für die sie auch Ausweispapiere besitzt?«, wollte Nina wissen.

»Meine Klientin ist Künstlerin, das sind ihre Pseudonyme.«

»Mit gefälschten Ausweisen?«

»Keine Aussage.«

»Ihre Klientin ist Künstlerin, sagen Sie. In was für einem Genre beziehungsweise in welchem Beruf?«, bohrte Bert nach.

»Sie ist Schauspielerin und hat schon auf verschiedenen Bühnen gespielt.«

»Hat sie Schauspiel mit entsprechendem Abschluss studiert?«, wollte es Nina ganz genau wissen.

»Sie hat einige Semester studiert und musste kurz vor dem Abschluss das Studium abbrechen.«

»Um als Domina bei einer Hostessenagentur in Essen zu arbeiten? Oder was war sonst der Grund für den Abbruch?«, setzte Nina nach.

»Nein, damit hat sie sich ihr Studium finanziert. Der Grund für den Abbruch tut hier nichts zur Sache.«

»Auf Ihre Mandantin sind in Essen zwei Autos zugelassen. Beide Autos sind hier. Wer hat das andere Auto gefahren?«, versuchte Bert den Anwalt aus der Reserve zu locken.

»Keine Aussage. Sie brauchen es gar nicht erst zu versuchen. Ich wiederhole mich, keine Aussagen zur Sache.«

»Okay«, sagte Bert, »dann lassen wir jetzt Ihre Klientin in die zuständige JVA überführen.«

»Ich verlange uneingeschränkte Akteneinsicht! Sie wissen, dass ich dazu das Recht habe! Und zwar sofort, bevor ich nach Düsseldorf zurückfahre«, versuchte der Anwalt nochmals, die Kriminalbeamten einzuschüchtern.

»Herr Kuhn, zur Wahrung der Rechte Ihrer Mandantin hatten Sie vorhin ausreichend Gelegenheit, das Prozedere mit der Staatsanwaltschaft im Detail abzustimmen. Akteneinsicht habe ich Ihnen bereits gewährt. Eine Kopie des richterlichen Beschlusses haben Sie erhalten. Die forensischen und rechtsmedizinischen Untersuchungen sind noch nicht abgeschlossen. Entsprechende Berichte liegen mir noch nicht vor. Sie erhalten diese von der Staatsanwaltschaft als Kopien, sobald diese verfügbar sind. Damit haben wir alles im Sinne der Strafprozessordnung getan. Ich wünsche Ihnen eine gute Heimfahrt.«

Nachdem die Überstellung der Inhaftierten veranlasst war und ihr Anwalt das Kommissariat verlassen hatte, gingen Nina und Bert zu ihrem Freund Sören, um sich über den aktuellen Sachstand der Auswertungen zu informieren.

»Interessant«, begrüßte er die beiden, »was glaubt ihr, wen euer sauberer Herr Anwalt gestern Abend nach dem Anruf seiner Klientin mehrfach versucht hat telefonisch zu erreichen?«

»Meyer!«, kam es wie aus einem Mund.

»Genau! Das Handy des Toten haben wir ja hier liegen und noch nicht abgeschaltet. Nachdem wir die Nummer des Anwalts durch den Anruf seiner Mandantin hatten, konnten wir auch zuordnen, wer da dauernd bei dem Toten versuchte anzurufen. Erst vom Festnetz und später vom Handy aus, wie wir herausgefunden haben. Wahrscheinlich von unterwegs auf der Herfahrt nach Ostfriesland.«

Bert informierte Sören darüber, dass es wohl kein umfassendes Geständnis von Olivia Jacobs geben würde.

»Und wie sieht es aus in Bezug auf Kontaktaufnahmen zur organisierten Kriminalität oder potentiellen Auftragskillern?«, fragte Bert besorgt nach, denn das lag ihm vor allem auch zum Schutz seiner Leute sehr am Herzen.

»Also, da kann ich euch beruhigen. Wir konnten weder auf den Handys noch auf den Notebooks der beiden derartige Kontakte ausmachen. Ein Restrisiko bleibt natürlich. Es besteht ja immerhin die Möglichkeit, dass sie für derartige Kontakte Wegwerfhandys benutzt haben. Davon haben wir auch drei Stück im Haus und eins im Mercedes gefunden. Aber auch da war nichts.«

»Dann bleibt uns jetzt nur noch die Aufgabe, die sichergestellten Beweise gerichtssicher zu machen, damit die saubere Dame für den Rest ihres Lebens hinter Gitter geht«, gab Nina ihrer Hoffnung Ausdruck.

»Für fünfzehn Jahre, und wenn du Glück hast, plus x«, korrigierte Sören. »Und da die Dame nicht gestehen will, ist es unser Job, ihr so viel wie möglich forensisch rechtssicher nachzuweisen.«

»Ja, ich weiß, so will es unser Rechtssystem in der Hoffnung, nein, in der festen Annahme sogar, dass auch der schlimmste Verbrecher irgendwann Reue zeigt und mit Freuden in den Schoß der Rechtschaffenen zurückkehrt«, konnte Nina ihren Sarkasmus nicht zurückhalten. »Die Opfer erhalten leider diese Chance nicht.

Unzählige leiden den Rest ihres Lebens bis zum eigenen Tod durch die Folgen verbrecherischer Taten.« Genau damit wurde sie als Polizistin immer und immer wieder konfrontiert. Verbrecher festnehmen, Resozialisierung, Freilassung, neue Verbrechen, Festnahme und das Spiel wieder von vorn. Im Kollegenkreis stellte man sich in internen Diskussionen immer wieder die Frage, wann die Politik an diesem Teufelskreis mal etwas ändern würde.

»Leider wahr, Nina«, bestätigte sie Bert, als hätte er ihre Gedanken erraten. »Während die Opfer leiden, erfreut sich mancher Täter inzwischen seines Lebens in Freiheit. Und nicht selten, insbesondere bei Vergewaltigern und Kinderschändern, erleben wir das ja leider oft genug. Kaum sind sie wieder auf freiem Fuß, werden neue Opfer gequält oder sogar getötet, wie gerade unser aktueller Fall uns drastisch vor Augen führt.«

21. Kapitel

Es war Dienstag und einer dieser trüben Tage, die keiner brauchte oder haben wollte, aber an denen wohl kein Mensch in seinem Leben vorbeikam. Der Abschied auf immer von einem lieben Angehörigen oder Freund. Nina und Bert waren im Volvo, der inzwischen von Sören wieder freigegeben war, unterwegs nach Essen. Die Rechtsmedizin in Oldenburg hatte die Leiche der Kriminalhauptkommissarin a.D. Heike Grabowski zur Beerdigung freigegeben. Dabei stand ihnen in zwei Tagen noch einmal eine Trauerfeier bevor. Zur Beisetzung ihres langjährigen Teammitglieds, Polizeihauptmeister Bernd Guben, und des jungen Polizeimeisters Jens Ewen.

Heikes Tochter und ihr inzwischen sechzehnjähriger Sohn waren kurz nach dem schlimmen Ereignis schon mal nach Ostfriesland gekommen, um in der Rechtsmedizin in Oldenburg Abschied von der Mutter und Oma zu nehmen. Außerdem galt es, den Nachlass zu regeln. Die beiden waren für zwei Tage, länger konnte der Enkel der Schule nicht fernbleiben, bei Engeline in Bensersiel untergekommen. Nina und Bert hatten sie trotz des dienstlichen Drucks bei ihrem schweren Gang nach Oldenburg begleitet. Und jetzt waren die beiden Kommissare in Uniform unterwegs, um der Freundin die letzte Ehre zu erweisen. Beide hingen ihren Gedanken nach und sprachen lange Zeit kaum ein Wort.

Engeline Clausen fuhr im Auto des Bestatters aus Esens, Karl Böhme, und seiner Frau Rieke mit nach Essen. Die drei hatten sich regelmäßig donnerstags mit Heike zur ostfriesischen Teestunde bei Engeline in Bensersiel getroffen und trauerten sehr über den Verlust der bei allen sehr beliebten Freundin. Karl war heute dienstlich nicht gefragt. Heikes Tochter hatte die Bestattung in Essen über einen dortigen Kollegen von ihm organisiert, was Karl auch sehr recht gewesen war.

Die aufgrund der dramatischen Ereignisse vom Samstag auf den Sonntag verschobene Geburtstagsfeier von Nina war in aller Stille mit einem Grillabend ohne feuchte Fröhlichkeit vorübergegangen. Im Gegensatz zu früheren erfolgreichen Abschlüssen eines Falles gab es diesmal keinen Anlass zu richtiger Freude. Dieser Fall würde bei allen Beteiligten – zumindest seelisch – bleibende Spuren hinterlassen.

Ferner zeichnete sich schon jetzt ab, dass einige der Morde ungesühnt bleiben würden. Einer der beiden Hauptverdächtigen nahm sein Wissen mit ins Grab. Die zweite Hauptverdächtige machte von ihrem Recht auf Aussageverweigerung Gebrauch. Das heißt, sie würden allein auf die forensischen Beweise angewiesen sein. Leider gab es auch niemanden, der eine der Taten hätte bezeugen können.

Konkret bedeutete dies im Fall des Mordes an Heike, dass beide Hauptverdächtigen für die Tat infrage kamen. Aber wer von beiden hatte sie ausgeführt? Das Gleiche galt für den tödlichen Anschlag auf Bernd in Berts Dienstwagen. Wer hatte die ferngesteuerte Haftmine unter dem Auto platziert? Und wer hatte den Auslöser der Sprengung gedrückt?

Genauso hatten wahrscheinlich beide Tatverdächtige gemeinsam die Schläge mit dem Hammer beziehungsweise der Axtrückseite gegen die jungen Polizisten in der Scheune des Freese-Hofes ausgeführt, an deren Folgen einer der Beamten verstorben war. Welches war der tödliche Schlag gewesen? Der des toten Kriminellen oder der seiner Komplizin? Der Polizist, der überlebt hatte, konnte sich an nichts erinnern.

In diesem Zusammenhang würde jeder Strafverteidiger den unwiderlegbaren Beweis einfordern, dass die Angeklagte, die demnächst vor Gericht stehen würde, die Taten selbst ausgeführt hatte. Nur die Tatsache, dass sie sich in räumlicher Nähe der Tatorte befunden hatte, würde sicher nicht für eine Verurteilung wegen Mordes reichen. Auch eine vor Zeugen geäußerte Racheabsicht ihres Partners reichte wohl kaum aus.

Nach dem derzeitigen Stand der Auswertungen ging Sören davon aus, dass man Olivia Jacobs wohl in jedem Fall die Mittäterschaft an dem bestialischen Sexualmord an der jungen Frau in Essen vor zwanzig Jahren durch DNA-Vergleich würde nachweisen können. Es war ihre DNA unter den Fingernägeln der Ermordeten gewesen.

Dass sie Meyer den Tipp über den Diamantentransport gegeben hatte, war aufgrund ihres inzwischen nachgewiesenen damaligen Verhältnisses zu dem Firmenchef der Werttransportfirma zwar sehr wahrscheinlich, aber dadurch noch nicht zwingend bewiesen. Das wäre eigentlich etwas für ein Kreuzverhör, dem sie sich aber durch ihre Aussageverweigerung entzog.

Bei dem Sprengstoffanschlag auf den Mitarbeiter der Tankstelle in Esens würde es nach Sörens Meinung wahrscheinlich sehr stark vom Richter abhängen. Die Videoaufzeichnungen zeigten eindeutig, dass die Verdächtige den Sprengsatz mit einem Kanister als Brandbeschleuniger auf die Theke gestellt hatte. Ferner, dass gerade in dem Moment, als sie mit ihrem Wagen aus dem Blickwinkel der Kamera fuhr, die Explosion ausgelöst wurde. Der Fernauslöser wurde bisher nicht gefunden, ebenso wenig wie der vom Anschlag auf Bernd. Obwohl die Polizisten entlang des vermuteten Fahrweges mit Metalldetektoren vergeblich danach gesucht hatten. Und selbst wenn sie den Auslöser gefunden hätten, wussten die Spurensicherer ja, dass beide Tatverdächtige alles mit Handschuhen anfassten. Wie also sollte man dann einen Richter davon überzeugen, dass Olivia Jacobs den Daumen auf dem Drückerknopf gehabt hatte?

Ihre Tatmithilfe war durch die Videoaufnahme zweifelsfrei nachgewiesen. Aber für die Tat selbst, das Auslösen der Sprengung, würde ein findiger Strafverteidiger einen zwingenden Beweis fordern. Hier könnte er ebenso eine denkbare Tatbeteiligung des toten Hauptverdächtigen reklamieren, auch wenn dieser selbst nicht in dem Video auftauchte.

Zu der gestrigen Anhörung bei der vorgesetzten Dienststelle in der Polizeiinspektion Aurich zu seinem Todesschuss ohne Vorwarnung gegen den Hauptverdächtigen Meyer hatte Bert Nina gegenüber nicht viel gesagt. Nur, dass Sören und sie selbst wahrscheinlich dazu noch gehört werden sollten. Zumindest hatte man ihn nicht vom Dienst suspendiert.

Das Bottroper Dreieck von der A31 auf die A2 lag bereits hinter ihnen und sie würden bald in Essen eintreffen, als Nina sagte: »Mir gehen die unterschiedlichen Obduktionsergebnisse von der Rheinbacher Psychologin und von Heike nicht aus dem Kopf.«

»Willst du damit andeuten, dass möglicherweise weder Meyer noch Jacobs Heikes Mörder wäre? Wer sollte es denn sonst gewesen sein? Zumal ziemlich sicher feststeht, dass einer von beiden bei Heike im Haus gewesen ist und irgendetwas gesucht hat. Wahrscheinlich etwas, mit dem wir hätten beweisen können, wer den Mord verübt hat.«

»Dass die in Heikes Haus gewesen sind, bezweifle ich ja gar nicht. Aber Dr. Rabe schreibt in seinem Bericht, dass er nach Einsichtnahme in die Untersuchungsergebnisse der Bonner Rechtsmedizin Zweifel daran hat, dass die Stichverletzungen bei beiden ermordeten Frauen von der gleichen Person ausgeführt wurden.«

»Na klar, Nina. Das bedeutet für mich, dass wahrscheinlich nicht Meyer, sondern seine Komplizin Heike auf dem Gewissen hat.«

»Und genau daran habe ich Zweifel, weil die Stichverletzungen in Heikes Rücken weder gezielt noch von kräftiger Hand ausgeführt wurden.«

»Also von einer Frau. Genau das sage ich doch. Wie die Sprechstundenhilfe bestätigt hat, sah der Täter in Rheinbach dem Meyer zumindest ähnlich. Also war der Mörder dort ein Mann. Und bei Heike war es für mich die Jacobs.«

»Du hast Olivia Jacobs doch im Verhörraum erlebt. Wie wir wissen, ist sie tatsächlich eine trainierte Kampfsportlerin, genau wie ich auch. Und sie verfügt über Kräfte wie mancher Mann. Selbst unser Kollege kam ihr nicht bei und trug sogar eine Kopfverletzung davon. Jedenfalls sage ich dir: Als Kampfsportlerin weiß man genau, wo man einen Schlag oder Stich platzieren muss, um jemand zu töten. Sie hätte bestimmt keine fünf scheinbar völlig wahllos ausgeführte Stiche gebraucht, um Heike zu ermorden.«

»Vielleicht wollte sie ja auch gar nicht so schnell töten. Wir haben doch genug Beweise für ihre sadistische Ader.«

»Könnte sein. Aber irgendwie …«

Sie kamen auf dem Parkplatz des Friedhofes an und Bert hatte Glück, relativ nahe beim Eingang einen freien Platz zu erwischen. Dort hatte sich schon die Abordnung des Essener Polizeipräsidiums versammelt. Alle in Uniform. Als Nina ihre

Essener Kollegin Petra entdeckte, liefen die beiden Frauen aufeinander zu und fielen sich um den Hals. Dabei schämte sich keine ihrer Tränen. Auch Bert konnte seine Gefühle nicht verhehlen, als er die langjährige Freundin seiner toten Ex-Kollegin in den Arm nahm. Nina und Bert begrüßten dann die anderen Uniformierten, unter denen sich auch der frühere Kollege von Bert und inzwischen Vorgesetzte von Petra befand.

Es war abgesprochen, dass Petra die Trauerrede in der Aufbahrungshalle des Friedhofes halten sollte. Sie hatte die ganze Zeit bis zu Heikes vorzeitiger Zurruhesetzung mit ihr zusammengearbeitet und nach Heikes Umzug nach Ostfriesland ihren Posten übernommen.

Als die Polizisten die Halle betraten, war bereits eine kleine, überschaubare Trauergemeinde versammelt. In der ersten Reihe die kastanienbraunen Rotschöpfe, die Heike ihrer Tochter und ihrem Enkel vererbt hatte. Beiden waren die Belastungen durch Trauer und unzählige durchwachte Nächte mit der unbeantworteten Frage, wieso gerade ihre Mutter und seine Oma, deutlich anzusehen. Auch Heikes Ex-Mann mit seiner Lebensgefährtin und der Vater ihres Enkels waren gekommen.

Nach der Ansprache des Pastors ließ Petra den gemeinsamen Lebensweg ihrer Freundin und Kollegin Heike Grabowski Revue passieren. Dabei musste sie mehrere Male unterbrechen und nach ihrem Taschentuch greifen. Sie hatten viel erlebt und manchen lebensgefährlichen Polizeieinsatz gemeinsam durchgestanden. Und jetzt sollte Heike die Vergangenheit doch noch eingeholt haben? Nicht nur Petra stellte sich da die Frage nach Gerechtigkeit in dieser Welt, auf die selbst der Pastor in seiner Ansprache für die Anwesenden keine befriedigende Antwort gefunden hatte. Außer zu hoffen und zu glauben.

Es war ein kleiner Zug, der Heike auf ihrem allerletzten Weg folgte. Nachdem alle ihren letzten Blumengruß und ein Schäufelchen voll Erde in das Grab gegeben und den Angehörigen kondoliert hatten, trafen sich die ostfriesischen Trauergäste mit Petra und ihrem Vorgesetzten sowie mit Heikes Verwandten und einheimischen Freunden in einer nahe gelegenen

Gaststätte. Heikes Tochter hatte zu Kaffee, Tee und Schnittchen, wie es in vielen Teilen des Ruhrgebiets üblich war, eingeladen.

Gedrückte Stimmung herrschte bei der kleinen Trauergesellschaft. Gedämpfte Gespräche und immer wieder die Frage nach dem Warum. Warum hatte sich dieser Verbrecher im erleichterten Vollzug davonmachen können? Für die Zivilisten unter den Trauergästen die unverständliche Frage, warum lebenslänglich nicht lebenslänglich war. Und warum die Gesellschaft nicht besser vor solchen Individuen vom Staat geschützt wurde. Bert und Nina hatten es tunlichst für sich behalten, dass man Heikes mutmaßlicher Mörderin die Tat wahrscheinlich noch nicht einmal rechtssicher nachweisen konnte.

Auf der Heimfahrt nach Ostfriesland vermied Nina es, nochmals über ihre Zweifel in Bezug auf Heikes Mörderin zu sprechen. Sie nahm sich aber vor, der Sache weiter nachzugehen.

Als Nina und Bert nach Wittmund zurückkamen, fuhren sie zunächst noch mal kurz ins Kommissariat, um nach der Post zu schauen. Sören hatte ihnen einen Bericht ins Fach gelegt, den er auch bereits zur Polizeiinspektion gegeben hatte. In Berts Volvo war ein Haar auf dem Rücksitz gefunden worden, welches aus Meyers Perücke stammte, die er zum Todeszeitpunkt getragen hatte. Damit war eindeutig belegt, dass der Verbrecher im Fond des Volvos gewesen war.

Aber noch entscheidender in Bezug auf Berts Aussage war, dass am Lauf der Waffe des Kidnappers Hautpartikel von Bert gefunden wurden. Damit stand fest, dass Meyer ihm tatsächlich die Waffe sehr heftig gegen den Hals gestoßen und ihn massiv bedroht hatte.

Auch wenn Bert nicht darüber sprach, meinte Nina doch, eine gewisse Erleichterung bei ihm zu verspüren. Als erfahrene Polizisten waren ihnen im Laufe ihrer Dienstzeit immer wieder Fälle bekannt geworden, bei denen ihre Kollegen Mühe hatten, sich für bestimmte dienstliche Handlungen zu rechtfertigen. Schon so mancher hatte das mit einem Karriereknick bezahlen müssen.

Zum ersten Mal seit Langem beendeten die beiden den anstrengenden Tag mit einem Abendessen bei ihrem Lieblingsitaliener, der sich freute, sie endlich mal wieder persönlich in seinem Lokal begrüßen zu können, anstatt seinen Lieferdienst ins Kommissariat zu schicken.

22. Kapitel

Heute zeigte sich das ostfriesische Herbstwetter von seiner besten Seite. Der Wind hatte die Wolken weggeblasen und den Himmel blank gefegt. Das Kommissariat Wittmund war bis auf eine Notbesetzung in Uniform angetreten und fertig zum Abmarsch zur St.-Nicolai-Kirche in Werdum, zu deren Kirchengemeinde Neuharlingersiel gehörte, um ihren zwei Kameraden die letzte Ehre zu erweisen.

Dabei war es gar nicht sicher gewesen, dass Polizeihauptmeister Bernd Guben überhaupt in Ostfriesland beigesetzt werden würde. Darüber war ein heftiger Streit zwischen seinen Eltern und seiner schwangeren Lebensgefährtin vorausgegangen. Insbesondere seine Mutter hatte zunächst vehement darauf bestanden, dass ihr Sohn in ihrem Wohnort Gelsenkirchen-Beckhausen auf dem dortigen Friedhof Sutum, direkt neben dem legendären Schalke-Fan-Feld, in Sichtweite seines Lieblingsvereins Schalke 04, seine letzte Ruhe fand.

Dabei machte die Tatsache, dass Bernd mit Afke Buurmann, seiner Freundin und Mutter seines ungeborenen Sohnes, nicht verheiratet war, die Angelegenheit noch komplizierter. Dabei wollte Afke nur, dass sein Sohn eines Tages wissen sollte, wo die Urne mit der Asche seines Papas lag. Und das sollte da sein, wo er in Liebe gezeugt worden war, in Ostfriesland.

Erst nachdem Nina Bernds Eltern klarmachen konnte, dass es doch ein Vorteil für sie wäre, wenn sie jeden Besuch des Urnengrabes ihres Sohnes in Ostfriesland auch gleich mit einem Besuch ihres einzigen Enkels verbinden konnten, gaben diese nach. Ja, nicht nur das. Sie versöhnten sich auch mit Afke und sicherten ihr jegliche Unterstützung zu.

Da beide Polizisten nicht nur in Neuharlingersiel wohnten, sondern auch zur evangelisch-lutherischen Kirchengemeinde gehörten, war es kein Problem gewesen, eine gemeinsame Trauerfeier in der schmucken Werdumer Kirche zu organisieren. Sie bot auch optisch einen würdevollen Rahmen, mit den weißen Rundbogenfenstern, die sich sehr schön von der roten Klinkerwand abhoben, und dem weithin sichtbaren Turm, der durch ein aufgesetztes, säulengetragenes kleines Türmchen seinen unverwechselbaren Charakter erhielt.

Obwohl die Kirche immerhin Platz für gut vierhundert Trauergäste bot, würde dies wahrscheinlich nicht ausreichen. Es bestand aber die Möglichkeit, die Trauerfeier über Lautsprecher nach draußen zu übertragen. Die beiden Kollegen waren unter anderem Mitglieder in Schützenvereinen gewesen. Der in Neuharlingersiel gebürtige Jens Ewen im Schützenverein Neuharlingersiel e.V. und Bernd Guben in der Schützencompagnie Esens e.V. von 1577, weil er dort gewohnt hatte, bevor er zu Afke nach Neuharlingersiel gezogen war. Dann kamen noch die Kollegen des Kommissariats Wittmund und eine Abordnung aus Aurich sowie die Anverwandten und persönlichen Freunde hinzu.

Aus diesem Grund hatten sich die Trauerfamilien entschieden, dass die anschließende Beisetzung von Jens Ewen im Familiengrab auf dem Friedhof direkt neben der Kirche nur im kleinsten Familien- und Freundeskreis stattfinden sollte. Der Sarg von Bernd Guben würde nach der gemeinsamen Trauerfeier zur Einäscherung gebracht werden und die Urnenbeisetzung sollte dann ebenfalls später im familiären Rahmen erfolgen.

Nach dem Eingangsglockenläuten und dem getragenen Orgelspiel vollzog die Pastorin den liturgischen Teil der Trauerfeier. In ihren Bibelzitaten, Gebeten und der Predigt versuchte sie den Hinterbliebenen Trost und Hoffnung zu spenden, auch mit dem Hinweis, dass das Gedenken an die Hingeschiedenen tief im Herzen bewahrt und lebendig gehalten werde.

Nach einer Minute der Stille ging Bert ans Mikrofon und sprach den Angehörigen im Namen aller Kolleginnen und Kollegen Mitgefühl und Anteilnahme aus. Er schilderte den Werdegang der beiden Toten und hob ihre dienstlichen Leistungen und ihr Engagement hervor, welches man im Kommissariat schmerzlich vermissen werde.

Nachdem Bert geendet hatte, spielte draußen vor der Kirche ein Kollege auf der Trompete das Stück »Ich hatt' einen Kameraden«. Bernd hatte mal berichtet, dass ihn dieses

Trompetenstück während seines Wehrdiensts sehr beeindruckt hätte, als es für einen in Afghanistan gefallenen Kameraden gespielt wurde. Dabei hatte er den Wunsch geäußert, dass man es auch für ihn spielt, falls es ihn mal im Dienst erwischen sollte. Verstohlenes Augenreiben zeigte, dass auch hartgesottene Polizeibeamte Gefühle haben.

Die Pastorin beendete die Trauerfeier mit dem Schlusssegen. Danach wurden mit Begleitung durch leise Orgelmusik und Glockenläuten die beiden Särge von uniformierten Kolleginnen und Kollegen nach draußen getragen. Bernds sterbliche Überreste übernahm der Bestattungsunternehmer und schob den Sarg in seinen Wagen. Jens wurde unter Geleit der Pastorin und seiner Angehörigen und engsten Freunde zum Familiengrab der Ewens gebracht und in aller Stille beigesetzt.

»Das sind Tage, auf die man gerne verzichten möchte«, sagte Nina, als sie mit Bert auf der Heimfahrt ins Kommissariat war.

»Und dann die Diskussion mit Bernds Eltern, die unbedingt die sterblichen Überreste ihres Sohnes sehen wollten. Jedenfalls das, was die Haftmine und das Feuer davon übrig gelassen hatten«, ergänzte Bert. »Ich war froh, dass Dr. Rabe sie davon überzeugen konnte, es mit einigem Abstand bei einem Blick durch die Scheibe auf die eine noch erkennbare Gesichtshälfte des Leichnams zu belassen. Wenigstens konnten die Ewens persönlich und direkt von ihrem Sohn Abschied nehmen. Die Trauerfeier in der Kirche war jedenfalls ein würdiger Abschluss. Genau wie vorgestern Heikes Abschiedsfeier. Trotzdem muss ich sagen, mir reicht es. Das sind so Tage, an denen man seinen Job an den Nagel hängen könnte.«

»Wohl wahr, Bert. Bleibt die Hoffnung, dass wir nicht so bald wieder in den Einsatz müssen und mal etwas nach Luft schnappen können. Was hältst du davon, wenn wir uns mal eine Woche freinehmen? Wir schieben noch einiges an Urlaub und Überstunden vor uns her. Und in Haus und Garten gibt es vor dem Einbruch des Winters auch noch so manches zu erledigen.«

»Gute Idee, schauen wir mal, was im Büro gleich anliegt, und dann können wir das ja mal ernsthaft ins Auge fassen.«

Weder in der Post noch im E-Mail-Server lagen wichtige Eingänge. »Wir sollten deinen Vorschlag von vorhin umsetzen«, schlug Bert vor. »Aber vorher würde ich gerne mit Rita, Silke und Sören hier bei mir im Dienstzimmer noch eine Tasse Kaffee trinken.«

»Ich bringe das sofort auf den Weg und besorge mal schnell ein paar Teilchen, bin gleich wieder zurück«, sagte Nina und verschwand.

Es dauerte nicht lange und dann kamen Silke und Rita mit dem Kaffee und deckten den Besprechungstisch in Berts Büro. Kurz darauf kam auch Sören und in seinem Gefolge Nina mit den Teilchen. Während Kaffee und Kuchen verteilt wurden, sagte Sören: »Normalerweise würde man nach einer Trauerfeier noch bei Kaffee und Kuchen mit den Angehörigen zusammensitzen. Aber das hätte hier jeden Rahmen gesprengt.«

»Spricht aber auch für die Beliebtheit der beiden«, ergänzte Nina.

»Jetzt, wo der ganze Ermittlungsstress vorbei ist, merkt man erst, wie sehr Bernd fehlt«, fügte Silke mit Tränen in den Augen hinzu.

»Obwohl ich ja noch nicht so lange zum engeren Team gehöre, muss ich sagen, mir fehlt er auch«, bestätigte Rita.

»Er fehlt uns allen. Mit seinen Sprüchen, egal, ob Schalke gewonnen oder verloren hatte, er fand für alles eine Erklärung. Und sympathisch war, dass er sich selbst dabei nicht zu ernst nahm«, gab Bert seinen Mitarbeiterinnen recht. »Wie sagte es die Pastorin? Behalten wir die schönen Erinnerungen tief in unserem Herzen. Denn das Leben geht weiter und es werden neue Aufgaben mit neuen Herausforderungen auf uns zukommen.«

Und die sollten schneller kommen, als allen lieb war.

***

Kaum hatte Bert, fast wie in einem Schlussplädoyer, angekündigt, dass neue Aufgaben und Herausforderungen auf sie zukommen würden, betrat, wie auf Kommando nach kurzem Klopfen, ein uniformierter Kollege sein Dienstzimmer. »Wir haben einen

Notruf aus Neuharlingersiel, Herr Kommissar. Ein Postbote meldet einen Toten im Nachbarhaus von Heike Grabowski. Er wollte ein Paket zustellen, und nachdem sich auf sein Klingeln niemand meldete, bemerkte er, dass die Haustür nur angelehnt war. Daher ist er rein und fand den Hausherrn in der Küche tot auf. Kollegen, die zufällig dort in der Nähe auf Streifenfahrt waren, haben bereits alles abgesperrt.«

»Ende des gemütlichen Teils für heute. Rita und Silke, ihr haltet die Stellung und macht hier Klarschiff. Sören, ich fürchte, auch dir und deinen Leuten bleibt nichts erspart. Nina und ich machen uns auf den Weg nach Neuharlingersiel.«

»Bin auch schon unterwegs. Wir sehen uns«, sagte Sören und verschwand.

Als Bert mit Nina im Dienstwagen saß, musste er erst einmal Dampf ablassen. »Verdammt noch mal, soll das jetzt ein Zufall sein? So was gibt es doch gar nicht! Am Ende hast du nachher doch noch recht, und weder der Meyer noch die Jacobs haben Heike umgebracht, sondern der Nachbar. Und weil er seine Schuld nicht mehr ertragen konnte, hat er seinem Leben selbst ein Ende gemacht.«

»Warten wir's ab. Bis jetzt wissen wir nur, dass er tot ist.«

Man hätte meinen können, dass heute höhere Mächte das Spiel lenkten. Kaum hatte Nina ihren Satz beendet, meldete ein Kollege der Streifenwagenbesatzung: »Alles gesichert. Außer dem Toten ist niemand im Haus. Der Mann ist der Hauseigentümer. Er wurde erstochen. Von seiner Frau fehlt jede Spur. Vielleicht war sie nicht zu Hause, als der Mord geschah. Stellt sich die Frage, wo ist sie jetzt?«

»Wir sind schon da und übernehmen«, beendete Bert das Funkgespräch und stellte seinen Wagen vor Heikes Nachbarhaus hinter dem Streifenwagen seiner Kollegen ab. »Warten Sie hier auf die Spurensicherung, dann können Sie Ihre Streifenfahrt fortsetzen«, gab Bert ihnen Anweisung.

Nachdem er und Nina sich vor der Haustür mit Handschuhen versorgt und Überzüge über die Schuhe gezogen hatten, gingen sie hinein. In der Küche fanden sie den Mann. Er lag auf dem Bauch und hatte sieben blutige Stichverletzungen über den

Rücken verteilt. Bert fühlte nach der Halsschlagader. Es war kein Puls zu spüren.

Dann schauten sie sich um. Es waren keine Auffälligkeiten festzustellen, die auf einen Kampf hingedeutet hätten. Anschließend gingen sie durch die Räume. Alles war sauber und aufgeräumt. Im Schlafzimmer waren die Betten gemacht und mit einer Tagesdecke abgedeckt. Es dauerte nicht lange, bis Sören mit seinen Leuten eintraf und übernahm. Er brachte die Information mit, dass der Rechtsmediziner unterwegs sei.

Nina und Bert schauten sich derweil vorsichtig draußen im Garten um, bemüht, keine eventuellen Spuren zu verwischen. Als sie wieder zur Vorderseite des Hauses kamen, stand dort ein Mann, der einen ziemlich nervösen Eindruck machte. »Was ist denn hier passiert?«, wollte er wissen. »Die Polizisten sagen ja nichts. Haben mich nur gefragt, ob ich was beobachtet hätte. Sind Sie hier zuständig?«

»Ja«, antwortete Bert und stellte Nina und sich vor. »Warum fragen Sie?«

»Ich wollte mit meinem Freund Mattes ein Bier trinken. Unsere Frauen sind heute Morgen von Bremen aus zu einem ayurvedischen Entspannungswochenende nach Mallorca geflogen. Das heißt, wir beide sind zurzeit Strohwitwer. Wenn ich das hier alles sehe, dann erinnert mich das aber stark an die Sache mit Heike Grabowski. Wieso kann ich nicht einfach zu meinem Freund? Ist ihm was passiert?«

Ohne auf die Fragen des Mannes einzugehen, fragte Bert: »Können Sie die Frau Ihres Freundes oder Ihre Frau auf Mallorca erreichen?«

»Nein, die sind am Montag wieder zurück. Sie haben auf der Finca, wo die Entschleunigungskur stattfindet, absolutes Handyverbot. Es soll jede Störung, gerade auch von zu Hause, vermieden werden. Daher haben uns unsere Frauen auch keine Adresse oder Telefonnummer hinterlassen.«

»Ihrem Freund ist tatsächlich etwas passiert. Leider muss ich Ihnen mitteilen, dass er tot ist. Mehr darf ich Ihnen im Moment aber dazu noch nicht sagen«, klärte Nina ihn auf.

»Um Gottes willen! Ich habe schon fast so etwas befürchtet, als ich vorhin den Aufmarsch hier sah. Was ist denn mit ihm passiert? Hat er einen Herzinfarkt oder Schlaganfall gehabt? Ich bin gerade erst vorhin aus Bremen zurückgekommen und habe dann hier Ihre Kollegen im Einsatz gesehen.«

»Sorry, aber es wäre sehr wichtig, seine Frau zu erreichen. Haben Sie denn überhaupt keine Ahnung, wie der Anbieter, die Finca oder zumindest der Ort heißt, um es eingrenzen zu können?«, bohrte Nina nach. »Ihre Frauen haben doch sicher über Internet gebucht, da könnten wir doch mal im PC nachschauen. Vielleicht finden wir da etwas.«

»Sie haben über Internet gebucht, aber das hat Gundi, die Frau meines Freundes, gemacht. Wer denkt denn an so was? Und mein Freund und ich wollten uns ein feuchtfröhliches Wochenende machen. Wir haben für Samstagabend sogar noch ein paar Kumpels zum Grillen eingeladen, auch wenn eigentlich nicht mehr die Jahreszeit dafür ist. Können wir zu mir rübergehen? Ich muss mich unbedingt setzen.«

Die Kommissare folgten dem Mann, der schräg gegenüber von seinem Freund wohnte. Als sie bei ihm am Küchentisch saßen und er sich und die Polizisten mit einem Glas Wasser versorgt hatte, stellte Nina fest: »Hier von Ihrer Küche aus, genau da, wo Sie sitzen, haben Sie ja den Hauseingang Ihres Freundes voll im Blick. Ist Ihnen heute oder in den letzten Tagen irgendetwas Ungewöhnliches aufgefallen?«

»Nicht, dass ich wüsste. Wir hatten verabredet, dass ich unsere beiden Frauen heute nach Bremen zum Flughafen bringe und mein Freund sie am Montag wieder abholt. Wir waren heute in der Früh schon etwas spät dran, haben es aber doch noch pünktlich geschafft. Gundis Koffer stand schon vor der Tür, als ich mit dem Auto vorfuhr. Ich habe den Koffer eingeladen und gerufen, dass sie sich beeilen sollte. Als sie endlich rauskam, sagte sie, dass sie ihre Handtasche vergessen hätte. Dann sind wir rein ins Auto und los.«

»Hat sie beim Verlassen des Hauses die Tür zugezogen?«, wollte Bert wissen.

»Davon gehe ich aus, habe aber nicht darauf geachtet. Wieso?«

»Reine Routine«, wiegelte Nina ab. »Ist Ihnen an der Frau Ihres Freundes während der Fahrt irgendetwas aufgefallen? War sie vielleicht aufgeregt oder nervös?«

»Gundi? Nee, eigentlich wie immer. Die beiden Frauen saßen hinten und haben sich unterhalten. Die waren in ihren Gedanken wohl beide schon auf Malle, und Ayurveda ist sowieso nicht meine Welt. Wie ich schon sagte, wie immer, wenn die zusammen sind. Ich hab mich aufs Fahren konzentriert und nicht weiter auf die Gespräche geachtet.«

»Wann haben Sie Ihren Freund denn zuletzt gesehen?«, wollte Bert wissen.

»Gestern Abend, da haben wir hier bei uns noch gemeinsam zu Abend gegessen. Unsere Frauen kochen gelegentlich gern zusammen. Eigentlich hätte auch mein Freund heute unsere Frauen fahren können, denn er feiert bis einschließlich Montag Überstunden ab. Ich kann aber am Montag nicht, deswegen bin ich heute gefahren.«

»Er feiert Überstunden ab? Kommt mir irgendwie bekannt vor«, merkte Nina an. »Klingt fast so, als wenn er bei der Polizei wäre.«

»Ist er. Er ist ein Kollege von Ihnen und macht als Polizeihauptmeister in Aurich Dienst.«

»Komisch«, stellte Bert fest. »Ich bin ja schon einige Jahre hier, aber ihm noch nie begegnet, und der Name des Toten, Mattes Kleen, sagte mir auch nichts.«

»Er ist auch erst seit Kurzem in Aurich. Die meiste Dienstzeit hat er auf der Polizeistation Borkum verbracht. Er ist erst vor sechs Wochen drüben eingezogen.«

»Und dann sprechen Sie schon von Ihrem Nachbarn als Freund?«, wunderte sich Nina.

Ein kurzes Lächeln huschte über sein Gesicht, als er sagte: »Wir kennen uns schon seit der Kindheit. Sind zusammen zur Schule gegangen, und erst im Berufsleben haben sich unsere Wege getrennt. Das da drüben ist sein Elternhaus und dieses hier meins.«

»Ich hab mich schon gewundert, dass Heike nichts davon erzählt hat, dass ihr neuer Nachbar ein Kollege von uns ist. Wir sind ja einmal im Monat bei ihr zum Brunch«, stellte Nina erstaunt fest.

»Jetzt weiß ich auch, warum Sie beide mir so bekannt vorkamen, dann habe ich Sie drüben auch schon gesehen.«

»Und das letzte Mal ist ausgefallen«, erinnerte sich Bert. »Da fällt mir ein, ich hatte mal vor längerer Zeit einen kurzen Schnack mit einem älteren Herrn da drüben vor der Haustür gehalten. Dann war das sicher der Vater von dem Kollegen.«

»Genau. Seine Eltern sind in eine Wohnanlage, altengerechtes Wohnen, nach Esens gezogen, wo meine alten Herrschaften sich schon vor Jahren eine Zweizimmerwohnung genommen haben. Da sind die alten Nachbarn auf ihre letzten Tage wieder zusammen. Und diese Fischerhäuschen hier – übrigens, unsere Väter waren Krabbenfischer – sind zwar sehr gemütlich, aber leider nicht besonders seniorengeeignet.«

»Borkum ist die einzige ostfriesische Insel, wo ich noch nicht gewesen bin. Bert, da müssen wir unbedingt mal hin. Ich habe gehört, dass die da eine ganz schnuckelige Polizeistation haben. Aber wer auf so einer Insel, wo Tausende jedes Jahr ihren Urlaub verbringen, sein dienstliches Zuhause gefunden hat, der will doch da nicht wieder weg, selbst wenn er hier so ein bezauberndes Fischerhäuschen bewohnen kann«, versuchte Nina, sich ein Bild zu machen.

»Stimmt. Eigentlich wollte er auch gar nicht da weg. Seine Eltern hätten das Häuschen drüben auch sehr gut als Ferienhaus vermieten können, aber seine Frau hatte wohl so was wie einen Inselkoller bekommen. Vor allem in den Wintermonaten hielt sie es da nicht mehr aus.«

»Ist seine Frau denn nicht von hier?«, wollte Nina wissen.

»Nein. Es ist seine zweite Frau. Er hat sie als Urlauberin auf der Insel kennengelernt. Sie kommt aus Berlin und war eigentlich sehr froh, dem Großstadtsmog entkommen zu sein. Aber in den Wintermonaten war es ihr auf der Insel dann doch zu ruhig. Ist es hier zwar auch, aber da kann sie dann doch mal schnell nach Aurich, Emden oder Leer, ein bisschen Stadtluft schnuppern und shoppen gehen. Dazu hat sie dann immer meine Frau mitgeschleppt, wogegen die natürlich absolut nichts einzuwenden hatte. Aber was mache ich jetzt denn nur? Irgendwie müssten wir die Frauen doch erreichen.«

»Schwierig, das sagten Sie ja bereits selbst«, überlegte Nina. »Wir haben zwar heutzutage im Rahmen der EU andere Möglichkeiten als früher, aber in diesem Fall wissen wir nur von Ihnen, dass Ihre Frau und ihre Freundin auf einer Finca eine Ayurvedakur machen. Auf Mallorca gibt es solche Angebote ohne Ende. Bis unsere mallorquinischen Kollegen da mit der Suche durch sind, befinden sich die beiden Damen bereits auf dem Rückflug nach Bremen.«

»Ich fürchte, dass du recht hast«, stimmte Bert ihr zu.

Nina nahm noch einige Daten ihres Gesprächspartners auf, bevor sie wieder zu Sören in das Haus des Ermordeten zurückgingen.

23. Kapitel

»Ich fasse es nicht, noch ein Polizistenmord«, wurden Nina und Bert vom Leiter der Spurensicherung empfangen. »Wir haben seine Papiere gefunden. Er ist ein Kollege aus Aurich.«

»Wissen wir«, nahm ihm Nina den Wind aus den Segeln.

»Na klar, was soll ich mich wundern? Ihr seid ja auch die Ermittler. Ich bin ja nur der Spurensicherer. Ich habe gesehen, wie ihr mit dem Mann da drüben in sein Haus gegangen seid. Aber wieso hatte euch Heike denn nichts davon erzählt, dass sie hier neben einem Kollegen gewohnt hat? Denn bevor ihr mit zu dem Nachbarn rüber seid, wusstet ihr das doch genauso wenig wie ich.«

Nachdem die beiden Kommissare ihren Kollegen auf Sachstand gebracht hatten, fragte Bert: »Habt ihr denn irgendeinen Hinweis finden können, wo sich die Damen im Moment auf Mallorca aufhalten könnten?«

»Wir sind noch nicht fertig, aber bis jetzt jedenfalls nichts. Wobei wir natürlich auch nicht gezielt nach so etwas gesucht haben. Es gibt einen PC im Haus, der aber wohl ausschließlich von unserem Kollegen genutzt wurde.«

»Ein Notebook habt ihr nicht gefunden?«, fragte Nina. »Die Frau des Toten soll nämlich damit die Flugreise nach Mallorca für sich und ihre Freundin gebucht haben.«

»Sagte ich ja schon, bis jetzt nicht. Aber es darf wirklich nicht wahr sein!«, konnte Sören nicht an sich halten. »Wir kommen mit unseren Polizistenmorden ja nicht mehr aus den bundesdeutschen Schlagzeilen heraus. Ich sehe schon den Titel in den Boulevardblättern. Ostfriesland – für Polizisten die gefährlichste Region Deutschlands! Nicht Frankfurt, Berlin, Köln oder Hamburg, nein, das beschauliche Ostfriesland, wo jedes Jahr Millionen ihren erholsamen Urlaub verbringen!«

»Ich stimme dir zu«, bestätigte Bert ihn. »Ich frage mich gerade, gibt es einen Zusammenhang zwischen den Morden? Oder ist es nur eine tragische Verknüpfung von Zufällen? Kommt mir im Moment alles vor wie in einem Albtraum. Aber ich weiß natürlich genau, wir träumen leider nicht! Ich hätte im Leben nicht damit gerechnet, dass mich meine Essener Zeit auf diese Art noch einmal einholt.«

In diesem Moment betrat der Rechtsmediziner Dr. Rabe das Haus. »Ostfriesland wird ja wohl langsam für Polizisten zur gefährlichsten Region Deutschlands, oder wie muss ich das hier verstehen?«, fragte er, nachdem man sich begrüßt und er erfahren hatte, dass der Tote wieder ein Polizeibeamter war.

»Meine Worte von vorhin. Ich seh schon die Schlagzeilen und wir können darauf warten, bis die ersten entsprechenden makabren Ostfriesenwitze durch die Republik geistern«, bestätigte Sören.

Nachdem Dr. Rabe seine ersten Untersuchungen abgeschlossen hatte, sagte er: »Todeszeitpunkt vermutlich früher Vormittag. Genaueres, Sie wissen schon. Auffällig erscheint mir die Ähnlichkeit mit den Einstichen bei der Kommissarin a. D., aber auch dazu kann ich erst konkret etwas nach der Obduktion sagen. Die Platzierung der Einstiche scheint in beiden Fällen nicht gezielt ausgeführt worden zu sein. So sticht man zum Beispiel aus dem Affekt oder aus Wut zu.«

»Auf jeden Fall scheiden Bonnie und Clyde als Täter aus«, stellte Bert fest.

»Bonnie und Clyde? Wir sind hier doch nicht in den USA der dreißiger Jahre. Ah, verstehe. Eine sehr passende Metapher, Herr Linnig. Stimmt. Clyde fiel durch eine Kugel, nur Bonnie befindet sich in unserem Fall jetzt hinter schwedischen Gardinen. Die fallen hier wirklich als Täter aus.«

»Kämen aber trotzdem als Auftraggeber in Betracht«, gab Nina zu bedenken.

»Allerdings«, bestätigte Bert. »Dann stellt sich aber wirklich die Frage, da es sich bei Heike ja wohl um einen Racheakt des Verbrecherpärchens gehandelt hat, wie ist da unser Kollege involviert? War der vielleicht am Anfang seiner Dienstzeit auch mal im Ruhrgebiet unterwegs? Begegnet ist er mir damals nicht, obwohl es vom Alter her durchaus passen würde.«

Sören ging in das Büro des toten Kollegen und kam kurz darauf mit einem Schießpokal zurück. »Da hab ich doch vorhin nur so aus den Augenwinkeln etwas wahrgenommen. Und nach deiner

Frage dachte ich mir, das muss ich mir mal genauer anschauen. Und siehe da, Treffer.« Sören hielt den Schießpokal wie eine Trophäe hoch. Vorn auf einem Schildchen stand: »1. Sieger im Vergleichsschießen Pistole – 2. Bereitschaftspolizeihundertschaft Bochum 1997.«

»Verdammt, das darf doch nicht wahr sein«, fluchte Bert. »Bei der Suche nach der von Meyer ermordeten Frau waren zwei Hundertschaften im Einsatz. Essen hat aber nur eine, Bochum zwei. Welche von beiden bei uns mit ausgeholfen hat, weiß ich nicht mehr. Aber es könnte tatsächlich sein, dass unser Toter hier damals mit dabei war. Allerdings kann ich mich nicht erinnern, dass einer der Bereitschaftspolizisten in irgendeiner Form dazu beigetragen haben könnte, dass der Meyer sich dafür an ihm rächen wollte. Bei Heike und mir als den zuständigen Ermittlern war das natürlich etwas anderes. Aber wer weiß schon, was im Hirn eines solch kriminellen Psychopathen vorgeht.«

»Also alles wieder offen? Zurück auf Start und neu recherchieren, oder?«, fragte Nina.

»Ich fürchte, uns bleibt keine Wahl. Zurück auf Start. Sören, da müsst ihr noch mal ran. Ohne eure Hilfe kommen wir nicht weiter, wenn wir nach einem Auftragskiller suchen. Das sind die Momente, in denen man sich das Mittelalter zurückwünschen könnte. Ich muss zugeben, am liebsten würde ich Olivia Jacobs im wahrsten Sinne Daumenschrauben anlegen und die Wahrheit aus diesem Miststück herauspressen.« Bert kochte vor Wut.

»Ist nur gut, Bert, dass kein Richter, Staatsanwalt oder Strafverteidiger jetzt zugehört hat. Aber ich kann dich verstehen. Da kann einem schon mal der Kragen platzen. Hauptsache, die Menschenwürde solcher Verbrecher wird nicht angetastet!«, zeigte Sören Verständnis für seinen Kollegen und Freund. »Gerade im Fall dieser abgefeimten und skrupellosen Sadistin könnte alles darauf hinauslaufen, dass ihr nur Beihilfe und gegebenenfalls Mittäterschaft in den anstehenden Fällen nachgewiesen werden können.«

»Aber wenn dieser Mord hier an unserem Kollegen aus Aurich etwas mit dem Meyer-Fall zu tun haben sollte, dann muss es doch irgendeine Verbindung zu einem Auftragskiller geben. Wir müssen sie nur finden!« Bert konnte und wollte hier nicht aufgeben.

»Den Toten übernimmt gleich die Rechtsmedizin in Oldenburg und meine Leute sind hier auch bald fertig. Am besten, Nina und du, ihr kommt nachher mal zu mir ins Büro. Dann können wir alle Ermittlungsdaten noch mal zu dritt in Ruhe durchgehen. Vielleicht haben wir ja irgendeine Winzigkeit übersehen. Und sechs Augen sehen bekanntlich mehr als zwei«, schlug Sören vor.

Es war schon später Nachmittag, aber es war den erfahrenen Kriminalisten nicht gelungen, auch nur den kleinsten Hinweis auf eine Mittäterschaft einer dritten, bisher nicht in Erscheinung getretenen Person zu finden.

Schließlich sagte Sören: »Ich sehe keine andere Möglichkeit, als die gefundenen Festplatten und Handys auf gelöschte Daten hin zu untersuchen. Dazu müssen wir aber alles ins Kriminaltechnische Institut beim LKA nach Hannover schicken. Das wird einige Zeit in Anspruch nehmen, bis wir von da Ergebnisse erwarten können.«

»Und bis dahin werden neue Morde an Polizisten verübt. Wir wissen ja noch nicht einmal, wen wir schützen sollen, wie der heutige Mord an unserem Kollegen zeigt.«

»Einen Gefährdeten haben wir in unmittelbarer Nähe, Bert. Ich schaue auch niemanden an«, kommentierte Nina seine Feststellung und schaute ihrem Chef, Partner und Geliebten tief in die Augen.

***

In den nächsten Tagen war alles ruhig geblieben, aber aus einem entspannten Wochenende war für Nina und Bert nichts geworden. Dazu war die Gefährdungslage zu unklar. Sie hatten auch bereits wieder begonnen, vor Aufschließen ihrer Privatautos und des Dienstwagens den Teleskopspiegel zum Einsatz zu bringen, und beide trugen unter ihren Jacken wieder schusssichere Westen, als reine Vorsichtsmaßnahme.

Die Außenteams waren erneut in alter Besetzung im Einsatz, um nach Zeugen zu suchen. Diesmal aber fuhren sie alle Punkte ab, die in den Bewegungsprofilen der bei den Verbrechern gefundenen Handys und i-Phones herausgefiltert worden waren. Bislang allerdings ohne verwertbare Erkenntnisse und Erfolge. Dass dabei das eine oder andere modifizierte Bild, sowohl von Meyer als auch von Jacobs, von Zeugen identifiziert werden konnte, bestätigte nur das ermittelte Bewegungsprofil, aber keine unmittelbaren Tatbeteiligungen.

Am Montagnachmittag meldete sich der Freund des erstochenen Kollegen aus Neuharlingersiel auf Berts Diensttelefon: »Meine Frau ist wieder aus Malle zurück, aber allein.«

»Was ist passiert? Wo ist die Frau Ihres Freundes?«, fragte Bert.

»Die ist in Palma in einer Klinik.«

»Hat sie dort vom Tod ihres Mannes erfahren und ist zusammengebrochen?«, fragte Nina, die über Lautsprecher mitgehört hatte.

»Nein, davon hat auch meine Frau erst erfahren, als ich sie heute in Bremen am Flughafen abgeholt habe. Aber Gundi hatte tatsächlich einen Zusammenbruch. Das sei alles etwas merkwürdig gewesen. Jedenfalls hatte meine Frau vor ihrem Abflug mit einem deutschsprachigen Arzt telefonisch sprechen können. Der hat ihr aber nur gesagt, dass Gundi bei ihm in Behandlung ist und noch nicht mit zurückfliegen kann. Außerdem hätte er schon mehrfach versucht, ihren Mann in Deutschland anzurufen, ihn aber noch nicht erreicht. Deshalb sollte meine Frau Mattes bitten, in der Klinik in Palma anzurufen.«

»Na, darauf wird der Arzt lange warten können. Das werden wir übernehmen, wenn wir die Nummer von ihrer Frau haben«, sagte Bert. »Daher müssen wir ganz dringend mit ihr sprechen. Könnten Sie mit ihr sofort hierher ins Kommissariat kommen?«

»Sie hat sich etwas hingelegt. Das hat sie alles sehr mitgenommen. Aber ich werde sie wecken und sofort kommen. Ich will ja auch endlich wissen, was mit Mattes passiert ist. Bis jetzt hat man öffentlich noch gar nichts gehört und auch nichts über seinen Tod in der Zeitung gelesen. Aber vom Postboten weiß ich inzwischen, dass er ihn erstochen in der Küche gefunden hat. Er hat es mir unter dem Siegel der Verschwiegenheit erzählt, weil Sie ihm wohl verboten hatten, darüber zu sprechen. Ich werde es auch nicht weitergeben.«

»Hatten wir«, bestätigte Bert. »Also bis gleich.«

Es dauerte keine halbe Stunde und dann saß das Ehepaar Bert und Nina am Besprechungstisch gegenüber. Die rot angelaufenen Augen der Frau sprachen dafür, dass sie der Tod des Freundes ihres Mannes offensichtlich sehr berührte.

»Was ist denn mit Ihrer Freundin passiert?«, fragte Bert.

»Das weiß ich gar nicht genau. Wir hatten ja ein Zimmer zusammen und in der Nacht von Samstag auf Sonntag war sie dann auf einmal verschwunden.«

»Haben Sie das denn nicht gemeldet?«, wollte Nina wissen.

»Natürlich habe ich die Kursleitung informiert. Aber die meinten, dass sie wahrscheinlich irgendwo auf dem Gelände der Finca allein sein und meditieren wollte. Jedenfalls hätte sie sich so ähnlich in einem Gespräch mit der Kursleiterin geäußert. Und dann erfuhr ich auf einmal nachmittags von der Leiterin, dass meine Freundin in Palma in der Klinik liegt. Ich sollte ihre Sachen zusammenpacken, die würde man zu ihr ins Krankenhaus bringen, weil wir ja am nächsten Tag zurückfliegen wollten. Und man gab mir die Telefonnummer eines deutschen Arztes, den ich anrufen könnte.«

»Und was hat das ergeben?«, hakte Bert nach.

»Er sagte mir, ich solle mir keine Sorgen machen. Meine Freundin sei bei ihm in guten Händen. Es ginge ihr ganz gut, sie könne aber noch nicht mit mir nach Hause fliegen. Mehr dürfe er mir aber nicht sagen. Diesbezüglich hätte er schon versucht, mit ihrem Mann in Deutschland Kontakt aufzunehmen, ihn aber noch nicht erreichen können. Daher sollte ich Mattes die Nummer der Klinik geben, damit er sich dort meldet.«

»Wenn Sie uns die Nummer geben würden, dann kümmern wir uns darum«, sagte Bert.

Sie schob ihm einen Zettel rüber. »Hat mir mein Mann schon gesagt.«

»Warum haben Sie denn nicht über Handy Ihren Mann angerufen?«, wunderte sich Nina.

»Unsere Handys bekamen wir ja erst heute Morgen zurück. Kurz vor meinem Abflug habe ich meinen Mann nicht angerufen, weil ich mir dachte, dass er auf der Arbeit ist, und die sehen es nicht gerne, wenn privat telefoniert wird. Außerdem ging ich davon aus, dass der Arzt inzwischen mit Mattes telefoniert hatte.«

»Dann brauchen wir die Kontaktdaten des Fincahotels«, sagte Bert. »Bevor Sie gehen, würde ich Sie ferner bitten, sich bei uns Ihre Fingerabdrücke abnehmen zu lassen. Nicht weil wir Sie für verdächtig halten, sondern weil Sie sich doch sicher öfter im Haus Ihrer Freunde aufgehalten haben. Wir können dann Ihre Fingerabdrücke identifizieren und damit ausschließen. Vielen Dank für Ihr Kommen, Verständnis und Ihre Kooperationsbereitschaft. Um alles Weitere kümmern wir uns.« Dann veranlasste er, dass Silke die Informationen der Eheleute notierte und sie zur Erfassung begleitete.

Kaum war das Ehepaar gegangen, kam Sören mit einer guten Nachricht: »Es lag noch ein Handy zwischen dem Fahrersitz und der Mittelkonsole im Toyota. Da haben wir zwei Adressen in Dornumersiel im Messenger gefunden. Es ist ein Restaurant, Dusend Buddel Huus. Dort hat sich Olivia Jacobs etwa zwei Stunden aufgehalten. Wahrscheinlich hat sie mit jemand zu Abend gegessen. Nach dem Bewegungsprofil war sie anschließend unweit davon in einem Ferienhaus, das war die zweite Adresse im Messenger. Dort hat sie sich die ganze Nacht aufgehalten. Die Daten vom Vermieter dieses Ferienhauses haben wir auch schon. Wir haben natürlich auch die Handynummer ihres Kontaktes, aber wie zu erwarten ein Prepaid-Handy.«

»Das werden Nina und ich selbst in die Hand nehmen«, sagte Bert. »Allerdings glaube ich nicht, dass wir da jetzt noch auf einen Profikiller treffen werden. Ein solcher wird sich dort nicht länger aufgehalten haben, als für seinen Auftrag notwendig war.« Dann machte er sich mit Nina auf den Weg nach Dornumersiel.

Von unterwegs versuchte Nina, telefonisch den Arzt in Palma de Mallorca zu erreichen. Es meldete sich aber nur eine spanische Bandansage. »So wie es sich anhört, ist der zurzeit telefonisch nicht erreichbar«, stellte sie fest. »Ich werde es später noch einmal versuchen.«

Dann googelte sie auf ihrem Smartphone nach dem Restaurant Dusend Buddel Huus. »Wir müssen uns beeilen. Außerhalb der Saison haben die unter der Woche nur von zwölf bis fünfzehn Uhr auf und dann noch mal von siebzehn bis einundzwanzig Uhr dreißig. Nur in der Ferienzeit und feiertags haben sie durchgehend geöffnet.«

»Das schaffen wir nach Navi«, beruhigte sie Bert. Allerdings hatte er da nicht den Traktor mit Hänger einkalkuliert, der eine ganze Weile vor einer langen Autoschlange herzuckelte. Am liebsten hätte Bert ihn mit Blaulicht aus dem Verkehr gezogen, nachdem er sogar noch an einem Parkplatz vorbeigeschlichen war. Davor bewahrte ihn dann aber, dass er kurz darauf in einen Feldweg abbog.

Als Bert und Nina bei dem Lokal ankamen, wollte ein Angestellter gerade schließen. Bert zeigte dem Mann, der sich als Kellner vorstellte, ein paar Fotos von Olivia Jacobs auf dem Smartphone. Plötzlich zeigte der Mann auf ein Bild, auf welchem sie geschminkt zu sehen war. Es war das Bild von der Hostessenagentur.

»Die war schon mal hier. Allerdings ohne Brille. Das weiß ich ganz genau. Wobei ich fast glaube, dass sie das auf den anderen Bildern auch ist.«

»Wie kommen Sie zu dieser Feststellung?«, wollte Bert wissen.

»Ganz einfach. Ich übe meinen Beruf als Kellner mit Leidenschaft aus. Da entwickelt man mit der Zeit einen Blick für die Menschen. Und diese Frau hier war, jedenfalls wie sie auf dem einen Bild aussah, zudem einfach mein Typ. Nicht, dass Sie jetzt von mir einen falschen Eindruck bekommen, ich baggere hier bei uns im Lokal keine weiblichen Feriengäste an. Aber ich bin seit einiger Zeit geschieden und sozusagen wieder auf der Suche. Und bei dieser Frau hatte ich das Gefühl, dass sie auch an mir Interesse zeigte.«

»Hat sie sich dahingehend geäußert?«, fragte Nina.

»Körpersprache würde ich sagen. Wenn man für so etwas eine Antenne hat, dann spürt man das eben. Jedenfalls war ich ganz schön enttäuscht, als sich dann später ein Typ zu ihr setzte. Irgendwie ein richtiger Unsympath. Sie schien auch nicht sehr erfreut über ihn zu sein. Man hätte meinen können, da sitzt ein altes Ehepaar zusammen, welches nur noch Hassliebe zusammenhält.«

»Wie kommen Sie denn darauf?«, wollte es Nina genau wissen.

»Es sah aus, als wenn sie die ganze Zeit streiten, wobei ich den Eindruck hatte, dass sie ihm Vorwürfe machte. Er saß da wie ein geprügelter Hund, und ich hoffte, dass er bald gehen würde. Aber nichts dergleichen.«

»Um was ging es denn bei der Auseinandersetzung?«, hakte Bert nach.

»Es war Samstagabend, da ist hier immer einiges los. Und wenn ich an den Tisch kam, waren sie ruhig. Aber nachdem ich kassiert hatte, hörte ich noch im Weggehen, wie sie in ziemlich barschem Ton zu ihm sagte: ›Du tust, was ich sage!‹ Danach sind die beiden dann zu meiner Enttäuschung doch zusammen gegangen.«

Das überraschte die Kriminalisten nicht. Als sie zum Auto gingen, sagte Nina: »Die beherrscht ihr Handwerk als Schauspielerin. Ihr ist sicher nicht entgangen, dass der Kellner an ihr interessiert war. Also hat sie körpersprachlich mit ihm gespielt. Ich bin sicher, dass der Typ, mit dem sie dann zusammengesessen hat, der ist, den wir suchen. Ihr letzter Satz, den der Kellner mitbekommen hat, war sicher nicht gespielt und lässt einiges vermuten.«

Nina und Bert waren jetzt gespannt, was sie beim Vermieter herausbekommen würden. Es war nicht weit bis zu der von Sörens Leuten ermittelten Adresse. Auf Ninas Klingeln öffnete eine Frau. Nachdem Nina sich und Bert vorgestellt hatte, bat die Vermieterin sie rein in die Küche.

»In England würde man jetzt sagen, wir haben gerade tea time«, meinte sie lachend. »Bi uns heet dat Teetied und Sie sind herzlich eingeladen.«

Nachdem sie die ersten Schlucke von dem leckeren Ostfriesentee getrunken hatten, zeigte Bert der Vermieterin die Bilder zu der Verdächtigen.

»Nee«, sagte sie, »die habe ich noch nie gesehen. Zumindest die geschminkte Frau wäre mir in jedem Fall aufgefallen. Aber wir bekommen auch nicht mit, wen unsere Urlaubsgäste in ihr Feriendomizil einladen. Das ist reine Privatsache der Mieter.«

Als Nina die Adresse des Ferienhauses und das Datum nannte, sagte die Vermieterin: »Kleinen Moment, da muss ich nachschauen.« Sie kam dann mit einem Notebook wieder zurück. »Ja, da war ein Mann aus Essen bei uns für drei Tage zu Gast. Der war zum ersten Mal hier.« Sie gab Nina die gespeicherten Daten des Mieters.

Damit machten sich die beiden Beamten wieder auf den Heimweg. Unterwegs versuchte Nina nochmals, den Arzt in Palma zu erreichen, vergeblich. Dann rief sie bei Petra in Essen an und gab ihr die Daten des Feriengastes durch, mit dem sich Olivia Jacobs getroffen hatte. Noch bevor sie das Kommissariat erreicht hatten, meldete sich Petra und teilte mit, dass der Mann bei ihnen erkennungsdienstlich nicht registriert sei. Sie wollte aber noch heute versuchen, einen Termin mit ihm zu machen, um ihn als Zeugen zu befragen.

»Vorsicht, Petra«, schaltete sich Bert in das Gespräch der beiden Frauen ein, »es könnte auch ein Auftragskiller sein. Zumindest fällt sein Aufenthalt in Dornumersiel mit dem Todeszeitpunkt von Heike zusammen. Nina schickt dir gleich die Daten per Messenger. Die Handynummer gehört zu einem Wegwerfhandy. Nach dem Bewegungsprofil war er damit nicht in Neuharlingersiel. Aber das will nichts heißen. Er könnte ja auch mit keinem oder einem anderen Handy dorthin unterwegs gewesen sein.«

Nina versuchte es noch mal bei dem Arzt auf Mallorca. Diesmal hatte sie ihn dran. Sie stellte sich vor und informierte ihn über die hiesigen Ereignisse, die seine Patientin betrafen. Als Nina fertig war, sagte er: »Es tut mir leid, Frau Jürgens. Ich bestätige hiermit, dass die von Ihnen genannte Frau hier bei uns in der Klinik behandelt wird. Auskünfte darüber hinaus verbietet mir die ärztliche Schweigepflicht. Die Information über den gewaltsamen Tod ihres Mannes werde ich zu gegebener Zeit und in geeigneter Form an die Patientin weitergeben. Mir erklärt das, warum ich ihn telefonisch nicht erreichen konnte.«

Kurze Zeit nach Ninas Beendigung des Telefonats mit dem Arzt meldete sich Petra erneut: »Bin mit einem Kollegen bei der Adresse vorbeigefahren, es war gar nicht weit von hier. Der Mann war aber nicht zu Hause. Eine Nachbarin sagte, dass er bis morgen irgendwo auf Montage ist. Sie weiß das, weil sie bei ihm die

Blumen gießt. Einen Moment war ich ja versucht, mir mit einer Ausrede durch sie Zugang zu der Wohnung zu verschaffen. Ich habe es mir aber verkniffen, weil wir dann unter Umständen Beweismaterial gerichtlich nicht mehr verwenden können. Also, ich werde ihm morgen noch mal auf die Pelle rücken.«

Danach informierte Nina sie über die aktuellen Ereignisse und den neuen Mord an Heikes Nachbarn. Worauf ihre Kollegin aus Essen feststellte: »Ihr lebt da in Ostfriesland offensichtlich sehr gefährlich. Verdammt hohe Sterblichkeitsrate unter Polizeibeamten«, um dann aber gleich wieder ernst zu werden. »Dabei liegt der Ausgangspunkt dafür, so wie es aussieht, hier bei uns im Ruhrgebiet. So was könnte man fast als Straftaten-Export bezeichnen. Und ihr seid die Leidtragenden.«

Als die beiden Beamten Berts Dienstzimmer erreichten, lag eine Notiz von Sören auf dem Schreibtisch. »Melde dich, wenn ihr zurück seid.«

Sie gingen sofort zu ihm, auch um ihn über den aktuellen Stand zu informieren, denn ein intensiver Informationsaustausch zwischen den Ermittlern und der Spurensicherung war unabdingbar für einen gemeinsamen Erfolg. Der sich aber hier einfach nicht einstellen wollte. Alles schien irgendwie in einer Sackgasse zu enden. Es war wie verhext.

Auch zu der Frage, ob es einen Zusammenhang zwischen den Fällen gab oder nicht, hatten sie bisher keine schlüssige Antwort gefunden. Es gab Indizien, die dafür sprachen, und andere wieder dagegen. Und die einzige Person, die dazu Auskunft geben konnte, schwieg. Wohl wissend, dass nur ihr Schweigen sie davor bewahren würde, für ihre Straftaten in vollem Umfang büßen zu müssen. Und gerade diese Erkenntnis hinterließ bei allen beteiligten Kriminalisten einen gallebitteren Beigeschmack.

»Die Fernbedienung von der Tankstellen-Mine ist aufgetaucht«, begrüßte Sören Nina und Bert, als sie sein Dienstzimmer betraten.

»Es geschehen ja noch Zeichen und Wunder«, zeigte sich Bert erfreut. »Wo kam denn die auf einmal her? Unsere Kollegen hatten doch schon alles auf dem vermuteten Weg mit Metalldetektoren abgesucht.«

»Kinder hatten das Ding gefunden und mit nach Hause genommen. Das kam dem Vater, als er es im Kinderzimmer entdeckte, merkwürdig vor und er hat es einem Nachbarn gezeigt. Der hat dafür gesorgt, dass es bei der Polizeistation in Esens gelandet ist. Die Kinder hatten das morgens auf dem Schulweg, gar nicht weit von der Tanke entfernt, durch Zufall im Straßengraben gefunden. Ihnen war ein Ball da hineingefallen. Ich gehe davon aus, dass die Jacobs die Fernsteuerung nach der Zündung einfach aus dem Autofenster geworfen hat. Warum in der Nacht unsere Hundertschaft das Ding nicht finden konnte, wird eine ungeklärte Frage bleiben. Aber das war bis dahin die gute Nachricht.«

»Und die schlechte?«, fragte Nina, obwohl sie die Antwort schon kannte.

»Es fehlt der Fingerabdruck der Inhaftierten oder ihr Geständnis.«

»Hast du noch weitere solcher Nachrichten?«, wollte Bert wissen.

»Die Bewegungsprofile von zwei Handys zeigen eindeutig, dass sie sich an dem Abend, als ein Nachbar von Heike den Notruf alarmiert hatte und wir die offene Tür mit dem steckenden Schlüssel vorgefunden haben, dort befanden. Heißt, die Handys waren da, aber wer waren die Träger? Es ist für uns nicht zweifelsfrei nachweisbar, dass sie Meyer und Jacobs gehört haben. Auch wenn die Handys von uns bei denen in dem verwahrlosten Hof sichergestellt wurden. Im Zweifel wird Jacobs behaupten, sie hätte die gefunden.«

»Also waren die sogar beide bei Heike im Haus, kurz bevor unsere Streife da aufgetaucht ist«, stellte Bert fest.

»So sieht es aus«, bestätigte Sören. »Aber was nützt uns das – ich wiederhole mich –, wenn wir es wissen, aber vor Gericht nicht beweisen können? Da wird es dann letztlich auf den Richter ankommen, wie er es wertet.«

24. Kapitel

Wieder war ein Tag ins Land gegangen und Bert und sein Team waren keinen Schritt weiter. Sie warteten auf Ergebnisse der Außenteams, die die Bewegungsprofile der Handys abarbeiteten und im dortigen Umfeld Zeugenbefragungen durchführten. Sie warteten auch auf eine Rückmeldung des Fincahotels, in dem die beiden Frauen aus Neuharlingersiel an einer ayurvedischen Shamana-Schnupperkur zur Entschleunigung teilgenommen hatten. Und sie warteten auf eine Information zum Gesundheitszustand der Frau des ermordeten Kollegen. Und auf die Rückmeldung von Petra zur Zeugenanhörung des Feriengastes aus Dornumersiel. Sie warteten auf gerichtssichere Beweise aus der Forensik. Und wenn Bert und Nina etwas nicht konnten, dann war es untätiges Warten.

Auf einmal kam aber doch Bewegung in die ganze Angelegenheit. Als Erstes kam eine Antwort per E-Mail von der Kurleitung der Finca zu der Frau in der Klinik. Aber diese war genauso nichtssagend wie die Aussage von deren Freundin hier. Obwohl sich die beiden Kriminalisten einig waren, dass die in dem Fincahotel mehr wussten, als sie sagten. Aber man wollte wohl den guten Ruf des Hotels nicht beschädigen, also hielt man die Informationen unter der Decke.

»Ich glaube, wir sollten mit der Frau des Freundes unseres toten Kollegen noch mal sprechen. Die weiß mehr, als sie uns erzählt hat«, schlug Nina vor und gab Auftrag an Silke, die Frau möglichst heute noch einzubestellen.

Als Nächstes meldete sich Petra. Sie war bei dem Feriengast aus Essen gewesen. »Ein komischer Typ«, berichtete sie. »Auf der einen Seite wirkte der auf mich linkisch und devot, aber auf der anderen Seite auch extrem lauernd und hinterhältig.«

»Heißt das, du würdest dem den Mord an Heike zutrauen?«, hakte Bert nach.

»Aus dem Bauch heraus würde ich die Frage mit Ja beantworten. Auch wenn der bei uns noch nicht in der Kartei steht. Als ich bei dem zu Hause im Wohnzimmer saß, fühlte ich mich derart unwohl, dass ich schon bereut hatte, ihn nicht ins Präsidium einbestellt zu haben, und so ging es auch meinem Kollegen. Es gibt ja einfach Menschen, denen man nicht den Rücken zudrehen möchte, ohne das genau erklären zu können.«

»Könnte das ein bezahlter Profikiller sein?«, wurde Nina konkret.

»Wenn seine linkische und devote Art seine Tarnung sein sollte, dann durchaus. Aber was ich mir noch eher vorstellen könnte, wäre, dass der für seine Herrin alles tun würde. Jedenfalls hat er vehement bestritten, Olivia Jacobs überhaupt zu kennen. Geschweige denn, dass er sie auf einem der modifizierten Fahndungsfotos wiedererkannt hat beziehungsweise wollte. Da ihr ja schon eine Zeugenaussage habt, die bestätigt, dass die Inhaftierte sich sehr wahrscheinlich mit ihm im Lokal in Dornumersiel getroffen hat, habe ich ihn kurzerhand vorläufig festgenommen. Der war so perplex, dass er keine Gegenwehr leistete, als wir ihm die Handschellen anlegten. Er sitzt jetzt bei uns in der Zelle und wartet auf seinen Anwalt. Ein Bild von ihm bekommt ihr über den Messenger. Das könnt ihr dem Zeugen vorlegen und mir dann hoffentlich seine Bestätigung zuschicken.«

Nina ging zu Rita, die die Außenteams koordinierte, um zu ermitteln, wer im Moment in der Nähe von Dornumersiel im Einsatz war. Kurz darauf meldete sich ein Team, dem Rita das Bild zuschickte. Es vergingen keine fünfzehn Minuten, da kam die Rückmeldung, dass der Kellner den Mann sogar eindeutig identifizieren konnte. Diese Information schickte Nina umgehend an Petra, die inzwischen mit dem Anwalt in der Vernehmung des von ihr vorläufig Festgenommenen saß.

Kurz darauf erschien Silke mit der befreundeten Nachbarin des ermordeten Kollegen, die diesmal ohne ihren Mann gekommen war. Inzwischen schien sie die schlimme Nachricht auch etwas verdaut zu haben. Jedenfalls wirkte sie wesentlich gefasster, als sie Bert und Nina gegenübersaß.

»Es sind noch einige Ungereimtheiten aufgetaucht, die wir mit Ihnen klären möchten«, eröffnete Nina das Gespräch. »Wir haben den Eindruck, dass über das, was im Fincahotel passiert ist, nicht alles gesagt wurde. Wenn die Hotelleitung sich da bedeckt hält, dann können wir das irgendwo noch nachvollziehen. Unangenehme Ereignisse mit Gästen hängt man nicht gerne an die große Glocke, weil man meint, es könnte dem Ruf schaden. Vielleicht hat man Sie ja sogar gebeten, darüber Stillschweigen zu bewahren. Ist das so?«, versuchte Nina, der Frau eine Brücke zu bauen.

»Das stimmt, das hat man. Genau aus dem Grund, den Sie genannt haben.«

»Und was ist nun wirklich passiert?«, fragte Bert nach.

»Es war nicht das erste Mal, dass ich nachts wach wurde – wir schliefen ja in einem Zimmer – und dachte, dass Gundi im Schlaf redet. Aber in der besagten Nacht war das Licht an, und dann sah ich, dass Gundi nicht schlief, sondern mit sich selbst redete, mich dabei aber gar nicht beachtete. Dann sprang sie auf einmal aus dem Bett, nahm den Flachbildfernseher, der nicht eingeschaltet war, warf ihn auf den Boden und trampelte auf dem Bildschirm herum, als wenn sie irgendetwas zertreten wollte. Mir wurde da angst und bange und ich bin in der Finca rumgerannt, um Hilfe zu holen.«

»Sicher schwierig, denn in so einer Finca gibt es ja meistens keine rund um die Uhr besetzte Rezeption«, zeigte Nina Verständnis.

»Ich bin dann in den als privat gekennzeichneten Trakt gelaufen. Endlich wurde jemand aufmerksam, kam in den Flur und hat die Hotelleitung geweckt. Als wir dann in mein Zimmer kamen, lag einer der beiden Kleiderschränke umgeworfen auf dem Boden. Der andere Schrank, es war meiner, war fast leergeräumt und die Sachen im Zimmer verteilt. Die Terrassentür stand offen und Gundi war verschwunden. Inzwischen waren auch andere Hotelgäste aufgewacht. Die Hotelleitung versuchte alle zu beruhigen und schickte sie wieder zum Schlafen. Es sei nichts passiert, alles nur ein Versehen. Die Einzige, die Bescheid wusste, war ich. Die anderen Gäste hatten ja nicht das Zimmer gesehen. Schließlich musste noch die Polizei geholt werden, die Gundi irgendwo auf dem Fincagelände fand und in die neurologische Klinik nach Palma brachte.«

»Für Sie der Grund, auch uns nichts zu erzählen, oder gab es für Sie auch noch andere Gründe? Denn wir sind ja keine Hotelgäste und uns gegenüber ist es doch auch nicht notwendig, den Ruf der Finca zu schützen«, bohrte Nina nach.

Die Angesprochene zögerte etwas. Schließlich gab sie sich einen sichtbaren Ruck: »Doch, es gibt noch einen Grund. Mein Mann hatte mir gesagt, dass ich es Ihnen nicht erzählen sollte, sondern nur die offizielle Version der Fincaleitung, damit nicht eventuell falsche Schlüsse gezogen werden. Mattes hatte ihn vor einiger Zeit mal gebeten, als Freund und Nachbar mit ein Auge auf seine Frau zu haben. Sie sei in der letzten Zeit wieder etwas komisch. Das hätte sie auch auf Borkum schon mal gehabt und er befürchtete, dass sie ihre Medikamente nicht regelmäßig nehmen würde.«

»Wofür braucht sie denn die Medikamente?«, wollte Bert wissen.

»Das hat Mattes nicht so genau rausgelassen. Nur, dass Gundi wohl auch schon mal in Berlin deswegen in Behandlung gewesen sei.«

»Das klingt alles nach einer akuten psychischen Störung«, stellte Nina fest. »Ich will jetzt keine Ferndiagnose stellen, aber es gibt solche Erkrankungen, da ist alles gut, solange die Medikamente genommen werden. Aber das hätten Sie uns doch gleich sagen können und auch müssen, selbst wenn Ihr Mann sich seinem Freund gegenüber verpflichtet fühlt.«

»Das stimmt. Sie haben recht. Dann sollte ich Ihnen auch nicht verschweigen, dass es am Flughafen in Bremen auch einen etwas merkwürdigen Vorfall mit Gundi gegeben hat.«

»Was meinen Sie mit merkwürdigem Vorfall?«, fragte Bert.

»Das war beim Einchecken zum Abflug nach Malle, bei der Sicherheitsschleuse. Da wurde Gundi mit ihrem ganzen Gepäck von einem Sicherheitsbeamten in einen Raum geführt. Es dauerte eine ganze Weile, bis sie wieder rauskam. Wir hätten beinahe noch das Boarding verpasst.«

»Was hat Ihre Freundin denn dazu gesagt?«, interessierte sich Nina.

»Nichts Konkretes. Die war stinkesauer auf die Sicherheitsleute und schimpfte nur: ›Alles Stasi! Nur weil ich aus dem Osten komme!‹ Im Flieger war dann alles wieder gut.«

Die Kommissare bedankten sich und veranlassten, dass die Zeugin wieder nach Hause gebracht wurde.

»Ich fürchte, es wird wohl noch eine Weile dauern, bevor wir Gundula Kleen selbst hier bei uns zu den Vorfällen anhören können«, stellte Bert fest.

»Insbesondere würde mich interessieren, ob sie uns etwas zum Tod ihres Mannes sagen kann, denn sie war ja wohl die Letzte, die ihn noch lebend gesehen hat«, meinte Nina. »Nach Mallorca zu fliegen, um sie zu befragen, wird von unserer Verwaltung mit Sicherheit abgelehnt. Ich bin mir auch nicht sicher, ob es was bringen würde, die spanischen Kollegen mit einzuspannen. Aber mich würde mal interessieren, was bei der Security im Flughafen vorgefallen ist. Sie wird doch nicht ohne Grund in einen separaten Raum geführt. Irgendetwas muss den Sicherheitsleuten aufgefallen sein. Ich werde morgen mit Rita dahinfahren und das klären.«

Bevor Bert zustimmen konnte, ging sein Telefon. Es war Petra. Sie berichtete von einer frustrierenden Sitzung mit für sie sehr unbefriedigendem Ausgang. »Für mich völlig unverständlich. Nachdem der mit dem Anwalt geredet hat, sagt er kein Wort mehr. Nicht mal dazu, dass ihn der Kellner identifizieren konnte. Und schon gar nicht, was er an dem Sonntagabend gemacht hat, als Heike erstochen wurde. Dabei konnten wir ihm bis jetzt doch nichts anderes beweisen, als dass er sich mit Olivia Jacobs an dem Abend vor dem Tatzeitpunkt in dem Lokal in Dornumersiel getroffen hat. Aber durch sein Schweigen macht er sich doch erst zu einem Tatverdächtigen, auch wenn wir dafür im Moment noch keine Beweise in der Hand haben.«

»Wo kam denn der Anwalt her?«, fragte Nina, die so eine Ahnung hatte.

»Der kam aus Düsseldorf und hieß Heribert Kuhn.«

»Das hab ich geahnt. Der hat hier bei uns die Jacobs vertreten. Wenn du das gesehen hättest, als die beiden miteinander sprachen. Da sprach nicht der Anwalt mit seiner Klientin. Da sprach die Domina mit ihrem Sklaven.«

»Jetzt verstehe ich. Als ich gerade rausging, um Anwalt und Klient alleine sprechen zu lassen, hörte ich, wie er sagte: ›Grüße von der Herrin. Sie schützt dich. Mach dir keine Sorgen.‹ Ich fand das irgendwie etwas merkwürdig, um es mal vorsichtig auszudrücken. Nach dem, was ich jetzt von euch gehört habe, würde ich sagen, der beißt sich eher die Zunge ab, als irgendetwas auszusagen, was seiner Herrin schaden könnte.«

»Na toll!«, konnte Nina ihren Sarkasmus nicht zurückhalten. »Dann haben wir jetzt drei Tatverdächtige im Zusammenhang mit dem Mord an Heike. Der Meyer könnte es gewesen sein, genauso wie die Jacobs und jetzt kommt noch unser Feriengast aus Essen dazu. Sauber!«

»Und keinem können wir es durch einen unwiderlegbaren forensischen Beweis oder eine Zeugenaussage nachweisen, dass er oder sie die Tat ausgeführt hat. Es sei denn, er oder sie gesteht. Und genau darum geht es. Ich möchte es mal als ein juristisches Patt bezeichnen. Und wenn auch der Feriengast aus Essen den Mund hält, ist die Jacobs in Bezug auf Heikes Tod noch mal abgesichert«, resümierte Bert. Seine beiden Ermittlerkolleginnen stimmten ihm zu.

***

Am nächsten Morgen waren Nina und Rita bereits in aller Frühe zum Flughafen nach Bremen unterwegs. Nina informierte ihre Mitarbeiterin über die Ergebnisse des vergangenen Tages. Bert würde die Teamverstärkungen im Morgenmeeting auf Sachstand bringen, soweit das für ihre Aufträge im Außendienst erforderlich war. Silke hatte von Rita die Besetzung der Leitstelle übernommen.

»Dann haben wir jetzt sogar drei Tatverdächtige für den Mord an Heike. Aber die können ja nicht für den Tod des Kollegen Kleen verantwortlich sein«, wunderte sich Rita. »Was versprechen wir uns denn jetzt von dem Gespräch mit den Sicherheitsleuten des Flughafens?«

»Eigentlich müssten wir möglichst schnell mit der Frau des ermordeten Kollegen ein Gespräch führen. Dazu wäre es aber erforderlich, nach Mallorca zu fliegen, um mit ihr in der Klinik zu sprechen. Wobei wir gar nicht wissen, ob sie in der dortigen Neurologie überhaupt ansprechbar ist. Auf jeden Fall hat sie ihren Mann nach unserer Einschätzung als Letzte lebend gesehen. Also, vom Grundsatz her polizeiliche Routine. Wie ich dir vorhin schon sagte, deutet viel darauf hin, dass sie an einer psychischen Störung leidet. Im Extremfall könnte das auch bedeuten, dass sie es war, die ihren Mann kurz vor ihrem Abflug ermordet hat. Deswegen bin ich gespannt auf das, was uns die Sicherheitsbeamten zu erzählen haben.«

Zunächst sprachen sie mit dem Leiter der Security, mit dem Nina sich verabredet hatte. Den heutigen Termin hatte er unter Berücksichtigung der Schichtpläne so vorgeschlagen, dass die Crew vom Abflugtag verfügbar war. »Sie müssen sich einen Moment gedulden, durch eine Verspätung befinden sich zwei Maschinen in der Boardingphase. Das heißt, an den Sicherheitsschleusen ist Hochbetrieb. Danach werde ich den Kollegen rufen, der das Gespräch mit unserm weiblichen Fluggast geführt hat. Er weiß schon Bescheid.«

Es dauerte nicht lange, dann kam ein Mann im Alter und mit der Statur von Bert, nur mit etwas mehr Leibesfülle, herein. Er hatte eine schmale Aktentasche dabei. »Sorry, meine Damen, dass Sie warten mussten. Aber die Flieger warten nicht auf die Passagiere und wenn die Security schuld ist, gibt das immer eine Menge Ärger. Mein Chef hat mich gestern schon informiert und eigentlich habe ich bereits darauf gewartet, dass sich die Kripo bei mir meldet. Vielleicht sollte ich dazu sagen, dass ich bis vor zehn Jahren selbst als Ermittler bei der Bremer Polizei tätig war.«

»Und warum haben Sie Ihren Beamtenstatus aufgegeben?«, wollte Nina wissen.

»Es sind da ein paar Dinge passiert, bei denen auch meine Familie betroffen war. Ich hatte dann einfach nicht mehr die Nerven. Bitte um Verständnis, dass ich dazu nicht mehr sagen möchte.«

»Verstehe. Deswegen sind wir auch nicht hier. Es soll nach unseren Informationen einen Zwischenfall an der Sicherheitsschleuse mit einem weiblichen Fluggast, Gundula Kleen, gegeben haben. Dazu hätten wir gerne Informationen. Verwundert hat mich übrigens Ihre Aussage, dass Sie bereits auf den Besuch der Kripo gewartet haben.«

»Wird sich gleich für Sie aufklären. Ich erinnere mich sehr gut an das Geschehen. Frau Kleen legte eine relativ große Handtasche auf das Band und ging ohne Beanstandung durch die Schleuse. Ich selbst durchleuchtete das Gepäck. In der Handtasche lag etwas, das aussah wie ein mittelgroßes Küchenmesser. Ich ließ sie am Ende des Bandes die Tasche öffnen und schaute hinein. Ich fand bestätigt, was ich auf dem Bildschirm gesehen hatte. Daraufhin forderte ich sie auf, mir in den Sicherheitsraum zu folgen. Ein großes offenes Messer ist gefährlich. Daher kam es mir darauf an, sie so schnell wie möglich von den anderen Fluggästen zu trennen, damit diese keiner Gefahr ausgesetzt wurden.«

»Ich kenne zwar Ihre Bestimmungen nicht, aber das war sehr umsichtig«, stellte Nina fest. »Und wie hat sie darauf reagiert?«

»Eigentlich blieb sie erstaunlich ruhig. Ich hatte ja Handschuhe an und nahm das Messer vorsichtig aus der Tasche und legte es außer Reichweite erst einmal auf einem Sideboard ab. Dann ließ ich sie den Rest auspacken und fragte sie, warum sie das Messer in ihrer Tasche hatte. Schließlich müsste sie doch wissen, dass das Mitführen von solchen Gegenständen verboten ist.«

»Und was sagte sie darauf?«, war auch Rita neugierig.

»Sie erzählte eine Geschichte, die man glauben kann oder auch nicht. Sie sagte, an das Messer hätte sie gar nicht mehr gedacht, als sie an dem Morgen vor ihrer Fahrt zum Flughafen in aller Eile nach der Handtasche gegriffen hat, die bei ihr immer an einem Haken der Garderobe hängt. Sie sei Hobbyköchin und hätte bei Freunden zum Abschied am Abend vorher mit der Hausfrau gemeinsam gekocht. Dabei benutzt sie immer nur ihr eigenes Messer. Und sie hätte einfach nur vergessen, dieses am Abend zu Hause aus der Tasche zu nehmen und in ihrer Küche aufzuräumen.«

»Eine Tante von mir ist Köchin, die würde niemals in der Küche mit einem fremden Messer arbeiten«, bestätigte Rita.

»Das deckt sich mit der Aussage eines befreundeten Nachbarn«, sagte Nina.

»Ich sagte ja schon, kann man glauben oder nicht. Zumal sie auch ein mediterranes Kochbuch mit Rezepten in der Handtasche hatte, was in gewisser Weise ihre Story glaubwürdig machte. Jedenfalls war sie schweren Herzens damit einverstanden, dass ich das Messer zu den von Fluggästen abgegebenen Gegenständen gebe, die von uns später vernichtet werden.«

»Dann war die Sache doch damit eigentlich erledigt, oder?«, fragte Nina nach.

»Eigentlich. Aber Sie kennen doch sicher das Bauchgefühl eines Ermittlers.«

»Und ob«, kam es fast gleichzeitig aus Ninas und Ritas Mund.

»Deswegen hatte ich mir auch ihren Ausweis zeigen lassen und die Daten notiert. Dann habe ich meinen Chef angefunkt, um seine Entscheidung einzuholen.« Sein Chef, der die ganze Zeit zugehört hatte, nickte. »Seine Mitarbeiterin in der Zentrale sagte, er würde sich gleich melden. Also versuchte ich Frau Kleen hinzuhalten, wodurch sie langsam ungehalten wurde. Dann kam der letzte Aufruf zum Boarding ihrer Maschine nach Mallorca. Da habe ich sie dann gehen lassen.«

»Das war jetzt der ganze Vorfall?«, zeigte sich Nina etwas enttäuscht.

»Nicht ganz. Nachdem sie weg war, habe ich mir das Messer genauer angeschaut. Eine Klinge mit einem schon etwas abgenutzten Naturholzgriff, der von beiden Seiten an den Schaft der Klinge genietet war, wodurch zwischen Holz und Metall ein winziger Spalt entstand. Es sah so aus, als wenn sich dort Blutreste abgelagert hatten. Sicher bei einem Fleischer- oder Küchenmesser nichts Ungewöhnliches, weil damit ja auch rohes Fleisch bearbeitet wird. Trotzdem habe ich dieses Messer nicht, wie es eigentlich Vorschrift gewesen wäre, in die Vernichtung gegeben, sondern in einem Plastikbeutel separiert und bei mir im Spind aufbewahrt. Sorry, Chef, ich weiß, das war nicht in

Ordnung.« Dann übergab er Nina aus seiner Aktentasche den besagten Beutel mit dem Messer.

»Ich denke, Herr Kollege, das war sogar sehr in Ordnung«, kam Nina einer Bewertung seines Chefs zuvor. »Wir haben es aus verschiedenen Gründen noch nicht publiziert, aber es könnte durchaus sein, dass mit diesem Messer ein Mensch erstochen worden ist, was sich dann anhand einer DNA-Analyse leicht nachweisen ließe. Aber warum haben Sie denn nicht von sich aus die Polizei informiert, wenn Sie so ein Bauchgefühl hatten? Sie kannten doch den Namen und die Anschrift der Frau. Dafür hätten Sie ja noch nicht einmal nach Wittmund kommen müssen. Sie kennen doch sicher noch Kollegen hier in Bremen.«

»Den Kontakt zu meinen Kollegen und der hiesigen Polizei habe ich abgebrochen. Da werde ich immer an Dinge erinnert, an die ich nicht erinnert werden möchte. Und auf Sie wäre ich schon zugekommen, wenn ich in der Zeitung gelesen hätte, dass in der Wohngegend von Frau Kleen etwas passiert ist, was im Zusammenhang mit dem Messer stehen könnte. Ich habe mir sehr wohl überlegt, ob das mit den Morden und Fahndungen aus Ihrer Region zusammenhängen könnte. Aber da habe ich keinen konkreten Zusammenhang erkennen können.«

»Das ist nachvollziehbar«, zeigte Nina Verständnis, bevor sie sich mit Rita verabschiedete.

Im Kommissariat sorgte Nina dafür, dass das Messer sofort in die Forensik kam. Bereits nach kurzer Zeit bekamen Bert und sie telefonisch von Sören die Rückmeldung, dass an dem Messer menschliches Blut nachgewiesen werden konnte, da es nur oberflächlich abgewischt worden war. Das Besondere daran war aber, dass es sich um zwei verschiedene Blutgruppen handelte. Wobei die eine Blutgruppe mit der des ermordeten Kollegen Mattes Kleen übereinstimmte. Bei der zweiten Blutgruppe konnte es sich auch um die der Besitzerin handeln, weil diese sich möglicherweise mit dem Messer selbst verletzt hatte. Die DNA-Analyse dauerte noch an und würde darüber letztlich Gewissheit bringen. Auffällig war zudem, dass das Messer schon seit längerer Zeit nicht abgespült und nur flüchtig abgewischt worden war. Ob die sichergestellten Fingerabdrücke von der Besitzerin stammten, konnte noch nicht geklärt werden, da diese als Referenzwerte nicht verfügbar waren.

Als kurz vor Dienstschluss endlich Sören mit gewichtiger Miene zu dem Ermittlerteam kam, welches sich im Meetingraum zu einer Tagesabschlussbesprechung zusammengesetzt hatte, waren alle sehr gespannt auf seinen Bericht.

»Da wird jetzt einiges auf den Kopf gestellt«, begann er seinen Vortrag. »Wir können durch DNA-Nachweis belegen, dass wir die Tatwaffe haben, mit der der Kollege Kleen erstochen wurde. Aber …«, hier machte Sören eine Pause und warf einen gewichtigen Blick in die Runde, die gebannt an seinen Lippen hing. »… wir haben zugleich die Mordwaffe, durch die unsere liebe Heike ihr Leben verlor.«

Man hätte eine Stecknadel fallen hören können. Das mussten alle Anwesenden erst einmal verarbeiten, denn das stellte wirklich einiges auf den Kopf.

Bert war der Erste, der seine Worte wiederfand. »Also, langsam glaube ich bei Nina wirklich an hellseherische Fähigkeiten. Sie war nämlich davon überzeugt, dass Heike und Mattes von der gleichen Person ermordet wurden.«

Jetzt galt es, die vorhandenen Informationen, forensischen Nachweise und bisherigen Einschätzungen neu zu analysieren und zu bewerten. Die Tatsache, dass bei Heike weder Meyer noch Jacobs als Mörder in Betracht kamen, machte den Feriengast aus Essen nur noch zu einer unbedeutenden Randfigur. Damit stand aber auch fest, dass der Mord an Heike im Zusammenhang mit den anderen Morden tatsächlich nur die Verkettung unglücklicher Umstände war.

Die Beamten gingen davon aus, dass Bonnie und Clyde, als sie in Heikes Haus überrascht wurden, entweder vorgehabt hatten, sie zu töten, weil sie nicht wussten, dass sie bereits tot war, oder nach irgendetwas gesucht hatten, was mit der damaligen Zeit in Essen im Zusammenhang stand. Meyers Rachegelüste waren nicht wegzudiskutieren. Da Jacobs beharrlich schwieg, würde man es wohl nie erfahren und konnte es nur abhaken.

Gleichzeitig hatte das Ganze aber auch erheblichen Einfluss auf die strategische Ausrichtung des Ermittlerteams. Die Kollegen im

Außeneinsatz sollten ihre Touren nach den Bewegungsprofilen mit Zeugenbefragungen fortsetzen. Bert hoffte, auf diese Weise Zeugen zu finden, mit denen dem inhaftierten Chamäleon die Ausführung der vorgeworfenen Taten rechtssicher nachgewiesen werden konnten.

Das Stammteam machte sich jetzt mit Hochdruck an die Arbeit, die Hintergründe aufzuklären, die zur Ermordung von Heike und Mattes geführt hatten. Zunächst veranlasste Bert mit richterlicher und staatsanwaltlicher Unterstützung die Überführung von Gundula Kleen in die geschlossene Abteilung der neurologischen Klinik Oldenburg. Ferner wurde ein psychologischer Gutachter beauftragt, die Frage der Schuldfähigkeit der Frau zu klären.

Aber unabhängig von der Frage der Schuldfähigkeit galt es herauszufinden, was das Motiv der Taten gewesen sein könnte. Auf Anhieb war zwischen beiden Morden kein gemeinsamer Nenner zu finden. Im Brainstorming mit Bert versuchte Profilerin Nina diesbezüglich Licht in das Dunkel zu bringen: »Wenn ich mal die Begriffe Frau, Mann, Ehepartner, Nachbarn zusammen betrachte, dann verbindet diese Begriffe das Zwischenmenschliche. Also sollten wir uns vielleicht mal darauf konzentrieren. Wie war das Verhältnis zwischen den beteiligten Personen? Die Tatverdächtige können wir zurzeit nicht befragen. Bleiben Freunde, Verwandte und andere Nachbarn.«

»Dann lass uns doch mal mit den Freunden anfangen«, schlug Bert vor. »Ich glaube, dass die uns mehr dazu sagen könnten, als sie bisher getan haben. Darauf deutet schon die Aussage hin, dass der Freund von Mattes seine Frau gebeten hatte, uns nichts über die tatsächlichen Vorfälle in dem Hotel zu erzählen.«

Bert veranlasste, dass für den nächsten Morgen die Eheleute einbestellt wurden, bevor er mit Nina in den verdienten Feierabend ging. Da es für einen Einkauf und anschließendes Kochen schon fast zu spät, aber für das Fisch-Büfett im Wattkieker in Carolinensiel-Harlesiel für die beiden Carolinensieler Neubürger noch früh genug war, machten sie auf ihrem Heimweg den kleinen Schlenker dorthin.

***

Im Laufe des Vormittags des folgenden Tages erschien das Ehepaar aus Neuharlingersiel und saß erneut Bert und Nina am Besprechungstisch gegenüber.

»Es tut mir leid, dass wir Sie schon wieder herbitten mussten«, eröffnete Bert das Gespräch. »Es haben sich aber nochmals einige neue Fragen ergeben. Und Sie sind ja sicher auch an der Aufklärung des Todes Ihres Freundes interessiert.«

»Herr Kommissar, deswegen sitzen wir hier. Immerhin war Mattes fast so etwas wie ein Bruder für mich. Wie ich schon sagte, sind wir hier zusammen aufgewachsen. Und es belastet mich sehr, dass er nicht mehr da ist. Wie hatte ich mich wieder auf gemeinsame Grillfeste mit ihm gefreut wie in unserer Jugend und danach, bis sich beruflich unsere Wege trennten. Meine Frau und ich haben die Freundschaft ja über die ganzen Jahre durch regelmäßige gegenseitige Besuche gepflegt. Sowohl mit seiner ersten Frau als auch später mit Gundi.«

»Nur, damit wir die Zusammenhänge besser verstehen, was war denn der Grund für die Trennung von seiner ersten Frau?«, wollte Nina wissen.

»Mattes hatte gerade seine Grundausbildung bei der Polizei hier abgeschlossen, da hat er im Urlaub bei seinen Eltern in Neuharlingersiel seine erste Frau kennengelernt. Die kam aus dem Ruhrgebiet und hatte hier Urlaub gemacht. Na, und dann hat sich der Jungverliebte dorthin versetzen lassen. Aber als später eine Stelle in der Polizeistation Borkum ausgeschrieben wurde, hat er sich beworben. Ihm fehlte doch seine ostfriesische Heimat. Er bekam die Stelle und zog dann mit seiner Frau auf die Insel. Etliche Jahre war auch alles gut. Aber dann lernte seine Frau durch Zufall einen Unternehmer aus ihrer Heimat kennen. Der hat sie mit seinen Millionen und seiner schicken Yacht so lange umworben, bis sie ihm gefolgt ist. Sie müssen wissen, Mattes' erste Frau war eine attraktive Kosmetikerin, die auf Borkum auch ein eigenes kleines Studio betrieben hat.«

»Ich glaube, es waren weniger die Millionen und seine Yacht, mein Lieber«, korrigierte ihn seine Frau. »Da muss man schon fair bleiben. Ich hab sie sehr gut gekannt. Schließlich war ich ihre beste Freundin. Sie hat sich die Trennung von Mattes nicht leicht gemacht. Mit Kindern hatte es ja nicht geklappt und da war ihr Kosmetikstudio ihr Baby. Und der Unternehmer hat ihr im Ruhrgebiet eine ganze Kette von Studios aufgebaut. Dadurch ist sie weich geworden. Und die betreibt sie übrigens bis heute, sogar sehr erfolgreich.«

Das war eigentlich nicht das, was die Kommissare wirklich interessierte. Aber es ging um das Zwischenmenschliche zwischen den Personen aus dem unmittelbaren Umfeld des Ermordeten und da gehörte das einfach mit dazu.

»Und wie hat er dann seine zweite Frau kennengelernt?«, setzte Bert die Befragung fort.

»Wie das hier an der Küste und auf den Inseln manchmal so geht und wie Sie es gerade schon gehört haben«, erläuterte die Frau. »Da kommen Urlauberinnen und Urlauber aus allen Regionen Deutschlands und nicht nur daher. Unser Weltkulturerbe Wattenmeer ist eben einmalig und ein Anziehungspunkt. Und dann funkt es auch schon mal zwischen Einheimischen und Gästen.«

»Soll vorkommen und Mattes hatte damit ja auch schon Erfahrung«, bestätigte Nina die Frau und ging noch mal auf das letzte Gespräch mit ihr ein. »Seine zweite Frau kam ja aus Berlin, wie Sie mir erzählten. Habe ich das richtig verstanden, dass Gundula Kleen auch schon vor ihrer Ehe mit Mattes dort in psychischer Behandlung gewesen ist?«

Mit einem fast entschuldigenden Seitenblick auf ihren Mann antwortete die Angesprochene: »So habe ich das nicht gesagt. Da ging es nur darum, dass Mattes sich Sorgen machte, dass sie ihre Medikamente nicht genommen haben könnte. Das hatte er meinem Mann erzählt.«

»Jetzt können wir Ihren Mann ja direkt fragen. Er ist schließlich hier«, stellte Bert trocken fest und schaute Mattes' Freund auffordernd an.

Dem schien der Verlauf des Gesprächs sehr unangenehm zu sein, wie seiner Mimik und dem strafenden Blick auf seine Frau zu entnehmen war. »Ach, Sie kennen das ja sicher. Früher hat man sich als Bengels Blutsbrüderschaft geschworen und sich dazu mit dem Taschenmesser in die Hand geschnitten, damit sich das Blut verbinden konnte. Darauf hat Mattes vertraut, als er mir so einige Dinge erzählte, die auch meine Frau nicht erfahren hat und nicht erfahren wird. Tut mir leid, meine Liebe, aber Schwur ist Schwur. Da sind wir Ostfriesen eigen drin.«

»Unser Kollege Mattes Kleen ist tot«, setzte Bert pathetisch an. »Wir fühlen uns unserem Kameraden genauso verbunden wie Sie ihm als Freund. Und wir Polizisten erweisen ihm die letzte Ehre dadurch, dass wir alles daransetzen, dass sein Tod im Sinne unserer Gesetze gesühnt wird. Das sind wir ihm schuldig! Ich gehe mal davon aus, dass auch Sie möchten, dass Ihrem Freund auf diese Weise die letzte Ehre erwiesen wird.«

»Herr Kommissar, Sie sprechen mir aus der Seele.«

»Um meinen Job in diesem Sinne tun zu können, müssen wir aber leider wie bei einem Patienten-Arzt-Gespräch auch über Dinge sprechen, die unter normalen Umständen unausgesprochen bleiben würden.«

Berts Worte zeigten sichtbar Wirkung. »Zu dem, was ich Ihnen jetzt sage, hatte Mattes mich verpflichtet, mit keinem drüber zu sprechen, auch mit meiner Frau nicht. Gundula war in Berlin schon mal für einige Zeit in der geschlossenen Abteilung einer neurologischen Klinik gewesen und musste deshalb regelmäßig Medikamente nehmen.«

»Das hatte ich mir aufgrund der bruchstückhaften Informationen und der Ereignisse auf Mallorca und hier fast schon gedacht«, unterbrach ihn Nina. »Wenn ich das so höre, hätte Mattes besser daran getan, dafür zu sorgen, dass seine Frau rechtzeitig wieder in Behandlung kommt. Sich Ihnen anzuvertrauen, wirkte vielleicht beruhigend auf ihn, hilfreich war das allerdings nicht. Mich würde in diesem Zusammenhang interessieren: Wie war das Verhältnis der Eheleute Kleen untereinander und wie standen die zu ihrer Nachbarin Heike Grabowski? Waren Mattes und sie sich zum Beispiel mal im Ruhrgebiet begegnet?«

»In der Tat, die kannten sich, wenn auch nur flüchtig, von einem gemeinsamen Einsatz her. Wobei Mattes sich an Heike erinnern konnte, die ihm mit ihrer auffallenden kupferroten Haarmähne im

Gedächtnis geblieben war. Heike hatte keine aktive Erinnerung an ihn, wie sie sagte.«

»Es könnte sein, dass Mattes damals in der Bochumer Hundertschaft Dienst getan hat, die im Zusammenhang mit einem unserer Fälle im Einsatz war. Ich denke da an einen ganz bestimmten Fall, bei dem Heike und ich damals in einem Ermittlerteam waren«, bestätigte Bert. »Ich kann mich nicht daran erinnern, Mattes bei dem Einsatz gesehen zu haben. So wird es Heike auch gegangen sein. Wobei es stimmt, als sehr attraktive Kommissarin zog sie natürlich auch die Blicke von manchem jungen Kollegen aus den Hundertschaften auf sich.«

»Wusste Gundula Kleen davon?«, hakte Nina nach.

»Natürlich, das kam ja zur Sprache, als wir mit der Nachbarschaft bei Mattes und Gundi den Willkommenskranz über die Eingangstür hängten. Das war ein feuchtfröhlicher Abend, wie sich das in Ostfriesland gehört.«

»Und wie hat sie darauf reagiert?«, bohrte Nina weiter.

»Mattes erzählte mir am nächsten Tag, dass Gundi ihm in der Nacht eine Szene gemacht hätte. Aber schließlich konnte er sie dann doch davon überzeugen, dass da nix gewesen war. Letztendlich gab wohl die Tatsache den Ausschlag, dass Heike Kommissarin und Mattes als einfacher Polizeimeister einer von zig Kollegen in der Hundertschaft war, die da einen Außeneinsatz durchzuführen hatten, den sie leitete.«

»Wie war denn danach das Verhältnis von Gundi zu Heike?« Für Nina war das alles noch nicht so richtig griffig.

»Was für ein Verhältnis? Ich hatte den Eindruck, dass sie Heike aus dem Weg ging«, kam die Frau ihrem Mann zur Hilfe.

»Stimmt«, bestätigte er. »Aber in der Woche vor Heikes Tod war da noch mal etwas. Mattes hatte Heike bei irgendetwas im Haus geholfen. Ich glaube, sie hatte eine Brennerstörung in der Heizung. Da hat Gundi ihm wieder eine Szene gemacht.«

»Kommen wir mal konkret zu dem Sonntag, als Heike ermordet wurde. Wissen Sie zufällig, wo Ihr Freund da gewesen ist?« Für Nina begann sich der Nebel zu lichten.

»Soweit ich weiß, hatte er Dienst. Als er auf seiner Dienststelle in Aurich von Heikes Tod gehört hatte, fragte er mich, ob ich an dem Abend zufällig Gundi draußen gesehen hätte. Aber weder meine Frau noch ich hatten Gundi an diesem Tag überhaupt gesehen. Einen Tag später kam Mattes erneut auf mich zu und sagte mir, ich sollte seine Frage nach Gundi vergessen.«

Als das Ehepaar wieder auf dem Weg nach Hause war, sagte Nina zu Bert: »Ich kann mir gut vorstellen, warum Mattes seinem Freund gesagt hat, er soll die Frage nach Gundi vergessen. Wir waren zu dem Zeitpunkt ja alle überzeugt, dass Meyer aus Rachemotiven der Täter war. Mattes war darüber sicher erleichtert, denn seine Frage an seinen Freund, ob er Gundi an dem Abend gesehen hätte, deutet für mich darauf hin, dass er es zumindest nicht ausschloss, dass seine Frau aus krankhafter Eifersucht Heike erstochen haben könnte.«

»Also, wir haben die Tatwaffe und den Klassiker aller Motive, es fehlt uns nur noch der Vergleich der Fingerabdrücke auf dem Messer mit denen der Verdächtigen«, resümierte Bert. »Und soweit ich weiß, hat Sören sich die genauso wie eine Blutprobe schon aus der Klinik in Oldenburg besorgt.«

»Hat er«, kam die Bestätigung, als Sören durch die offene Tür Berts Dienstzimmer betrat. »Und Volltreffer auf der ganzen Linie. Gundula Kleen hat sowohl ihre Fingerabdrücke als auch ihre DNA auf dem Messer hinterlassen. Da es wohl seit Wochen schon keine Spülmaschine oder überhaupt Wasser gesehen hatte, war alles wie auf einem Stick gespeichert. Der Ex-Kollege vom Flughafen verdient einen Orden.«

»Ich werde einen Dankesbrief an seinen Vorgesetzten schreiben«, versprach Bert.

»Aber ich habe noch etwas«, fügte Sören hinzu. »Wir haben bereits ein vorläufiges Gutachten über die Frau vorliegen. So wie es aussieht, müssen wir uns darauf einstellen, dass sie aus gesundheitlichen Gründen nicht schuldfähig ist. Angeblich kann sie sich an nichts erinnern, was mit den Morden zu tun hat, und weiß auch nicht, warum sie in Palma in der Klinik war, geschweige denn hier. Man hat versucht, ihr schonend beizubringen, dass ihr Mann tot ist. Das ist aber wohl auch irgendwie an ihr abgeprallt. Jedenfalls hat sie nicht darauf reagiert. Der Gutachter schrieb, dass das darauf hindeutet, dass sie die Erinnerungen verdrängt, was für ihr Krankheitsbild typisch sei.«

***

Wochen waren ins Land gegangen. Die Staatsanwaltschaft hatte Anklage gegen Olivia Jacobs erhoben wegen mehrfachen Mordes, sexueller Nötigung und Körperverletzung mit Todesfolge, in Tateinheit mit Beihilfe bei den von und mit Heinz Dieter Meyer gemeinsam begangenen Straftaten.

Zum Glück war Antje Freese auf dem Weg der Besserung, auch wenn sie noch lange unter den Folgen der Misshandlungen zu leiden haben würde. Aufgrund ihrer Zeugenaussage konnte die Inhaftierte unter anderem auch wegen Freiheitsberaubung und schwerer Körperverletzung angeklagt werden. Durch ihre Aussage war auch geklärt, dass Jacobs durch Zufall an ihr Ferienwohnungsangebot gekommen war, denn es hatte in ihrer Zeit in den Niederlanden keine Verbindung gegeben. Allerdings hatte sie Jenny alias Olivia bei einem gemütlichen Abend ihre Geschichte erzählt, was diese für ihre Lügenstory gegenüber Hannah Freese auszunutzen wusste.

Da aber darüber hinaus keine neuen Zeugenaussagen oder neue forensische Beweise vorlagen, stellten sich die Staatsanwaltschaft und das Kripoteam in Wittmund darauf ein, dass die Gerichtsverhandlung den bereits befürchteten Verlauf nehmen würde. Das heißt, durch das Schweigen der Angeklagten würde manche von ihr begangene Straftat tatsächlich ungesühnt bleiben. Einziger Lichtblick war in diesem Zusammenhang, dass sie allein für die ihr nachgewiesenen Taten lebenslänglich, wahrscheinlich sogar in Verbindung mit anschließender Sicherungsverwahrung, zu erwarten haben würde.

Der Erste Kriminalhauptkommissar Bert Linnig hatte dazu nur einen Kommentar: »Das Grundgesetz schützt auch die Täter – aber manchmal hat man das Gefühl: diese ganz besonders!«

ENDE

Liebe Leserin, lieber Leser,

es freut mich sehr, dass mein Ostfrieslandkrimi »Strandmord in Neuharlingersiel« Ihr geschätztes Interesse gefunden hat. Noch mehr würde es mich natürlich freuen, wenn Sie durch die Lektüre meines Buches durchgehend eine spannende Unterhaltung gefunden haben.

Dann wäre ich Ihnen für eine Rezension oder eine Rückmeldung per E-Mail (rolf-uliczka@ewetel.net) sehr dankbar. Auch konstruktive Kritik ist sehr hilfreich, damit habe ich die Möglichkeit, weiter an mir als Autor zu arbeiten.

Da Amazon Sie automatisch zur Abgabe einer Rezension auffordern wird, ist das auch dort für Sie ganz einfach. Sie brauchen nur den Links zu folgen. An dieser Stelle schon meinen herzlichsten Dank. Denn was für den Künstler auf der Bühne der Applaus ist, das ist für den Autor eine positive Rezension.

Sollten Sie sich für weitere Fälle des Ermittlerteams Bert Linnig und Nina Jürgens interessieren, dann finden Sie diese unter www.rolf-uliczka.de oder auf meiner Facebook-Fanpage: www.facebook.com/Rolf-Uliczka-753214611363796 oder unter meinem Autorennamen beim Klarant Verlag: www.klarant-verlag.de und auf www.ostfrieslandkrimi.de.

Des Weiteren erscheint an dieser Stelle aufgrund aktueller Medienberichte in Bezug auf die Arbeit der Polizei und Justiz der nachstehende Hinweis notwendig: Bei der im Buch geschilderten Arbeit der Forensik, vor allem bezüglich der Kürze der Bearbeitungszeiten, nach denen bereits Ergebnisse vorliegen, handelt es sich um absolute Fiktion und Wunschdenken des Autors, um die Spannung im Ablauf der Geschichte erhalten zu können.

In der realen Welt der Polizei und Justiz ziehen sich diese Untersuchungen – vor allem durch Personalmangel – oft Monate hin oder werden aufgrund von Prioritäten überhaupt nicht ausgeführt!

Herzliche Grüße
Ihr Rolf Uliczka

Einen ganz besonderen Dank möchte ich an meine liebe Frau richten, die mich wieder mit viel Geduld und konstruktiver Kritik beim Schreiben begleitet hat.

Ostfrieslandkrimi-Empfehlungen des Klarant Verlages

In der Reihe **»Bert Linnig und Nina Jürgens ermitteln«** von Rolf Uliczka sind bereits folgende spannende Ostfrieslandkrimis als Taschenbuch und eBook erschienen:

»Hafenmord in Carolinensiel«, Band 1
Taschenbuch-ISBN: 978-3-95573-798-6
eBook-ISBN: 978-3-95573-799-3

Ein Mord versetzt das ostfriesische Fischerdorf Carolinensiel in helle Aufregung. Im idyllischen Museumshafen schwimmt eine männliche Leiche erschlagen im Wasser. Bei dem Toten handelt es sich ausgerechnet um Torsten Oltmann, den beliebten Jugendtrainer des lokalen Fußballvereins. Die Kommissare Bert Linnig und Nina Jürgens von der Polizei Wittmund nehmen die Ermittlungen auf, und schnell mehren sich die Hinweise auf eine Affäre zwischen dem Fußballtrainer und Katja Schmitz, der attraktiven Mutter eines seiner Schützlinge. In den Fokus gerät Katjas Mann Gerd Schmitz, der sich immer mehr in Widersprüche verstrickt. Ein klassischer Mord aus Eifersucht? Doch je tiefer die Ermittler graben, desto mehr Verdächtige kommen ins Spiel. Sogar der Jogger, der den Toten angeblich zufällig entdeckt hat, scheint eine offene Rechnung mit ihm gehabt zu haben. War die Meldung des Leichenfunds nur ein perfider Weg, um von sich selbst abzulenken?

»Serienmord in Neuharlingersiel«, Band 2
Taschenbuch-ISBN: 978-3-95573-800-6
eBook-ISBN: 978-3-95573-801-3

»Bauernmord in Bensersiel«, Band 3
Taschenbuch-ISBN: 978-3-95573-802-0
eBook-ISBN: 978-3-95573-803-7

»Wattmord in Carolinensiel«, Band 4
Taschenbuch-ISBN: 978-3-95573-804-4
eBook-ISBN: 978-3-95573-805-1

»Sektenmord in Neuharlingersiel«, Band 5
Taschenbuch-ISBN: 978-3-95573-866-2
eBook-ISBN: 978-3-95573-867-9

»Campermord in Bensersiel«, Band 6
Taschenbuch-ISBN: 978-3-95573-922-5
eBook-ISBN: 978-3-95573-923-2

»Kluntjesmord in Carolinensiel«, Band 7
Taschenbuch-ISBN: 978-3-95573-950-8
eBook-ISBN: 978-3-95573-951-5

»Strandmord in Neuharlingersiel«, Band 8
Taschenbuch-ISBN: 978-3-96586-031-5
eBook-ISBN: 978-3-96586-032-2